Will Hunt

Im Untergrund

Expeditionen ins Reich der Erde

Aus dem Englischen von
Anke Caroline Burger

liebeskind

Die Arbeit der Übersetzerin am vorliegenden Text wurde vom Deutschen Übersetzerfonds gefördert.

Die Originalausgabe erschien 2019 unter dem Titel »Underground« bei Random House, New York.

Umschlagmotiv: Tony Watson / Arcangel
Typografie und Satz: Frese Werkstatt, München
Herstellung und Umschlaggestaltung: Robert Gigler, München
Druck und Bindung: Friedrich Pustet, Regensburg

ISBN 978-3-95438-126-5

Für meine Eltern

Die Natur liebt es, sich zu verstecken.
HERAKLIT, *Fragmente*

1. Kapitel

DER ABSTIEG

Es gibt eine andere Welt, aber sie ist in dieser.
PAUL ÉLUARD

Hinweise auf den Untergrund findet man überall. Man tritt aus der Haustür und spürt unter den Füßen das Dröhnen aus U-Bahn-Tunneln, Stromkabeln, Wasserleitungen und Rohrpoströhren, alle in Schichten übereinanderliegend und miteinander verwoben wie Fäden auf einem riesigen Webstuhl. Am Ende einer ruhigen Nebenstraße sieht man Dampf aus einem Entlüftungsschacht steigen, vielleicht aus einem versteckten Tunnel, wo Obdachlose in einem selbst gebauten Unterschlupf hausen, oder aus einem geheimen Bunker mit bombensicheren Betonwänden, in den sich die Elite beim Weltuntergang flüchten wird. Bei einem ausgedehnten Spaziergang durch friedliches Weideland fährt man mit der Hand über einen grasbewachsenen Hügel, unter dem vielleicht das uralte Grab einer Stammesfürstin verborgen liegt oder die Fossilien eines urzeitlichen Riesentiers mit langem Zackenschwanz. Man wandert einen schattigen Waldweg entlang, legt das Ohr an den Boden und hört das Krabbeln von Ameisen, die eine unterirdische Miniaturstadt mit zahllosen gewundenen Gängen bauen. Auf einer Bergtour riecht man ein erdiges Aroma, das aus einem schmalen Spalt aufsteigt – Hinweis auf einen großen Hohlraum, dessen Wände vielleicht mit prähistorischen Kohlemalereien verziert sind. Auf Schritt und Tritt spürt man ein Beben aus großer Tiefe, wo gigantische Felsmassen sich aneinander reiben, sich verschieben und die Erde zum Wanken und Schaudern bringen.

Wäre die Erdoberfläche durchsichtig, verbrächten wir ganze Tage auf dem Bauch liegend, um hinunter in die vielen Schichten des unterirdischen Terrains zu starren. Aber für uns Oberflächenbewohner, die in der sonnenhellen Welt ihrem Leben nachgehen, ist und war der Untergrund unsichtbar. Unser Wort für die Unterwelt, *Hölle*, ist hergeleitet von der protoindoeuropäischen Wurzel *kel-*, die »verhüllen« bedeutet. Das altgriechische Wort *Hades* heißt »der Unsichtbare«. Wir verfügen heutzutage über moderne technische Hilfsmittel wie Georadar und Magnetometer, um die Welt zu unseren Füßen anschaulich zu machen, aber selbst die besten Bilder wirken neblig und unscharf, und immer noch spähen wir wie Dante mühsam in die Tiefen: »Ob ich den Blick auch schickte tief zum Grunde, so schwarz blieb der, so neblig allerseiten, dass ich nichts unterschied in weiter Runde.« Der Untergrund ist die abstrakteste Landschaft des Planeten, und immer mehr Metapher als konkreter Ort. Wenn wir von »Untergrund« sprechen – ein illegaler Rave, eine unentdeckte Künstlerin, eine Untergrundbewegung –, dann beschreiben wir im Allgemeinen keinen Ort, sondern einen Zustand: etwas Verbotenes, Unausgesprochenes, in jedem Fall etwas, das sich jenseits des Bekannten und Gewöhnlichen befindet.

Als Augenkreaturen – unsere Augen, schrieb Diane Ackerman, sind »die großen Monopolisten unserer Sinne« – vergessen wir den Untergrund. Wir sind komplett oberflächenfixiert. Wir feiern die Pioniere, die immer weiter hinaus und höher hinauf streben: Wir sind über die Mondoberfläche gehüpft, haben Messfahrzeuge in Marsvulkane gesteuert und elektromagnetische Stürme im fernsten Weltall aufgezeichnet. Das Weltinnere ist im Vergleich dazu viel leichter zu erreichen – aber weniger erforscht. Die Geologen glauben, dass weltweit über die Hälfte aller Höhlen noch unentdeckt tief in der Erdkruste versteckt liegen. Die Entfernung von unseren Füßen bis zum Mittelpunkt der Erde ist nicht weiter als eine Reise von New York nach Paris, und trotzdem ist der Erdkern eine Black Box, eine Gegend unseres Planeten, deren Existenz wir in blindem Glauben akzeptieren. Wir sind noch nicht weiter unter die Erde vorgedrungen als die 12.262 Meter der Kola-Bohrung in der russischen Arktis – das ist weniger als ein halbes Prozent des Wegs bis zum Erdmittelpunkt. Der Untergrund ist eine Geisterlandschaft, die sich überall unter unseren Füßen ausbreitet und sich doch stets dem Blick entzieht.

Aber ich wusste schon als Kind, dass die Unterwelt nicht immer und nicht für alle unsichtbar war – für bestimmte Menschen hatte sie sich geöffnet. Im alten *D'Aulaires Book of Greek Myths* meiner Eltern – der amerikanischen Variante von Schwabs *Sagen des klassischen Altertums* – las ich,

dass Odysseus, Herakles, Orpheus und andere Helden durch schroffe Spalten in die Erde hinabgestiegen waren, den Styx mithilfe des Fährmanns Charon überquert, den dreiköpfigen Höllenhund Cerberus abgeschüttelt und das Schattenreich des Hades betreten hatten. Von all diesen Helden begeisterte mich Hermes am meisten, der Götterbote mit Flügeln an Helm und Sandalen. (Hermes trug den wunderbaren Beinamen *Psychopomp*, was so viel wie »Seelenbegleiter« bedeutet.) Während andere Götter und Sterbliche den kosmischen Gesetzen gehorchen mussten, bewegte er sich mühelos zwischen Licht und Dunkel, unten und oben. Hermes – den ich zum Schutzheiligen meiner eigenen Exkursionen in den Untergrund ernannte – war für mich der Inbegriff des unterirdischen Entdeckungsreisenden, der die Dunkelheit mit Klarheit und Anmut durchmaß, die Unterwelt erkannte und den vergrabenen Schatz ihrer Weisheit zu heben wusste.

In dem Sommer, in dem ich sechzehn wurde und meine Welt klein und vertraut wie meine Fingerkuppe war, entdeckte ich einen verlassenen Eisenbahntunnel, der unter unserem Viertel in Providence, Rhode Island, hindurchführte. Mein Erdkundelehrer erwähnte den Tunnel zum ersten Mal, ein kleiner, bärtiger Mann, Otter hieß er, der jede versteckte Furche in der neuenglischen Landschaft kannte. Der Tunnel war für eine kleine Güterverkehrslinie gebaut worden, erzählte er mir, aber die gab es schon lange nicht mehr. Jetzt verfiel er, war voll mit Schlamm und stinkendem Müll und Gott weiß was sonst noch allem.

Eines Nachmittags fand ich den von einem dichten Gebüsch hinter einer Zahnarztpraxis verborgenen Eingang. Er war mit Schlingpflanzen überwuchert, und das Datum der Erbauung – 1908 – war im Beton über der Einfahrt verewigt. Der Zugang war von der Stadt mit einem Metalltor verschlossen worden, aber jemand hatte eine kleine Öffnung hineingeschnitten: Zusammen mit ein paar Freunden kroch ich in die Tiefe. Die Strahlen unserer Taschenlampen durchkreuzten das Dunkel. Mit den Füßen blieben wir im Schlamm stecken, die Luft war feuchtwarm. Von der Decke hingen perlweiße, warzenartige Stalaktiten, an denen Wasser herunter- und uns auf dic Köpfc tropftc. In der Mitte des Tunnels machten wir eine Mutprobe und schalteten die Taschenlampen aus. Als alles um uns herum in Finsternis versank, stießen meine Freunde Freudenschreie aus, um den Hall ihres Echos zu hören, aber ich hielt den Atem an und stand wie angewurzelt da – als könnte ich bei der kleinsten Bewegung abheben und davonschweben. An diesem Abend kramte ich zu Hause einen alten Stadtplan von Providence hervor. Ich verfolgte mit dem Finger, wo wir den Tunnel betreten hatten und wo er auf der anderen Seite wieder herauskam. Ich blinzelte: Der Tunnel führte fast genau unter meinem Elternhaus hindurch.

In jenem Sommer stieg ich, wenn alle anderen unterwegs waren, immer wieder in die Gummistiefel und ging den Tunnel erforschen. Was mich dort unten so anzog, hätte ich nicht erklären können, ich ging nie mit einer konkreten Absicht in die Dunkelheit. Ich schaute mir die Graffiti an oder kickte leere Bierflaschen herum. Manchmal stellte ich meine Lampe aus, nur um zu sehen, wie lang ich es im Dunkeln aushielt, bevor meine Nerven mit mir durchgingen. Als Sechzehnjähriger machte ich mir nicht besonders viele Gedanken über mein Wesen, hatte aber trotzdem das vage Gefühl, dass diese Unternehmungen nicht direkt zu meinem Charakter passten: Ich war ein unsicherer, dünner Teenager mit Bücherwurmbrille und Zahnlücke. Als meine Freunde längst mit Mädchen herummachten, hatte ich immer noch ein Terrarium mit Baumfröschen im Zimmer stehen. Etwas über die Abenteuer anderer Leute in Büchern zu lesen, fand ich gut, aber ich war nicht scharf darauf, selbst welche zu erleben. Aber irgendetwas an dem Tunnel ging mir unter die Haut: Ich lag nachts im Bett und dachte daran, dass er unter unserer Straße verlief.

Gegen Ende dieses Sommers betrat ich den Tunnel nach einem starken Regenguss, und mir schallte aus dem Dunkel unerwarteter Lärm entgegen. Erschreckt wollte ich umdrehen, beschloss dann aber doch weiterzugehen, obwohl das Getöse immer lauter wurde. Tief im Tunnel sah ich, woher es stammte: Aus einem Spalt in der Decke –

einem geplatzten Rohr vielleicht – strömte das Wasser in Kaskaden zu Boden. Direkt unter dem Wasserfall stand ein umgedrehtes Kindereimerchen. Daneben ein Farbeimer. Ich sah eine Riesenkollektion umgedrehter Behälter – Ölfässer, Bierbüchsen, Tupperdosen, Benzinkanister, Kaffeedosen –, alle unter mysteriösen Umständen von einem Unbekannten zu einem Orchester angeordnet. Das Wasser trommelte auf die hohlen Gefäße und ließ Harmonien und Echos erklingen, und ich stand wie angewurzelt im Dunkeln.

Jahre vergingen, und ich vergaß meine Spaziergänge unter der Erde. Ich zog weg aus Providence, ging aufs College, wurde erwachsen. Aber meine alte Liebe zum Untergrund verschwand nie vollständig. So wie ein Samenkorn unbemerkt Wurzeln schlägt und verborgen in der Erde keimt, bevor es nach oben austreibt, so reiften auch die Erinnerungen an den Tunnel irgendwo tief in meinem Hinterkopf. Erst viel später, nach einer Reihe überraschender Begegnungen im unterirdischen New York, kehrten meine Erinnerungen an den Tunnel und den rätselhaften Altar aus Eimern wieder zurück. Doch dann packten mich die Erinnerungen mit einer Wucht, die mein gesamtes Denken und Leben auf den Kopf stellte.

Ich verliebte mich in die Stille und den Widerhall der unterirdischen Welt. Selbst der kürzeste Ausflug unter die Erde war wie eine Flucht in eine parallele Realität – so wie Figuren in Kinderbüchern eine geheime Welt betreten. Ich liebte die Möglichkeiten zu wilden, unterirdischen Tom-Sawyer-Abenteuern – wo immer auch eine Konfrontation mit den ältesten, tiefsten Grundängsten der Menschheit auf mich wartete. Meinen Freundinnen und Freunden erzählte ich für mein Leben gern Geschichten aus dem Untergrund – von unter Großstadtstraßen gefundenen Reliquien und Ritualen in tiefen Höhlen – und liebte es, das Staunen in ihren Augen zu sehen. Am stärksten fühlte ich mich zu den Träumern, Visionären und Exzentrikern hingezogen, die sich im Untergrund zu Hause fühlten: den Menschen, die den Sirenengesang der unterirdischen Welt gehört hatten und in der Unterwelt auf Forschungsreisen gingen, Kunst machten oder beteten. Menschen, die sich ihrer Leidenschaft auf eine Art hingaben, die ich zu verstehen meinte oder zumindest verstehen wollte. Paradoxerweise hoffte ich, tief unten im Dunkeln vielleicht so etwas wie Erleuchtung zu finden.

Im Lauf der Jahre überzeugte ich eine Forschungseinrichtung, mehrere Zeitschriften und dann einen Buchverlag davon, mich finanziell zu fördern; dieses Geld und noch viel mehr gab ich für die Erforschung unterirdischer Räume in den verschiedensten Teilen der Welt aus. Mehr als zehn Jahre lang kroch ich durch Katakomben und unbenutzte U-Bahn-Stationen, heilige Höhlen und Atombunker. Anfangs wollte ich nur meine eigene Faszination für die Tiefe verstehen, wurde aber mit jedem Abstieg empfänglicher für die Resonanzen der unterirdischen Landschaft. Eine universellere Geschichte trat zutage. Ich verstand, dass wir – wir alle, die Gattung Mensch – immer den leisen Sog der Welt unter unseren Füßen spüren und mit ihr so verbunden sind wie mit unserem eigenen Schat-

ten. Seit unsere Vorfahren sich zum ersten Mal Geschichten erzählten über die Landschaften, die sie bewohnten, erfüllen uns Höhlen und andere Abgründe immer mit Angst und Begeisterung zugleich, prägen unsere Albträume und Fantasien. Wie ich herausfand, ziehen sich unterirdische Welten wie ein unsichtbarer Faden durch die Menschheitsgeschichte: Auf fast unmerkliche, aber tief greifende Art und Weise haben sie unser Denken und unser Menschsein geformt.

Für mich öffnete sich der Untergrund zunächst ganz langsam, ein kleiner, splitteriger Spalt nach dem anderen – und dann mit einem Ruck, als ginge eine Falltür unter meinen Füßen auf. Es fing in meinem ersten Sommer in New York an, als ich bei einer Zeitschrift in Manhattan arbeitete und bei meinen Verwandten in Brooklyn wohnte: bei Tante,

Onkel und meinen Cousins Russell und Gus. Als Teenager hatte ich jahrelang von New York geträumt und mir vorgestellt, wie ich lange, ekstatische Spaziergänge durch das nächtliche Manhattan unternehmen und das Licht aus den Fenstern der unzähligen Hochhauswohnungen gierig in mich aufsaugen würde, und nun war ich da und fand keinen Zugang zur Stadt. In Menschenmassen wurde ich ganz klein, stammelte, wenn ich im Eckladen etwas kaufen wollte, stieg am falschen U-Bahnhof aus, irrte wie ein ahnungsloses Landei in Brooklyn umher und traute mich nicht, jemanden nach dem Weg zu fragen.

Eines Nachts, sehr spät, als ich mich besonders von der Stadt eingeschüchtert fühlte, wartete ich in Downtown Manhattan auf die U-Bahn, an einem der tiefen Gleise, auf denen man in einer Sommernacht den Granituntergrund der Stadt fast riechen kann, als ich etwas Verblüffendes sah. Aus der Dunkelheit des Tunnels tauchten zwei junge Männer auf: Sie trugen Stirnlampen, und ihre Gesichter und Hände waren schwarz vor Ruß, als wären sie tagelang in einer tiefen Höhle herumgeklettert. Sie gingen im Geschwindschritt über das Gleis, kletterten direkt vor meinen Füßen auf den Bahnsteig und verschwanden die Treppe hinauf. An diesem Abend drückte ich mir die Nase am U-Bahn-Fenster platt, bis das Glas beschlug, und stellte mir vor, dass unter den Straßen alles von geheimen Hohlräumen durchzogen war wie in einer Bienenwabe.

Die jungen Männer mit den Stirnlampen waren Urban Explorer oder *Urbexer*, Teil eines losen Zusammenschlusses von New Yorkern, die in ihrer Freizeit die verbotenen und versteckten Räume unterhalb der Stadt aufsuchten. Es war ein bunt gemischtes Völkchen: Manche waren Historiker, die den Glanz der vergessenen Orte der Stadt dokumentieren wollten; andere waren Aktivisten, die durch dieses verbotene Eindringen das von Unternehmen beanspruchte Privatgelände zurückeroberten; wieder andere waren Künstler, die Installationen und Performances in den verborgenen Schichten der Stadt schufen. In jenen ersten Wochen, in denen ich einfach nicht mit New York warm wurde, war ich oft bis spätabends wach und betrachtete Fotos geheimer Orte – seit Jahrzehnten stillgelegte Geisterbahnhöfe, tiefe Ventilkammern der Wasserversorgung, staubbedeckte, lang vergessene Luftschutzbunker – und all das kam mir so exotisch und mysteriös vor wie durch die Tiefsee schwimmende Meeresungeheuer.

Es war Abend, ich surfte durch das Onlinearchiv eines Urban Explorers, und mit einem Mal sah ich mich verblüfft einem Bild des Tunnels gegenüber, den ich als Junge in Providence erforscht hatte: Seit Jahren hatte ich nicht mehr an die ins Dunkel führende Gleisspur oder die Jahreszahl »1908« über dem Tunneleingang gedacht. Dieses zufällige Wiedersehen wirkte beunruhigend intim auf mich, als hätte jemand in meinen Kopf gefasst, eine Luke geöffnet, und ein ganzes Floß untergegangener Erinnerungen wäre zurück an die Oberfläche getrieben. Ich fand heraus, dass der Fotograf Steve Duncan hieß: ein beeindruckender, brillanter, eventuell komplett durchgeknallter Mann, der mein erster Führer durch die Unterwelt werden sollte.

Wir trafen uns an einem Nachmittag zu einer Erkundungstour durch die Bronx; Steve plante eine Exkursion durch ein altes Abwasserrohr. Er war sechs oder sieben Jahre älter als ich, mit hellen Haaren, blauen Augen und dem langgliedrigen Körperbau eines Kletterers. In seinem ersten Studienjahr hatte er angefangen, New York illegal zu erforschen; an seiner Uni, der Columbia University, schlängelte er sich durch ein Netzwerk von Dampftunneln unterhalb des Campus. Eines Nachts zwängte er sich durch einen Entlüftungsschlitz und fand sich in einer Kammer voll eingestaubter wissenschaftlicher Instrumente wieder. Es war der Geräteraum des ersten Vorläufers des späteren Manhattan-Projekts – die Entwicklung der Atombombe. Die bauchige grüne Maschine in der Mitte des Raums war der Original-Teilchenbeschleuniger: ein seltsames Juwel der Geschichte, knapp außerhalb unserer Sichtweite.

Die Sache ließ ihn nicht mehr los, und Steve wechselte kurzerhand das Studienfach, von Ingenieurswissenschaften zu urbaner Geografie und Geschichte. Wenn er nicht studierte, erforschte er erst die Eisenbahntunnel, später zog er Anglerstiefel über und stapfte durch Abwasserkanäle, bald danach kletterte er auf die Pfeiler von Hängebrücken, wo er beeindruckende Bilder der Stadt aus der Vogelperspektive schoss. Im Lauf der Jahre kultivierte er sein Image als Guerillahistoriker und Underground-Fotograf, der mit einer beunruhigend detaillierten Kenntnis der städtischen Infrastruktur aufwarten konnte. (Die New Yorker Umweltschutzbehörde, die für die Überwachung der Kanalisation zuständig ist, hat immer mal wieder versucht, Steve anzuheuern, trotz seiner illegalen Forschungsmethoden.) Steve bewegte sich irgendwo zwischen Nerd und Outlaw: Er war dünn, hatte letzte Überbleibsel eines kindlichen Sprachfehlers, trank wie ein Seemann, wickelte mit seinem verwegenen Lächeln die Frauen um den Finger und hatte ein Auftreten wie ein Superheld. Als junger Mann war er an einer seltenen Form von Knochenkrebs im Bein erkrankt und wäre beinahe daran gestorben. Diese Erfahrung schien allem, was er tat, eine besondere Dringlichkeit zu verleihen. Er konnte den Abend mit einem Vortrag über die Bedeutung der verschiedenen Abkürzungen auf den New Yorker Gullydeckeln oder über die Veränderungen der Durchflussrate in europäischen Abwassersystemen des neunzehnten Jahrhunderts verbringen, und dann in der nächsten Bar in eine Schlägerei geraten.

An jenem Nachmittag bewegten wir uns im Zickzack von einem Gullygitter zum nächsten, leuchteten mit den Taschenlampen nach unten und folgten dem Verlauf eines Abwasserrohrs. Im Gehen schwärmte Steve mit der Begeisterung eines Frischverliebten von den Puzzleteilen, aus denen sich die unsichtbaren Systeme der Stadt zusammensetzten. Für ihn war New York ein riesiger, sich ständig verändernder Organismus mit vielen Tentakeln, von dem Oberflächenbewohner nur einen winzigen Ausschnitt wahrnahmen. Er sah es als seine Aufgabe, die Verbindung der Menschen zu den verborgenen Aspekten der Welt herzustellen: Er wünschte sich, jeder Kanaldeckel wäre aus Glas gemacht, damit die Stadtbewohner überall in die Tiefe schauen konnten.

»Die meisten Leute bewegen sich in zwei Dimensionen durch die Welt«, sagte er. »Sie haben keine Ahnung, was unter ihnen los ist. Wenn man weiß, was unter der Erde passiert, versteht man, wie eine Stadt funktioniert. Aber es ist mehr als das. Man versteht, wie man selbst in die Geschichte der Stadt passt und welchen Platz man in der Welt einnimmt.«

Steve war für mich eine Verkörperung des Hermes – er war in der Lage, eine parallele Topografie wahrzunehmen. »Ich glaube, auch viel Unsichtbares ist hier«, schrieb Walt Whitman in *Grasblätter*. Steve sah das Unsichtbare – und ich wollte es auch sehen.

Mein erster Abstieg führte mich nicht sehr tief: eine Wanderung durch den West Side Tunnel – bei Urbexern und Graffitikünstlern als Freedom Tunnel bekannt –, der vier Kilometer lang unter dem Riverside Park an der Upper West Side in Manhattan verläuft.

An einem Sommermorgen schlüpfte ich durch einen Schlitz im Maschendrahtzaun nahe der 125th Street und betrat die große, an die sieben Meter hohe und doppelt so breite Tunneleinfahrt. In diesem Tunnel war es nicht richtig dunkel, eher dämmrig: Alle dreißig Meter öffnete sich in der Decke ein viereckiges Belüftungsgitter, durch das gedämpft Lichtstrahlen einfielen wie durch die Fenster einer Kathedrale. Es fühlte sich an wie ein Traum, als ich so still mitten durch Manhattan wanderte, ohne einen einzigen Menschen zu sehen.

Ungefähr auf halbem Weg fand ich ein riesiges, über dreißig Meter langes Mural, Produkt eines Künstlers, der sich Freedom nannte und dem Tunnel seinen Namen verlieh. Ich lehnte an der gegenüberliegenden Wand und bewunderte das Gemälde, das im Licht zu zittern schien. Eine leichte Brise wehte durch den Tunnel, und aus der Ferne hörte ich das Brausen des Verkehrs auf dem West Side Highway, das sich mit dem Vogelgesang im Park vermischte.

Und dann sah ich auf einmal, wie aus der Tiefe des Tunnels die riesigen Scheinwerfer eines Zugs auf mich zukamen. Ich drückte mich mit dem Rücken an die Wand, spürte einen tiefen, rumpelnden Bass unter den Füßen, dann eine Lichtexplosion, die Druckwelle eines starken Windes und ein enormes Tosen, das meine Rippen vibrieren ließ. Ich schwebte nicht in Lebensgefahr – zwischen mir und den Gleisen war knapp fünf Meter Platz. Aber dicht an die Wand gedrängt schlotterte ich am ganzen Körper, und in meinem Kopf brannte es lichterloh.

Als ich an jenem ersten Nachmittag aus dem Tunnel auftauchte und am Hudson River über einen Zaun kletterte, hatte sich mein Verhältnis zu New York radikal verändert. Überirdisch bewegte ich mich auf immer derselben Route zwischen Arbeit und Zuhause, entlang eines Weges mit sehr eingeschränkten Sinneserfahrungen; unten im Tunnel hatte ich diese begrenzten Wege verlassen und spürte tief in mir eine neue Verbindung mit der Stadt. Es war ein Gefühl, als wäre ich wachgerüttelt worden und hätte es zum ersten Mal gewagt, New York auf Augenhöhe zu begegnen.

In den Untergrund zu gehen, in den Leib der Stadt hineinzukriechen, das war für mich der Beweis, dass auch ich nach New York gehörte und mit der Stadt vertraut war. Es bereitete mir große Genugtuung, meinen Freundinnen und Freunden, die echte, gebürtige New Yorker waren, von alten Gewölben unter ihrem Viertel zu erzählen, von denen sie nichts ahnten. Ich liebte es, in unterirdischen Gängen Strukturen der Stadt zu sehen, die für Menschen an der Oberfläche unsichtbar waren – uralte Graffiti und Tags, Risse in den Fundamenten von Wolkenkratzern, exotische Schimmelwucherungen an Wänden, jahrzehntealte Zeitungsseiten, die zusammengeknüllt in versteckten Nischen lagen. Die Stadt und ich hatten jetzt gemeinsame Geheimnisse: Ich durchsuchte ihre geheimen Schubladen und las ihre privaten Briefe.

Steve und ich waren eines Nachts in der Nähe des Brooklyn Navy Yard unterwegs; er stellte orangefarbene Kegel rund um einen Gully auf und zog mit einem Eisenhaken den Deckel hoch. Ein Dampfwölkchen kam heraus. Wir stiegen die Leiter hinunter, Hand für Hand an den schleimigen Sprossen, und landeten spritzend in der Kanalisation. Das Abwasserrohr war um die vier Meter hoch, in der Mitte gurgelte grünliches Wasser. In der warmen Luft beschlug meine Brille sofort. Beim Anblick der langen, zähflüssigen Bakterienstränge, die von der Decke hingen – in der Szene unter dem zärtlichen Spitznamen »Snotsicles« bekannt, weil sie wie gefrorene Rotzfäden aussehen –, zögerte ich ein wenig, aber die Kanalisation war weit weniger eklig, als ich erwartet hatte. Es roch nicht so sehr nach Fäkalien, sondern eher erdig, wie in einer alten Scheune voller Düngersäcke. Wir ließen das Licht unserer Stirnlampen über das Lehmufer wandern; wie Sandbänke in einem Fluss sah der Schlamm aus und war besiedelt von Kolonien winziger Albinopilze. Während der Laichsaison schwimmen in diesem Wasser Aale.

Vermischt mit dem grünlichen Abwasser floss hier der Wallabout Creek, erklärte mir Steve, ein natürlicher Bach, der früher in die Wallabout Bay entwässert hatte, wo sich heute der Navy Yard befand. Auf einer Karte von 1766 war der Fluss noch eingezeichnet, aber als die Stadt immer weiter wuchs, wurde er unter die Erde verlegt und verschwand aus den Augen der Welt.

An der Oberfläche war New York ein wildes, ungestümes Tier: grummelnd und knurrend stieß es Dampf aus und spuckte Menschenmassen aus seinen Öffnungen. Aber hier unten, wo einer der ursprünglichen Flüsse friedlich um meine Füße plätscherte, fühlte sich die Stadt ruhig und gelassen an, sogar verletzlich. Die Begegnung war so intim, dass sie mir fast unangenehm war: ein Gefühl, als ob man jemanden beim Schlafen beobachten würde.

Als wir die Leiter wieder hochkletterten und durch den offenen Gully zurück an die schneidend kalte Luft kamen, war drei Uhr morgens vorbei. Ich streckte den Kopf aus dem Loch und ein junger Mann auf dem Fahrrad musste einen Bogen um mich machen. Quietschend kam er zum Stehen, drehte sich um und fragte atemlos: »Wer seid ihr?«

Steve richtete sich auf, streckte die Brust heraus, als stünde er auf der Bühne, warf den Kopf in den Nacken und zitierte Robert Frosts »Ein Bach in der Stadt«:

In einen tiefen Kerker unter Stein
wurde der Bach verbannt
in stinkendes Abwasserdunkel,
dort zu leben und zu fließen –
dabei hatte er gar nichts verbrochen,
nur vielleicht die Angst zu vergessen.

Mit jedem Ausflug unter die Erde brach die harte Schale der Stadt ein bisschen mehr auf und gab ein neues Geheimnis preis, immer gerade so viel, dass ich noch ein Stück tiefer gelockt wurde. Bei jeder U-Bahn-Fahrt hatte ich ein Notizbuch dabei, schaute aus dem Fenster und vermerkte die Stellen, an denen Lücken in den Wänden zu sehen waren, die möglicherweise zu verlassenen Gleisen führten, zu »Geisterbahnhöfen«, wie sie von den Graffitisprayern genannt wurden. Ich folgte dem Verlauf von unterirdischen Bächen und suchte nach Stellen, an denen ich mein Ohr an einen Rost halten und darunter Wasser gluckern hören konnte. In meinem Wandschrank hingen Anglerstiefel und schlammige Klamotten, und ich trug jederzeit eine Stirnlampe im Rucksack bei mir. Ich begann mich immer langsamer durch die Stadt zu bewegen, blieb bei Lüftungsschächten der U-Bahn, bei Gullys und Baustellen stehen und versuchte, ein Bild von den Eingeweiden der Stadt zusammenzusetzen. Meine innere Landkarte New Yorks ähnelte immer stärker einem von verborgenen Faltungen, geheimen Durchgängen und unsichtbaren Nischen durchzogenen Korallenriff.

Eine Weile bewegte ich mich wie in Trance durch die Stadt und stellte mir vor, dass jedes Gullyloch, jeder dunkle Treppenschacht und jede Bodenluke im Bürgersteig in eine andere Dimension führten. Ich entdeckte ein Backsteingebäude in Brooklyn Heights, das von außen genau wie die anderen Häuser der Straße aussah – außer, dass die Tür aus schwerem Industriestahl bestand und die Fenster verdunkelt waren: Es war ein getarnter Entlüftungsschacht, der hinunter in die U-Bahn führte. Auf der Jersey Street in SoHo fand ich einen alten Gully, der in den unterirdischen Croton Aqueduct führte, den 1842 vier Männer mit einem kleinen Holzfloß, das sie *Croton Maid* getauft hatten, auf einer sechzig Kilometer langen Odyssee durchs stockdunkle Gewässer von den Catskills bis nach Manhattan befahren hatten. Unterhalb der Atlantic Avenue in Brooklyn fand ich einen 1862 verlassenen Eisenbahntunnel, der bis 1980 vergessen war, als der neunzehnjährige Bob Diamond in einen Gully einstieg und die riesige Echokammer darunter entdeckte. (Diese Entdeckung versetzte die Stadt in einen kurzen Faszinationstaumel, und Fotografen eilten herbei, um Bilder des jungen Bob zu schießen, wie er durch den mysteriösen Tunnel kroch.) Auf einer Insel in der Bronx schloss ich mich einer Schatzsuche an, bei der nach einem verlorenen Dollarbündel des verschwundenen Erpressungsgelds gesucht wurde, das der Entführer von Charles Lindberghs Baby angeblich dort vergraben hatte. Ich folgte den Gerüchten von düsteren, im U-Bahn-Netz verborgenen Kammern, deren Wände mit hundert Jahre alten Graffiti bedeckt waren: Räume, die so unberührt und vergessen waren, dass der Sand in Kaskaden von der Decke rieselte, wenn man zu laut sprach. Ich suchte nach einem alten Gebäude in Midtown Manhattan, in dem es im tiefsten Kellergeschoss ein Loch im Boden geben sollte, das sich auf einen schnell fließenden Fluss öffnete; tagsüber, hieß es, saßen alte Männer um das Loch und angelten Forellen. Diese Storys erzählte ich so oft, bis meine Freunde sie nicht mehr hören konnten; sie stöhnten, wenn ich sie bei Spaziergängen durch die Stadt ständig darauf hinweisen wollte, was sich gerade unter unseren Füßen befand. Aber zu dieser Zeit konnte ich schon nicht mehr anders.

Ich kletterte hinunter und begab mich in Gefahren, die sogar mich selbst erstaunten. Spätabends stieg ich über das Schild am Bahnsteigende, auf dem DO NOT ENTER OR CROSS TRACKS (Betreten der Gleisanlage verboten) stand, schlich mich auf den Steg und sprang von dort hinunter auf die Gleise, wo es finster wie in einem Schornstein und an Sommerabenden heiß wie in einem Hochofen war. Anfangs war ich da unten mit meinem Cousin Russell unterwegs: Wir rannten im Dauerlauf durchs Dunkel, spürten erst einen Lufthauch und dann ein tiefes Beben an den Füßen. »Zug kommt«, flüsterten wir. Wir hörten, wie die Weichen einrasteten, dann kam das Licht eines riesigen Scheinwerfers um die Kurve und erleuchtete die Tunnelwand: Blitzschnell kletterten wir hoch auf den Steg und drückten uns in die Vertiefung von Notausgängen, während die Bahn an uns vorbeidonnerte und dabei einen Wind er-

zeugte, der uns leicht hätte mit sich reißen können. Bald fing ich an, mich auch allein dort unten herumzutreiben, spontan, wenn ich Lust dazu hatte. Spätabends nach einer Party oder einem langen Tag in der Bibliothek wartete ich am Gleis, sah die U-Bahn kommen und entschied mich in letzter Sekunde, sie vorbeifahren zu lassen und ihr in den finsteren Tunnel zu folgen. Mehrere Male ging es beinahe schief, ich sah die blauen Funken der vorbeifahrenden Räder fliegen und war kurzzeitig taub vom Donnern des Zuges. Mitten in der Nacht ging ich dann wie betäubt nach Hause, das Gesicht vom Stahlstaub verschmiert, fühlte mich neben mir und doch hellwach, als sei ich gerade aus einem intensiven Traum erwacht.

Eines Nachts bemerkte mich ein U-Bahn-Fahrer im Tunnel, und als ich zurück auf den Bahnsteig kletterte, warteten schon zwei Polizisten auf mich: der eine klein und dick, der andere groß und dünn, beide jung und aus der Karibik stammend. Sie bogen mir die Arme auf den Rücken, drückten mich gegen die Wand und leerten meinen Rucksack auf dem Boden aus – sie hatten zwar guten Grund, mich festzunehmen, ließen mich am Ende aber doch gehen. Völlig fertig saß ich hinterher auf einer Bank und wusste haargenau, dass man mich, wenn ich nicht weiß wäre, in Handschellen abgeführt hätte. Aber als ich in derselben Nacht zu Fuß nach Hause ging, ertappte ich mich, wie ich schon wieder auf der Straße stehen blieb und in Ablaufgitter und Gullys spähte.

In den dunkelsten Schichten traf ich auf die *Mole People* – obdachlose Männer und Frauen, die in den unsichtbaren Nischen und Gewölben der Stadt hausten. In einer Nacht war ich mit Steve, Russell und ein paar anderen Urban Explorern unterwegs und lernte eine Frau kennen, die sich Brooklyn nannte und seit dreißig Jahren unter der Erde lebte. Sie hatte ein vernarbtes Gesicht und auf dem Kopf aufgetürmte Dreadlocks. Ihr Zuhause, das sie als »ihren Iglu« bezeichnete, war ein in einem Vorsprung des Tunnels versteckter Alkoven, den sie mit einer Matratze und ein paar schiefen Möbelstücken ausgestattet hatte. Brooklyn hatte Geburtstag, und wir ließen eine Flasche Whiskey herumgehen, sie sang ein Medley aus Tina-Turner- und Michael-Jackson-Songs, und eine Weile lachten alle. Aber dann legte sich bei Brooklyn irgendein Schalter um, aus dem Gesang wurde unverständliches Lallen, und sie sah Dinge, die nicht da waren. Ihr Partner kehrte zurück – der irgendwie auch Brooklyn hieß –, und die beiden fingen an, sich zu streiten, wüste Beschimpfungen hallten durchs Dunkel.

Irgendwann hörte ich auf, mit meinen Freunden, Freundinnen und Verwandten über meine Ausflüge in den Untergrund zu reden, weil ich es zunehmend schwierig fand, ihre Fragen zu beantworten: Was suchte ich dort unten eigentlich genau?

»Ich zeige dir was«, sagte Steve eines Abends, »aber du musst versprechen, dass du niemandem etwas davon verrätst.«

Es war gegen zwei, wir kamen von einer Party irgendwo in Brooklyn. Steve führte mich in einen U-Bahnhof und auf den Steg hinter der Absperrung. Ich ging direkt hinter ihm, aber auf einmal war er im Dunkeln verschwunden. Erst als er nach mir rief, wurde mir klar, dass er durch eine in der Wand verborgene Öffnung geschlüpft war. Ich trat hindurch und stand im finsteren Nichts. Es war eine der heiligen Hallen des New Yorker Untergrunds, ein riesiger Hohlraum, der nur durch eine hauchdünne Membran vom normalen Leben getrennt und dennoch vollständig unsichtbar ist.

Steve führte mich in die Mitte des Raums und beleuchtete den Boden, auf dem sich ein Gitter aus rechteckigen Fliesen befand, ungefähr 2 x 1,30 m groß. Wir bliesen auf die Fliesen und eine Staubwolke hob sich. Ich blickte auf eine Karte. Es war der Plan der New Yorker U-Bahn, wie er in jedem U-Bahnhof der Stadt hängt, auf dem die Umrisse von Brooklyn und Manhattan als unförmige, beigefarbene Klöße dargestellt sind, die von den bunten Fäden der U-Bahn-Linien über dem blassblauen East River miteinander verbunden werden. Aber statt der vertrauten Landmarken zeigte die Karte nur die unsichtbaren Orte. Die Veteranen unter den Urban Explorern, die über viele Jahre hinweg immer tiefer unter die Stadt vorgedrungen waren, hatten Fotos auf dem Plan befestigt, die zeigten, wo sich ein Abwasserkanal, ein Aquädukt, ein Geisterbahnhof oder andere, vor dem Auge der Öffentlichkeit verborgene Orte befanden. Begeisterung überfiel mich, als ich dort im Dunkeln hockte und diesen Atlas der unsichtbaren Stadt betrachtete, der sich selbst ebenfalls an einem unsichtbaren Ort befand: Es war eine Art Schrein für all das, was ich in den Jahren als Explorer unter New York gesucht hatte. Zugleich fühlte ich mich seltsam entfremdet von dieser Begeisterung, als stamme sie aus einem Teil meines Gehirns, zu dem ich keinen wirklichen Zugang hatte.

In diesem Augenblick, in dem ich im Staub tief unter der Stadt hockte, wurde mir klar, wie wenig ich über mein Verhältnis zum Untergrund wusste. Und wie wenig ich über das Verhältnis der Menschheit zur unterirdischen Landschaft im Allgemeinen wusste, das zurückreicht bis zum ersten schwachen Aufflackern der Menschengeschichte.

Bei einer Wanderung durch die Toskana stieg Leonardo da Vinci über ein paar Felsen und gelangte zum Eingang einer Höhle. Er stand dort im Schatten, spürte die kühle Brise auf seinem Gesicht, starrte ins Dunkel und

wusste nicht mehr weiter: »Als ich aber geraume Zeit verharrt hatte, erwachten plötzlich in mir zwei Gefühle: Furcht und Verlangen. Furcht vor der drohenden Dunkelheit der Grotte, Verlangen aber, mit eigenen Augen zu sehen, was darin an Wunderbarem sein mochte.«

Seit Anbeginn der Menschheit haben wir in Höhlen und unterirdischen Öffnungen gelebt; seitdem verursachen diese Orte bei uns starke, widerstreitende Gefühle. Evolutionspsychologen vermuten, dass die archaischsten Beziehungen zu unserer Umwelt nie völlig verschwinden, dass sie tief in unserem Nervensystem verankert sind und in unbewussten Instinkten zum Ausdruck kommen, die unser Verhalten immer noch bestimmen. Der Ökologe Gordon Orians nennt diese übrig gebliebenen Urtriebe »die evolutionären Geister längst vergangener Umwelten«.

Bei meinen Ausflügen unter New York liefen bei mir jedes Mal, wenn ich in den dunklen Schlund eines Tunnels oder in die Tiefen eines Kanalisationsschachts spähte, unbewusst die verschütteten Impulse ab, die ich von meinen Vorfahren geerbt hatte, die vor langer, langer Zeit am Eingang dunkler Höhlen gehockt und überlegt hatten, ob sie hineingehen sollten oder nicht.

Unter der Erde sind wir Fremde. Die Evolution hat uns in jeder nur vorstellbaren Weise – von den Bedürfnissen des Metabolismus über den Aufbau unserer Augen aus Stäbchenzellen bis hin zur geleeartigen Tiefenstruktur unseres Gehirns – darauf eingestellt, an der Oberfläche zu bleiben und nicht in den Untergrund zu gehen. Der aphotische Bereich einer Höhle – Fachausdruck für den Teil der Höhle, in dem es keinerlei Zwielicht mehr gibt, keine letzten Lichtreste, die lichtlose Zone – ist die Geisterbahn der Natur, der Inbegriff unserer tiefsten Ängste. Dort wohnen Schlangen, die zuckend von der Höhlendecke herunterhängen, Spinnen so groß wie Chihuahuas und Skorpione mit Stachelschwänzen – Tiere, vor denen wir uns aufgrund unserer Evolutionsgeschichte fürchten, weil so viele unserer Vorfahren von ihnen umgebracht wurden. Bis vor ungefähr fünfzehntausend Jahren waren Felsgrotten in aller Welt Wohnort von Höhlenbären, Höhlenlöwen und Säbelzahntigern. Was heißt, dass sich unsere Spezies seit ihrem Bestehen (abgesehen vom letzten kurzen Blinzeln) darauf gefasst machen musste, beim Anblick einer Höhle von einem menschenfressenden Untier aus dem Dunkeln angefallen zu werden. Und so flackert auch heute noch die

Angst vor gefährlichen Tieren in uns auf, sobald wir im Finstern stehen.

Angepasst an das Leben in der afrikanischen Savanne, wo wir bei Tageslicht als Jäger und Sammler unterwegs waren, aber im Dunkeln nachtaktive Raubkatzen fürchten mussten, hat uns die Dunkelheit immer beunruhigt. Die unterirdische Finsternis – die »blinde Welt«, wie Dante sie genannt hat – ist in der Lage, unser gesamtes Nervensystem zusammenbrechen zu lassen. Die europäischen Pioniere der Höhlenforschung gingen davon aus, dass ein längerer Aufenthalt unter der Erde ihre Psyche dauerhaft schädigen würde, wie es der Erforscher einer Höhle in Somerset, England, im siebzehnten Jahrhundert beschrieb. »Wir fingen an, uns vor einem Besuch zu fürchten, denn obgleich wir die Höhle ausgelassen und heiter betraten, kehrten wir traurig und nachdenklich daraus zurück, und wir lachten bis an unser Lebensende nie mehr.« In gewisser Weise hat sich diese Furcht als berechtigt erwiesen, da zahlreiche neurowissenschaftliche Experimente gezeigt haben, dass ein ausgedehnter Aufenthalt in vollkommener Lichtlosigkeit psychische Verwirrung auslösen kann. In den 1980er-Jahren nahm ein Mann an einer Expedition in die Sarawak-Kammer im Gunung Mulu Nationalpark auf Borneo teil. Er betrat einen riesigen Höhlenraum – so groß, dass siebzehn Fußballplätze hineingepasst hätten, einer der größten unterirdischen Hohlräume der Welt – und verlor die Höhlenwand aus den Augen: Der Mann irrte ziellos in der unendlich scheinenden Dunkelheit herum, verfiel in eine Schocklähmung und musste von seinen Begleitern an die Oberfläche gebracht werden. Solche von der Dunkelheit ausgelösten Panikattacken sind in der Szene als »*The Rapture*« bekannt: Angst, Rausch und Entrückung.

Das Gefühl, eingeschlossen zu sein, bringt uns aber auch zum Durchdrehen. Unter der Erde in einem Spalt festzustecken und sich nicht mehr bewegen zu können, abgeschnitten vom Licht, mit langsam weniger werdendem Sauerstoff, ist vielleicht der Inbegriff des Albtraums schlechthin. Der römische Philosoph Seneca beschrieb einmal eine Gruppe antiker Silberschürfer, die tief unter die Erde stiegen und dort Dinge sahen, die dafür sorgten, dass »manche wie toll und vom Donner gerührt herumliefen«, unter anderem ausgelöst durch den psychischen Druck der Landmasse, »die über ihren Köpfen hing«. Dieses Gefühl wurde auch von Edgar Allan Poe sehr treffend beschrieben, dem genialen Dichter der Klaustrophobie. Er schrieb über das Gefühl, lebendig begraben zu sein: »Es ist nicht zu viel gesagt mit der Behauptung, dass kein Ereignis so grauenvoll geeignet ist, Leib und Seele aufs Äußerste zu schrecken, wie das Lebendigbegrabensein. Der unerträgliche, atemraubende Druck – die erstickenden Dünste der feuchten Erde – das hemmende Leichengewand – die harte Enge des schmalen Hauses – das Dunkel vollkommener Nacht – die alles verschlingende Woge ewiger Stille –«. In einem unterirdischen Hohlraum verspüren wir vielleicht nicht unbedingt den vollen Ansturm der Panik, aber zumindest eine Ahnung davon, wenn wir uns vorstellen, dass Decken und Wände immer näher kommen und uns allmählich einschließen.

Letztendlich ist es der Tod, den wir am meisten fürchten: Alle unsere Aversionen gegen die Dunkelheit kulminieren in der Angst vor unserer eigenen Sterblichkeit. Unsere Spezies hat, den Funden in der Qafzeh-Höhle in Israel zufolge, seit mindestens hunderttausend Jahren ihre Toten in der Dunkelheit von Höhlen begraben, und lange davor haben unsere Neandertaler-Vorfahren es ähnlich gemacht. In religiösen Traditionen auf der ganzen Welt gleichen die Beschreibungen des Totenreichs lichtlosen Höhlenräumen: Körperlose Schatten treiben durch konturlose Dunkelheit. Selbst in Kulturen, die in höhlenlosen Landschaften siedeln und nie in Kontakt mit unterirdischen Räumen kommen – wie zum Beispiel die Völker der Kalahari-Wüste oder der sibirischen Steppe –, gibt es Mythen von einem vertikalen Kosmos mit einer unterirdischen Sphäre, in der es vor Geistern wimmelt. Sobald wir die Schwelle einer Höhle übertreten, spüren wir eine reflexartige Vorahnung unseres eigenen Todes, was heißen soll, dass wir mit dem einen Ding in Berührung kommen, auf dessen Vermeidung uns die natürliche Auslese konditioniert hat.

Und trotzdem zögern wir vielleicht an der Schwelle zum Untergrund, aber dann betreten wir ihn doch. An jenem Tag in der Toskana stieg Leonardo da Vinci natürlich hinunter in die Finsternis. (In einer Höhlenwand tief im lichtlosen Bereich entdeckte er die Fossilien eines Wals, was ihn bis zu seinem Lebensende beschäftigen und inspirieren sollte.) Praktisch jeder zugängliche Höhlenraum des Planeten weist Spuren unserer Vorfahren auf. Archäologinnen und Archäologen sind auf dem Bauch durch schlammige Gänge in den Höhlen Frankreichs gerobbt, haben lange unterirdische Flüsse in Belize durchschwommen und viele Meilen im Innern der Kalksteinhöhlen Kentuckys zurückgelegt: Überall haben sie die Spuren unserer Vorfahren gefunden, die durch Felsspalten in die Erde geklettert sind und sich mit Harzfackeln oder Talglichtern den Weg durchs Dunkel gesucht haben. Dort begegneten unsere Ahnen einer fremden Welt, die völlig von dem abgetrennt war, was sie auf der Erdoberfläche kannten: eine Welt, die dunkler war als jede Nacht, in der die Echos hallten und Stalagmiten wie Zähne von Drachen aus der Erde ragten. Ausflüge in die lichtlose Zone sind möglicherweise die älteste kontinuierliche Kulturpraxis der Menschheit. Die archäologischen Hinweise auf Besuche unter der Erde gehen Hunderttausende Jahre zurück, lange bevor der *Homo sapiens* existierte. Keine andere Tradition, schreibt der Mythologe Evans Lansing Smith, »bringt uns als Menschheit enger zusammen als der Abstieg in die Unterwelt«.

Als ich anfing, meine Faszination für den Untergrund New Yorks genauer unter die Lupe zu nehmen, merkte ich, dass sie Teil eines viel größeren, älteren und universelleren Rätsels war. Entgegen der grundlegendsten Logik der Evolution, trotz aller konkreten unterirdischen Gefahren, trotz eines Chors tief sitzender Ängste, die uns ans Licht zwingen wollen, und obwohl uns der eigene Tod konkret vor Augen steht, gibt es im tiefsten Inneren unserer Psyche einen Drang, der uns in die Finsternis lockt.

Mehrere Jahre lang pendelte ich wie ein Jo-Jo zwischen New York und weit entfernten Ecken der Welt hin und her, immer auf der Suche nach dem nächsten Faden in unserem verworrenen Verhältnis zu unterirdischen Landschaften. Nach den feuchtkalten Tunneln unterhalb moderner Großstädte bewegte ich mich durch ältere, wildere Grotten, Gruben und Kavernen und schließlich durch die ewige Finsternis echter Höhlen. Überall ließ ich mich von anderen heutigen Inkarnationen des Hermes führen, die sich allesamt hervorragend in der Unterwelt auskannten und sich regelmäßig zwischen oben und unten hin- und herbewegten.

»In den Keller hinuntersteigen heißt träumen«, schrieb der Philosoph Gaston Bachelard in *Poetik des Raumes*, »heißt sich verlieren in den fernen Gängen einer unsichtbaren Etymologie, heißt in den Worten unauffindbare Schätze suchen.« Ich ging unserem Verhältnis zur unterirdischen Welt in Mythologie und Geschichte nach, in Kunst und Anthropologie, Biologie und Neurowissenschaften. Ich fand ein Symbol, das verwirrend war in seiner Vielgestaltigkeit, eine Landschaft, so elementar für die Menschheitsgeschichte wie Wasser, Feuer und Luft. Wir gehen zum Sterben in die Unterwelt, aber auch, um aus dem Schoß der Erde wiedergeboren zu werden; wir fürchten uns vor allem Unterirdischen, aber wenn Gefahr droht, ist es unser erster Zufluchtsort. Unter der Erde verbergen sich unbezahlbare Schätze und giftige Mülldeponien; der Untergrund ist die Sphäre verdrängter Erinnerungen und strahlender Offenbarungen. »Die Metapher vom Untergrund«, schrieb der Forscher David L. Pike in seinem Buch

Metropolis on the Styx, »lässt sich auf das gesamte Leben auf Erden ausweiten.«

Sobald man ein Bewusstsein für die Räume unter seinen Füßen entwickelt, spürt man, wie sich die Welt öffnet. Wenn wir uns in Gedanken den Tunneln und Höhlen im Untergrund der Erde zuwenden, entwickeln wir ein besseres Gespür für die vielen unsichtbaren Kräfte, die unsere Realität beeinflussen. Unsere Verbindung zum Untergrund öffnet eine Tür zu den rätselhaften Tiefen der menschlichen Fantasie. Wir steigen hinab, um das Ungesehene, das Unsichtbare zu sehen – wir sind auf der Suche nach der Erleuchtung, die nur im Dunkeln zu finden ist.

2. Kapitel

DIE UNTERQUERUNG

Ich hielt das Haupt nicht lang in solcher Lage,
So glaubt ich hoher Türme viel zu schauen;
Drum ich: »Wie heißt die Stadt dort, Meister, sage?«
DANTE, 31. GESANG, *Die Hölle*

Die ersten Fotos des Pariser Untergrunds stammten von einem Mann mit einer wilden roten Mähne, der sich Nadar nannte. Nadar sei »ein Inbild erstaunlicher Lebenskraft«, schrieb Charles Baudelaire – Mitte des neunzehnten Jahrhunderts zählte Nadar zu den auffälligsten und exzentrischsten Persönlichkeiten in der Kulturmetropole Paris. Er war ein Entertainer, ein Dandy, Freund und Fürsprecher der Bohemiens und Künstler; insbesondere aber war er der wichtigste Fotograf der Stadt. Mit seinem prunkvollen Studio im Zentrum der Stadt war Nadar Pionier und Wegbereiter des Mediums Fotografie. 1861 erfand Nadar eine batteriebetriebene Beleuchtung und setzte als einer der Ersten in der Geschichte der Fotografie Kunstlicht ein. Um die Macht seiner »Wunderlampe«, wie er sie nannte, zu demonstrieren, machte er sich daran, an den dunkelsten und verborgensten Stellen zu fotografieren, die er finden konnte: in den Abwasserkanälen und Katakomben unter der Stadt. Im Verlauf mehrerer Monate machte er Hunderte von Aufnahmen in der unterirdischen Finsternis, jeweils mit einer Belichtungszeit von achtzehn Minuten. Die so entstandenen Bilder waren eine Offenbarung. Die Pariser wussten natürlich, dass sich unter ihren Straßen ein Gewirr von Tunneln, Gräbern und Aquädukten befand, aber als Orte waren sie immer abstrakt geblieben, Gegenstand geflüsterter Gerüchte, wenig mehr. Nadar machte die unterirdische Landschaft zum ersten Mal für jedermann sichtbar, und damit begann die intensive Auseinandersetzung der Stadt Paris mit ihrer Unterwelt: eine Verbindung, die im Laufe der Zeit immer seltsamer wurde, obsessiv und wahrscheinlich enger als in jeder anderen Stadt der Welt.

Anderthalb Jahrhunderte nach Nadar traf ich zusammen mit Steve Duncan und einer Handvoll anderer Urban Explorer in Paris ein; wir wollten das Verhältnis der Stadt zu ihrem Untergrund auf eine Art erforschen, die bis dahin noch niemand versucht hatte. Wir planten eine Unterquerung – eine Wanderung von einem Stadtrand zum anderen, ausschließlich auf unterirdischen Wegen. Steve hatte diesen Katakomben-Trip daheim in New York ausgetüftelt: Monate hatten wir mit der Planung verbracht, hatten alte Stadtpläne studiert, uns mit Pariser Explorern ausgetauscht und potenzielle Routen entworfen. Vom Konzept her war es eine lupenreine Expedition. Wir wollten die Katakomben außerhalb der südlichen Stadtgrenze in der Nähe der Porte d'Orléans betreten; wenn alles nach Plan lief, würden wir jenseits der nördlichen Stadtgrenze nahe

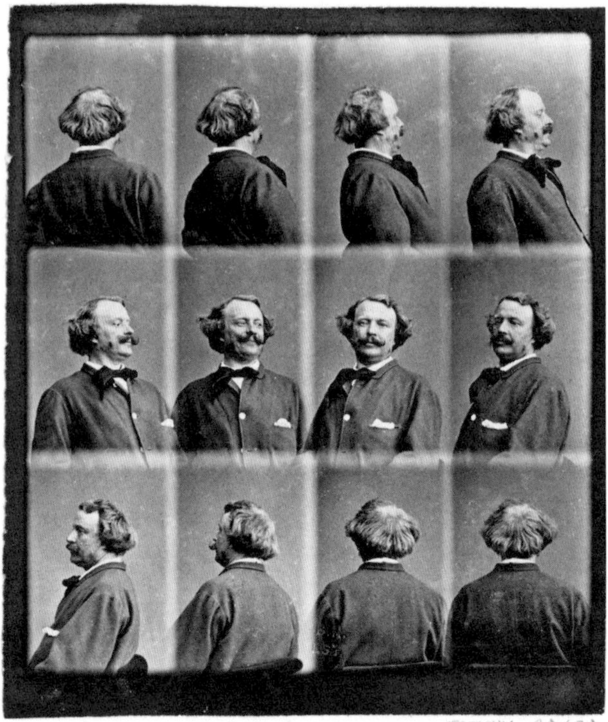

der Place de Clichy aus der Kanalisation wieder auftauchen. Luftlinie waren das nicht einmal zehn Kilometer, ein gemütlicher Spaziergang, den man vor dem Mittagessen machen konnte. Aber die unterirdische Route – der »Wurmweg« sozusagen – würde schmutzig und schwierig werden, mit vielen Umwegen, Richtungsänderungen, Haken und Schlenkern. Wir bereiteten uns auf einen zwei- bis dreitägigen Treck vor, bei dem wir die Nächte unter der Erde verbringen würden.

An einem milden Juniabend saßen wir zu sechst am südlichen Pariser Stadtrand in einem nicht mehr benutzten Eisenbahntunnel, der zur *petite ceinture* gehörte, dem »kleinen Gürtel«, einer seit Langem stillgelegten Ringbahn rund um Paris. Den Tag hatten wir mit letzten Besorgungen verbracht, jetzt war einundzwanzig Uhr vorbei, und die Lichtpunkte an den beiden Enden des Tunnels wurden allmählich schwächer. Alle waren schweigsam, und die Strahlen unserer Stirnlampen tanzten nervös über den Boden. Einer nach dem anderen spähten wir in ein dunkles, von Graffiti umrandetes Loch, das mit einem Presslufthammer aus der Betonwand gebrochen worden war: unser Einstieg in die Katakomben.

»Steckt euren Pass am besten in eine Reißverschlusstasche«, erinnerte uns Steve und ließ die Hosenträger seiner Anglerstiefel schnalzen. »Nur für den Fall.« Unsere Exkursion war natürlich vom ersten bis zum letzten Meter illegal; falls wir erwischt wurden, würde uns unser gezückter Ausweis hoffentlich vor der zentralen U-Haftanstalt der Stadt bewahren.

Moe Gates beugte sich über eine Karte, die uns helfen würde, einen Weg durch das ausgedehnte Labyrinth der Katakomben zu finden. Moe war klein, bärtig, mit einem roten Hawaiihemd bekleidet und Steves langjähriger Urbexing-Partner. Er hatte schon die Moskauer Kanalisation unsicher gemacht, auf den Wasserspeiern an der Spitze des Chrysler Building in New York gehockt und Sex oben auf dem Brückenpfeiler der Williamsburg Bridge in Brooklyn gehabt. Eigentlich wollte er mit dem Tunnelkriechen aufhören, solide werden und »mit einem netten jüdischen Mädchen Kinder kriegen«, aber bisher hatte er es noch nicht geschafft, die Sucht abzuschütteln.

Liz Rush – Steves Freundin, eine Frau mit scharfen Augen und kinnlangen Haaren – checkte die Batterien an einem Gasmelder für geschlossene Räume, der uns auf giftige Gase aufmerksam machen sollte, auf die wir in den ungelüfteten Tunneln stoßen könnten. Liz ging regelmäßig mit Steve unter New York auf Erkundungstouren, aber es war ihr erster Trip durch den Pariser Untergrund. Neben Liz überprüften zwei andere Neulinge ihre Ausrüstung: Jazz Meyer, eine junge Australierin mit roten Dreadlocks, die in den Regenwasserkanälen unter Melbourne und Sydney unterwegs gewesen war, und Chris Moffett, ein New Yorker Philosophiestudent, für den es der erste Vorstoß in den Untergrund werden sollte.

»Fünfzig Prozent Niederschlagswahrscheinlichkeit«, sagte Steve beim letzten Blick auf sein Handy, bevor er es ausstellte. Die größte Gefahr bei unserer Expedition war Regen: Sobald wir die Kanalisation betraten, konnte selbst ein kleiner Schauer an der Oberfläche unterirdisch eine Flutwelle bedeuten. Der Juni in Paris war nass gewesen, und wir hatten seit unserer Ankunft ständig den Wetterbericht verfolgt. Steve hatte einen anderen Explorer, Ian, oben in der Stadt dafür abgestellt, uns Wetter-Updates zu schicken. In der Gruppe legten wir ein Versprechen ab: Beim ersten Zeichen von Regen ging es nach oben, und die Expedition wäre vorbei.

Unser Grüppchen stand eng zusammen ums Einstiegsloch; Moe hatte die Rolle des Protokollanten übernommen, sah auf die Uhr und machte einen Eintrag auf dem Notizblock: »21.46 Uhr, es geht nach unten.« Steve kletterte als Erster Kopf voran hinein, schlängelte sich mit der Hüfte durchs Loch und machte Scherenschläge mit den Beinen; wir anderen folgten, einer nach dem anderen. Ich war der Letzte: Ich blickte noch einmal nach rechts und links durch den menschenleeren Eisenbahntunnel und zwängte mich dann ins Dunkel.

Der Tunnel, in dem wir landeten, war eng und niedrig, die Wände bestanden aus rauen, nassen Steinen. Ich schob den Rucksack nach vorn, krabbelte auf allen vieren durch kaltes Wasser, stieß trotzdem mit dem Rücken an die

Steindecke und war sofort bis auf die Haut durchnässt. Das Gestein roch erdig, fast angenehm ländlich, nach regendurchweichter Tafelkreide. Die Strahlen unserer Stirnlampen flackerten wie Stroboskopblitze, nur die Musik fehlte. Der Abschied von der Oberwelt war so abrupt, wir hätten auch am Grund des Ozeans sein können. Das Hupen der Autos auf der Straße, das Rattern der Tram auf der Avenue du Général Leclerc, das Murmeln der unter den Brasseriemarkisen rauchenden Pariser – alles war mit einem Schlag weggewischt.

Steve führte uns Richtung Norden. In einem etwas breiteren Stollen konnten wir in die Hocke gehen und mühsam im Entengang weiterwatscheln, dann kam eine gewölbte Passage, in der wir Erdboden unter den Füßen hatten, bis wir alle aufrecht gehen konnten und etwas schneller vorankamen. Der erste Abschnitt unserer Reise hatte begonnen.

In Paris sagt man, der Untergrund der Stadt mit seinen unendlich vielen Aushöhlungen sei löchrig wie ein Schweizer Käse, und nirgendwo so sehr wie in den Katakomben. Die Katakomben sind ein enormes Labyrinth aus Stein, dreihundert Kilometer Tunnel, zum größten Teil am *Rive Gauche* der Seine. Manche der Stollen stehen unter Wasser, sind halb eingestürzt und voller Krater; andere sind mit ordentlich gemauerten Backsteinen, eleganten Torbögen oder sogar verzierten Wendeltreppen ausgestaltet. Die *Catas*, wie sie von den Eingeweihten genannt werden, sind ganz genau genommen keine Katakomben – ein aus dem Lateinischen stammendes Wort für unterirdische Beinhäuser, *catacumbae* waren Grabgewölbe –, die Pariser Katakomben sind Steinbrüche. Sämtliche imposanten Gebäude entlang der Seine – Notre-Dame, der Louvre, der Palais Royal – sind aus Kalkstein gebaut, der unter der Stadt gewonnen wurde. Die ältesten Gänge wurden bereits in den felsigen Untergrund gehauen, um die römische Stadt Lutetia zu errichten; Überreste davon sind heute noch im Quartier Latin zu finden. Als die Stadt im Lauf der Jahrhunderte immer weiter wuchs, wurde immer mehr Kalkstein an die Oberfläche geschafft, das unterirdische Stollensystem wucherte und breitete sich unter der Stadt aus wie die Wurzeln eines riesigen Baums.

Bevor Nadar mit seiner Kamera kam, herrschte Stille in den unterirdischen Steinbrüchen. Die einzigen regelmäßigen Besucher waren eine Handvoll städtische Angestellte, die mit dem Rechen die Knochen in den Katakomben verteilten; die *Inspection générale des carrières*, die im Licht von Laternen die steinernen Passagen patrouillierte und die Tunnel abstützte, damit sie nicht unter dem Gewicht der Stadt zusammenbrachen – und vereinzelt mal ein Pilzzüchter, der die trockene, dunkle Umgebung zum Anbau von Pilzen nutzte. Für den Rest der Stadt war der Steinbruch unter ihren Füßen ein großer weißer Fleck: ein sehr weit entfernter Ort mit einer eher imaginären als echten Landschaft.

Als wir den Untergrund so viele Jahre nach Nadar betraten, war es recht belebt dort. Bunte Graffiti zierten die Wände, und auf dem Erdboden waren überall Fußabdrücke. Wenn wir an Pfützen kamen, war das Wasser darin

schlammig und aufgewühlt, ein deutliches Zeichen, dass erst vor Kurzem jemand hindurchgegangen war. Überall gab es Spuren der *Cataphiles* – Pariser und Pariserinnen, die regelmäßig in den Katakomben unterwegs sind. Im Königreich der Urban Explorer bildeten sie ihr eigenes Völkchen, das meist aus Teenies und Studierenden unter dreißig bestand; manche Kataphile sind aber auch über fünfzig oder sogar sechzig, erforschen seit Jahrzehnten das Labyrinth und haben schon wieder katakombenliebende Kinder und Enkel in die Welt gesetzt. Die Stadt beschäftigt eine eigene Polizeitruppe für die Katakomben – die *Cataflics* –, sie patrouilliert in den Tunneln und verteilt Fünfundsechzig-Euro-Strafzettel an alle Unbefugten. Aber sie kann die *Cataphiles* trotzdem nicht fernhalten, für die das Labyrinth eine Art riesiger Underground Club und Spielwiese ist.

Wir waren seit zwei Stunden unter der Erde unterwegs, und Steve führte uns durch einen Gang, der so eng und niedrig war, dass wir auf Ellbogen und Bauch vorwärtsrobbten. Als wir auf der anderen Seite wieder herausrutschten, sahen wir drei Stirnlampen in der Dunkelheit glühen. Es waren drei junge Pariser *Cataphiles,* angeführt von einem großen, langgliedrigen Mann Mitte zwanzig, Benoit hieß er.

»Willkommen am *Plage*«, sagte er mit weit ausholender Geste.

Wir waren an einem der wichtigsten Treffpunkte der *Cataphiles* gelandet, einem großen, höhlenartigen Raum mit Sandboden und hohen Decken, die von dicken Sandsteinpfeilern gestützt wurden. Jede Oberfläche, jeder Quadratzentimeter an den Wänden, Pfeilern und der Felsendecke war bemalt. Im Dunkeln sahen die Gemälde gedämpft und schemenhaft aus, aber im Licht einer Taschenlampe fingen sie an zu strahlen. Mittelpunkt war eine Kopie von Hokusais *Die große Welle vor Kanagawa* mit der sich kräuselnden Gischt in Weiß und Blau. Im ganzen Raum verteilt standen aus Stein gemeißelte Tische, Bänke und Stühle. Die Raummitte wurde von der riesigen Skulptur eines Mannes eingenommen, der mit seinen erhobenen Armen die Decke stützte, wie ein unterirdischer Atlas, die Stadt auf seinen Schultern tragend.

»Das hier ist so was wie …« Benoit zögerte, offensichtlich suchte er nach einer passenden Analogie, »der Times Square der Katakomben.«

Am Wochenende, erklärte er, füllten sich *La Plage* und andere große Hallen mit Partyvolk. Manchmal zapften sie eine Straßenlampe an der Oberfläche an, sodass eine Band oder ein DJ Musik machen konnte. Oder ein *Cataphile* band sich einen Gettoblaster auf die Brust, arbeitete sich damit durch die Tunnel und bewegte sich mit der Musik von einem Raum zum nächsten, und die Party folgte ihm, tanzte wie eine unterirdische Polonaise durchs Dunkel, während Whiskeyflaschen von einem zum nächsten wanderten. Aber dort unten fanden auch gesetztere Zusammenkünfte statt: Gut möglich, dass man in einem dunklen Saal auf eine kerzenerleuchtete Festtagsfeier traf, bei der *Cataphiles* zusammen Champagner tranken und *galette des rois* aßen.

In Paris gehen die Menschen seit langer Zeit in den Untergrund, um sich künstlerisch zu betätigen, Bilder zu malen und Skulpturen und Installationen in entlegenen Grotten zu schaffen. Nicht weit von *La Plage* befand sich *Le Salon du Chateau*, wo ein *Cataphile* die Nachbildung ei-

ner normannischen Burg aus dem Stein gehauen und mit Wasserspeier-Skulpturen verziert hatte. Im *Salon des Miroirs* waren die Wände mit Spiegelscherben bedeckt, es sah aus wie in einer großen Discokugel. Und dann war da noch *La Librairie*, ein Alkoven mit handgehauenen Regalen, auf denen man Bücher für andere abstellen konnte (leider verschimmelten die Bücher in der feuchten Luft relativ schnell).

Wenn man die Katakomben durchstreift, hat man das Gefühl, in einem irren Krimi voller Falltüren, falscher Wände und geheimer Rutschen gelandet zu sein, in dem jede Öffnung zu neuen, versteckten Räumen mit neuen Überraschungen führt. Am Ende einer Passage stößt man vielleicht auf ein riesiges Hieronymus-Bosch-Wandgemälde, das im Lauf der Jahrzehnte immer weiter vervollständigt worden ist, an einer anderen Stelle auf die lebensgroße Skulptur eines Mannes, der halb aus der Steinwand herauskommt, als trete er gerade aus dem Jenseits hervor; dann geht man einen anderen Gang entlang und kommt an einen Ort, der jegliches Konzept von Realität infrage stellt. 2004 brach eine Streife in den unterirdischen Steinbrüchen durch eine falsche Wand und landete in einem großen, höhlenartigen Raum. Die *Cataflics* trauten ihren Augen nicht: Sie standen in einem unterirdischen Kino. *Cataphiles* hatten Sitzplätze für zwanzig Zuschauer aus dem Stein gehauen, es gab eine Leinwand, einen Projektor und mindestens drei Telefonleitungen. Neben dem Vorführraum befanden sich eine Bar, eine Lounge, eine Werkstatt und ein kleines Esszimmer. Als die Polizei drei Tage später zurückkehrte, um das Ganze näher zu untersuchen, waren alle Installationen verschwunden, und der Raum lag leer da – mit Ausnahme einer Nachricht: »Versucht nicht, uns zu finden.«

Auch wenn die *Cataphiles* nichts davon ahnten – unsere Unterquerung der Stadt wäre ohne sie undenkbar gewesen. Unsere Karte war ursprünglich von den Stammesältesten angefertigt und mit dem Wissen mehrerer Generationen vervollständigt worden: Es wurde angezeigt, welche Gänge niedrig waren und auf dem Bauch durchquert werden mussten, welche unter Wasser standen und welche unsichtbare Stolperfallen hatten, die vorsichtig umgangen werden mussten. (Damit das Tunnelsystem nicht zu einfach zu finden war, hatten die Älteren die Eingänge allerdings nicht auf der Karte verzeichnet.) Im Lauf der Jahre schmuggelten die *Cataphiles* Bohrmaschinen und Presslufthammer in den Untergrund, um kleine Durchgänge in den Wänden zu schaffen: sogenannte *chatières* – Katzenklappen –, die sich auf unserem Treck als lebensnotwendige Übergänge erweisen sollten.

Benoit, der nur ein kleines Täschchen mit einer Wasserflasche und einer zweiten Lampe dabeihatte, warf einen fragenden Blick auf unsere dicken Rucksäcke. »Wie lang wollt ihr unten bleiben?«, fragte er.

»Wir durchqueren die Stadt«, antwortete Steve. »Bis an die nördliche Stadtgrenze.«

Benoit starrte Steve einen Augenblick lang an, dann lachte er, bevor er sich umdrehte und im Dunkeln verschwand; vermutlich hielt er es für einen Witz.

Wir wanden, bogen und reckten unsere Körper, als absolvierten wir ein ausgedehntes unterirdisches Stretching. Wir zwängten uns durch lange Schläuche und fielen auf der anderen Seite mit verknoteten Gliedmaßen wieder heraus wie ein neugeborenes Fohlen. Wir ließen uns hinab in Hohlräume von der Größe eines Ballsaals, in denen unsere Stimmen von der Decke hallten. Von den durch die Luftfeuchtigkeit glitschigen Wänden stieg Dampf auf: ein Gefühl, als würde man durch verschlungene Hirnwindungen kriechen. Mehr als zwanzig Meter blickten wir in Kanalschächten nach oben, doch draußen war es zu dunkel, um den Himmel zu sehen. Braune Wurzeln hingen wie kleine, runzlige Kristalllüster von den Decken. Die Hauptgänge waren mit den typischen Pariser Straßenschildern aus blauem Emaille gekennzeichnet, entsprechend der Straßennamen darüber. Das unterirdische Palimpsest wird immer wieder neu überschrieben; Graffiti aus heutigen Sprühdosen überdeckten die Rußflecken der Steinbrucharbeiter aus dem siebzehnten Jahrhundert, unter denen sich wiederum Fossilien prähistorischer, im Kalkstein eingebetteter Meereslebewesen verbergen. Alle paar Minuten kamen wir an seitlich abzweigenden Galerien vorbei, eine kleine Erinnerung daran, wie labyrinthisch unser Weg noch werden sollte.

Die Neulinge Chris, Liz und Jazz bewegten sich wie in einem Traum. »Ich kann einfach nicht glauben, dass das echt sein soll«, flüsterte Jazz.

Irgendwann leuchtete ich mit meiner Lampe nach oben und entdeckte einen großen schwarzen Spalt in der Decke. Im achtzehnten Jahrhundert waren Stollen eingestürzt:

Ganze Häuser, Pferdekutschen und Passanten wurden von der Erde verschluckt, und die Steinbrucharbeiter unter ihnen wurden vom Erdreich verschüttet. Aber heutzutage waren die Tunnel gut gesichert, und wir mussten nicht fürchten, lebendig begraben zu werden – die Katakomben waren der ungefährlichste Abschnitt unserer Reise.

Nadar verfolgte schon lange vor seinen Ausflügen in den Pariser Untergrund das Ziel, die Welt aus ungewohnter Perspektive zu fotografieren. Zuerst tat er das aus der Luft. Zusammen mit seinem Freund Jules Verne gründete Nadar die *Société d'encouragement de la navigation aérienne au moyen d'appareils plus lourd que l'air* (Gesellschaft zur Förderung der Luftfahrt mit Apparaten, die schwerer sind als Luft) und veranstaltete überall in Europa spektakuläre Heißluftballonfahrten. 1858 bestieg er einen Ballon, flog über Paris und nahm aus der Höhe von achtundsiebzig Metern das erste Luftbild der Welt auf, eine leicht unscharfe, silbrig graue Aufnahme der Stadt. »Wir erlebten die Welt aus der Vogelperspektive, wie sie bisher vom inneren Auge nur unvollkommen wahrgenommen worden war«, schrieb er über seine Aufnahmen aus dem Heißluftballon. »Jetzt besitzen wir nichts weniger als das Abbild der Natur selbst, festgehalten auf der Nassplatte.«

Für sein nächstes Kunststück wollte Nadar die Stadt von unten fotografieren. Es begann mit der Bogenlampe, die er in seinem Atelier zusammengebaut hatte. Es war eine lichtstarke, aber unhandliche Konstruktion: Mithilfe von fünfzig Bunsenelementen entzündete ein elektrischer Funken zwei Kohlenstoffstäbe, die ein weißes Licht aufflammen ließen. Durch diese Lampe wurde es zum ersten Mal möglich, Bilder ohne Sonnenlicht aufzunehmen, ein im jungen Medium der Fotografie noch unerprobtes Konzept. Abends entzündete Nadar die Lampe auf dem Trottoir vor seinem Atelier und zog mit dem Lichtschein die Menschenmassen an. Nadar erklärte, er werde seine Lichtapparatur dazu benutzen, um Bilder mit seiner Kamera einzufangen, die sich allen anderen Fotografen bisher entzogen hatten. »Die unterirdische Welt«, schrieb er, »bot uns ein unendliches Betätigungsfeld, das nicht weniger faszinierend war als das an der Oberfläche. Wir stiegen hinab, um die Geheimnisse der tiefsten, geheimsten Kavernen zu lüften.« In den Beinhäusern – genannt *Les Catacombes*, in Anlehnung an die berühmten Katakomben in Rom – machte Nadar seine ersten unterirdischen Aufnahmen.

Als wir ungefähr sieben Stunden gegangen waren, führte Steve uns durch eine lange Passage in eine Kammer mit gemauerten Wänden. Wir nahmen unsere Rucksäcke ab und setzten uns auf den Boden. Die Stimmung war bestens, trotz nasser Füße und sensationell verschlammter Klamotten. Es dauerte ein paar Augenblicke, bis wir die trockenen, kupferfarbenen Gegenstände identifizierten, die rund um uns auf dem Boden lagen.

Jazz nahm einen in die Hand und musterte ihn. »Das ist ein Rippenknochen.« Sie schüttelte sich, dass die Dreadlocks flogen, und ließ den Knochen fallen.

Als wir nach unten guckten, wurde uns klar, dass wir

auf menschlichen Überresten herumgelaufen waren – einem Schienbein, einem Oberschenkelknochen, einer Schädeldecke, alle trocken, glatt und pergamentfarben. Wir spähten um die Ecke und sahen, dass wir am Fuß eines riesigen Turms standen: Tausende von Menschenknochen, die von oben auf eine Rutsche gekippt worden waren und sich in einer chaotischen Kaskade nach unten ergossen hatten. Wir befanden uns inmitten eines Ossuariums unterhalb des Cimetière du Montparnasse.

Ende des achtzehnten Jahrhunderts quoll Paris über vor Leichnamen. Die Mauern des Cimetière des Saints-Innocents, des größten Friedhofs der Stadt, gaben nach, und die Leichen ergossen sich in die Keller der benachbarten Häuser. Um den Ausbruch von Seuchen zu verhindern, beschloss die Stadt, ihre Toten in die unterirdischen Steinbrüche auszulagern, die im Lauf der Jahrhunderte immer größer geworden waren. Als letzte Ruhestätte wurde ein zwölftausend Quadratmeter großes Areal mit leeren Stollen im Süden der Stadt ausgewählt, passenderweise unter einer Straße namens Tombe-Issoire. Nachdem die unterirdischen Galerien von einem Priester-Trio offiziell geweiht worden waren, wurden die Skelette auf schwarz verhängten Holzkarren durch die Stadt transportiert und dann in Schächte gekippt, die man in den Straßen geöffnet hatte. Insgesamt wurden die sterblichen Überreste von sechs Millionen Menschen in die unterirdischen Steinbrüche umgebettet. Arbeiter wurden mit der kaum zu bewältigenden Aufgabe in die Katakomben geschickt, die Knochen zu ordnen und zu ansehnlichen Arrangements aufzuschichten.

Im Dezember 1861 stieg Nadar mit einem Tross von Gehilfen und zwei mit fotografischer Ausrüstung beladenen Loren hinab in die knochengefüllten Korridore. Die unterirdischen Galerien waren 1810 kurzzeitig für Besucher geöffnet, aber wegen Vandalismus schnell wieder geschlossen worden. Als Nadar eintraf, waren sie seit Jahrzehnten für niemanden mehr zugänglich gewesen. In den »Maulwurfshügeln«, wie Nadar sie nannte, traf er auf eine

Belegschaft von Arbeitern, die immer noch unter der Erde mit der Ordnung der Skelette beschäftigt waren.

Damals war es selbst unter den kontrollierten Bedingungen eines Fotoateliers schwierig, eine fotografische Aufnahme zu machen; unter der Erde in den stockdunklen Stollen war es praktisch unmöglich. Der Prozess war unendlich zeitaufwendig. Die Kollodium-Emulsion wurde im Dunkeln verschüttet, die Bogenlampe blieb in den engen Durchgängen stecken, die Batterien produzierten giftige Dämpfe, was in dem beengten Raum eine echte Gefahr darstellte. Jede Aufnahme musste achtzehn Minuten lang belichtet werden, sodass im Laufe eines ganzen Arbeitstags nur ein paar wenige Fotos entstanden; ein Assistent murrte: »Wir werden noch alt hier unten.« Aber Nadar war nicht zu bremsen. Als Fotomodell staffierte er eine Holzpuppe mit einem Bart, Hut, Stiefeln, Arbeitsoverall und Mistgabel zum Verteilen der Knochen aus.

Nadar produzierte dreiundsiebzig Fotos in den Katakomben, eine stille, surreale Bilderserie. Auf einem Bild war ein frisch aufgeschütteter, ungeordneter Haufen Knochen zu sehen, auf anderen liebevoll aufgeschichtete Knochenfriese, auf wieder anderen die Holzpuppen, die knochengefüllte Loren durch die Gänge schoben. Die Bilder waren, sobald sie in der *Société française de photographie* gezeigt wurden, umgehend eine Sensation. Nadar wurde zu einer mythischen Figur stilisiert, die den Kosmos der Stadt durchwanderte. Ein Artikel im *Journal des débats* bezeichnete ihn als »Beelzebub«, den Herrn der Unterwelt; ein anderer bezichtigte ihn, ein Totenbeschwörer zu sein, der »die sterblichen Überreste vergangener Generationen elektrisiert« habe. Eine ganze, bis dahin geheime Dimension der Stadt war mit einem Mal offenbar geworden: »Er und seine Gehilfen«, schrieb ein Journalist, »wühlen in den Eingeweiden der unschuldigen Erde und machen die

Menschen mit Szenen vertraut, die nur wenige bis dahin mitangesehen haben.« Nadar wurde zur Sensation von Salons und Cafés, die unterirdischen Bilder waren in aller Munde.

Aber es wurde nicht nur geredet. Die Fotos weckten ein Verlangen in den Parisern: Kaum hatten sie einen ersten Eindruck von der Unterseite der Stadt bekommen, wollten sie die Stollen auch berühren, ihren Geruch wahrnehmen, wollten die eigenen Schritte durchs Dunkel hallen hören. Ungefähr zur selben Zeit, in der die Fotografien zum ersten Mal zu sehen waren, wurden auch die Katakomben geöffnet und entwickelten sich sehr schnell zu einer der größten Attraktionen der Stadt. Anfangs ein paar Mal im Monat, dann regelmäßiger bewegten sich Herren in Zylindern und Damen in langen Kleidern in dicht gedrängten Grüppchen durch die Beinhäuser, spähten in die leeren Augenhöhlen braun gewordener Schädel und betrachteten Wände aufgeschichteter Schienbeine im Kerzenlicht. Sie schauderten angesichts der hallenden Akustik und des beklemmenden Gefühls, tief unter der feuchten Erde zu sein; am Ende des Rundgangs ließen viele Besucher heimlich einen Schädel als Souvenir mitgehen. Die Katakomben waren bald so beliebt, dass Gustave Flaubert sich über die Menschenmassen in ihnen empörte, als er sie 1862 mit den Schriftstellern Jules und Edmond de Goncourt besuchte. »Man muss sich mit den vielen Pariser Witzbolden herumschlagen, die sich im Untergrund auf veritable Vergnügungsfahrten begeben«, schrieben die für ihren scharfen Witz berühmten Goncourt-Brüder, »und sich einen Spaß daraus machen, dem Nichts Verwünschungen ins Maul zu schleudern.«

Gleichzeitig gab es auch den ersten großen Andrang illegaler Besucher – Proto-Kataphile, die sich in den Stollen abseits des offiziellen Rundgangs umsahen. Liebespaare verabredeten sich zum unterirdischen Rendezvous, Jugendliche begaben sich auf abenteuerliche Entdeckungsreisen. Ähnlich wie viele, viele Jahre später wurden auch damals schon geheime Konzerte in den Katakomben organisiert. Einhundert geladene Gäste versammelten sich auf der Rue d'Enfer (Straße der Hölle). Ihre Kutschen hatten sie in einiger Entfernung abgestellt, um keinen Verdacht zu erregen, dann schlüpften sie in den Untergrund. Zwanzig Meter unterhalb der Stadt saß das Publikum, umgeben von auf menschlichen Schädeln brennenden Kerzen, vor einem Orchester mit fünfundvierzig Musikern. Auf dem Programm standen Chopins Trauermarsch und Saint-Saëns mit seinem *Danse Macabre*.

Noch eine Stunde weiter in nördlicher Richtung, dann schlugen wir unser Lager in einer viereckigen Kammer auf, die erst im neunzehnten Jahrhundert aus dem Stein gehauen worden war. Wir hängten unsere Hängematten an Eisenringe in der Wand, und Liz und ich kochten Spaghetti mit Thunfisch. Glücklich und erschöpft verzehrten wir schweigend unser Essen. Es war wie Zelten auf dem Mond: Hier unten gab es keine Geräusche, nichts Lebendiges, nur kilometerweit Dunkelheit.

Als wir uns schlafen legten, fragte Chris, welche Uhrzeit es sei. Moe meinte, wir befänden uns an einem Ort, an dem es von Anbeginn aller Zeiten bei vierzehn Grad Celsius vollkommen dunkel gewesen sei, der sich also jenseits aller natürlicher Rhythmen befand. »Es ist nie Uhr«, sagte er.

Ich wachte auf und sah eine Frau im Durchgang zu unserer Schlafkammer stehen. In einer Hand hielt sie eine antike, schmiedeeiserne Laterne mit einer zischenden Flamme darin, die ein honiggelbes Licht verströmte. Ich beobachtete, wie sie sich auf Zehenspitzen in die Mitte des Raums bewegte und etwas auf den Boden legte, das wie eine kleine Postkarte aussah.

»*Bonjour*«, sagte ich. Sie fuhr zusammen.

Misty war über vierzig und besuchte die unterirdischen Steinbrüche seit gut fünfundzwanzig Jahren. In dieser Nacht wanderte sie allein durch die Gänge – ohne Karte, wie mir auffiel.

»Manchmal ist es schön, zum Spazierengehen nach hier unten zu kommen«, sagte sie mit französisch singendem Tonfall. Wie sie es schaffte, dass ihre Stiefel fleckenlos und ihre graue Bluse wie frisch aus der Reinigung aussahen, war mir unklar. Misty bewegte sich in den Steinbrüchen von einem Hohlraum zum nächsten und hinterließ überall kleine Zeichnungen, gemalte Grüße an andere *Cataphiles*. Für uns hatte sie ein Bild von zwei Händen, die ein Dreieck bilden, hingelegt.

Es war ein Uhr morgens, als wir den Ausgang aus den Katakomben fanden: eine *chatière*, die so eng war, dass ich mit den Schultern nur ganz knapp hindurchpasste. Wir befanden uns in einer selten besuchten Ecke der Bergwerksstollen, in der die Decken mit jahrhundertealten, von der *Inspection générale des carrières* eingebauten Holzpfosten abgestützt wurden.

Wir waren jetzt seit siebenundzwanzig Stunden unter der Erde. Ich hatte getrockneten Schlamm in den Ohren und rund um die Nasenlöcher.

»Ich komme mir schon wie ein Höhlenmensch vor«, sagte Liz und machte ein paar Dehnübungen im Tunnel.

»Ich finde ständig irgendwelches Zeug in meinen Haaren«, sagte Jazz und untersuchte eine Dreadlock. »Ich glaube, das war gerade Knochenmark.«

Moe zog die Socken aus, holte ein kleines Jodfläschchen hervor und pinselte seine Zehennägel mit der orangefarbenen Flüssigkeit ein. Steve sah verwundert zu.

»Du glaubst doch nicht etwa, dass ich meinen Niednagel *nicht* desinfiziere, bevor ich im Abwasser herumlaufe?«

Um in die Abwasserkanäle zu gelangen, mussten wir erst einen Weg durch Technikgänge finden, die uns unter die Seine führen würden. Wenn die Katakomben das Stammhirn der Stadt waren, dann war der Gang aus Beton, in dem wir jetzt herauskamen, ein Blutgefäß, eine bescheidene Verbindungsader zwischen wichtigeren Organen. Als wir weitergingen, merkten wir, wie nah wir der Erdoberfläche auf einmal waren: Von der Straße drangen gedämpft Gesprächsfetzen herunter, das Klacken hoher Absätze, das Bellen eines Hundes. Durch einen Entlüftungsschacht in der Wand sah ich einen orangefarbenen Schein – Licht aus einer Tiefgarage. Ich ging in die Hocke und beobachtete eine dunkelhaarige Frau, die in ihr Auto stieg, rückwärts aus der Parklücke ausscherte und wegfuhr, und ich kam mir vor, als sei ich ein Gespenst, das hinausspäht in die Stadt der Lebenden.

Wir schafften es nicht, einen Zugang zum Versorgungstunnel unter der Seine zu finden, und mussten deshalb nach oben, wenn auch nur für einen Augenblick. Am Fuß eines Schachts mit einer an die Oberfläche führenden Leiter diskutierten wir die Choreografie unseres Ausstiegs in besorgtem Flüsterton.

»Ich glaube, ich habe mehr Angst davor, erwischt zu werden, als hier unten ums Leben zu kommen«, flüsterte Moe.

»Alles gut«, sagte Steve. »Wenn sie uns ins Gefängnis schmeißen, graben wir einfach einen Tunnel.«

Chris' Augen war leichte Besorgnis anzusehen.

Wir kamen in der Nähe von Saint-Sulpice heraus, vor einem Laden mit luxuriöser Babykleidung. Weit und breit war keine Polizei zu sehen, und wir huschten durch leere Gassen in Richtung Seine. Am Ende einer menschenleeren Straße ging Steve in die Hocke und öffnete eine Klappe, und wir verschwanden alle schnell wieder unter der Erde. Als ich mich noch einmal umschaute, bemerkte ich den Blick eines Hilfskellners, der mich verständnislos anstarrte, während er die letzten Salz- und Pfefferstreuer abräumte.

Der Tunnel unter der Seine war feucht und hatte eine schreckliche Akustik, wie in einem U-Boot. Selbst hier fanden wir Spuren von Eindringlingen: ein paar Tags, eine leere Literflasche Kronenbourg-Bier. Als wir unter dem Fluss hindurchgingen, stellte ich mir einen Querschnitt der Stadt vor, auf dem alle Ebenen übereinander zu sehen waren. Über uns ragte die mächtige Silhouette von Notre-Dame auf, dann kamen die Brücken und der Fluss. Tief unter uns verliefen die Röhren der Metro, in denen es bald schon wieder von Menschen auf dem Weg zur Arbeit wimmeln würde. Wir, sechs winzige, durchs Dunkel wandernde Lichtkegel, befanden uns in der mittleren Ebene dazwischen.

Vor Nadar waren die dunklen, verschlungenen Abwasserkanäle eine Quelle unendlichen Grauens für die Pariser Bevölkerung gewesen. In Victor Hugos *Die Elenden*, dem Roman, der in den zwanzig Jahren vor der Veröffentlichung von Nadars Bildern entstand, versinnbildlicht die Kanalisation den Albtraum des Städters schlechthin. Victor Hugo schrieb: »Der Darm des Leviathan« ist »verschlungen, zerklüftet, das Pflaster aufgerissen, ausgehöhlt, von Schlammlöchern unterbrochen, hin und her geworfen von bizarren Krümmungen, auf- und absteigend ohne Logik, stinkend, wild, grausam, in Dunkelheit getaucht, mit Narben auf den Quadersteinen und Hiebwunden an den Mauern, entsetzlich.«

In den 1850er-Jahren wurde die Kanalisation unter der Leitung von Georges-Eugène Haussmann, dem berühmten Stadtplaner von Napoleon III., vollständig saniert. Er ließ die Straßen aufreißen und fünfhundertsechzig Kilometer neue Abwasserrohre verlegen. Die Rohrstücke wurden mit einem Gefälle von drei Zentimetern pro Meter verlegt – eine allmähliche Steigung, die zu Fuß gut zu bewältigen, aber steil genug war, dass die Abwässer ständig im Fluss blieben. In ausgiebigen Testreihen wurde festgestellt, dass ein Tierkadaver im Laufe von achtzehn Tagen durch die Stadt gespült wurde, Konfetti schafften dieselbe Strecke in sechs Stunden. Doch das Grauen der Öffentlichkeit ließ sich auch durch diese Modernisierungsmaßnahmen nicht vertreiben. Außer den Kanalisationsarbeitern – den *égoutiers* –, die jeden Tag den Dreck aus den Röhren putzten, betrat niemand die Abwasserkanäle freiwillig.

Wir waren gerade einmal neunzig Sekunden in der Kanalisation, da kam schon vorn der Warnruf von Steve: »Ratte!«

Grau und so groß wie ein Kaninchen huschte das Tier durch den Abwasserbach zu unseren Füßen. Wir sprangen aus dem Wasser seitlich hoch, während die Ratte mit hin- und herzuckendem Schwanz zwischen uns hindurchlief und ein v-förmiges Kielwasser hinter sich herzog.

Unsere Route in nördlicher Richtung würde uns durch den Abwasserkanal unterhalb des Boulevard de Sébastopol führen, einen großen, runden, aus Ziegeln gemauerten Kanal, durch den auch zwei dicke Wasserrohre liefen – eins für Trinkwasser, das andere für nicht trinkbares Frischwasser. Alle kleineren Zuleitungen entwässerten in diesen Kanal. In der Mitte war eine ein Meter dreißig breite Vertiefung, *cunette* genannt – dort floss im dampfenden Wasser alles, was irgendwie an der Oberfläche nicht mehr gewünscht war. Innerhalb einer Minute sichteten wir eine Spritze, einen toten Vogel, ein durchweichtes Metro-Ticket, eine zerstückelte Kreditkarte, ein Weinetikett, ein Kondom, einen Kaffeefilter, jede Menge Klopapier sowie schwimmende Kackhaufen. »Kanalisationsfrisch«, sagte Moe – Urbexer-Slang für »menschliche Exkremente«.

Wir bereiteten uns gerade aufs Weitergehen vor – Liz spritzte allen Desinfektionsmittel auf die Hände, Moe schaltete das Gaswarngerät ein –, da meldete sich Steve.

Er hatte eine SMS von Ian bekommen, unserem Wetterfrosch.

REGEN ANGEKÜNDIGT, EVTL GEWITTER.
KÖNNTE NASS WERDEN

Steve machte die Runde und sah jedem von uns ins Gesicht, aber keiner zögerte. Wir waren seit einunddreißig Stunden unterwegs: Wir waren zu weit gekommen, um jetzt noch aufzugeben.

»Wir müssen einfach die Augen offen halten«, sagte Steve. Solange wir den Wasserspiegel in der *cunette* und das Wasser aus den Zuleitungen im Blick hätten, würde uns nichts passieren, sagte er.

Steve hatte wahrscheinlich mehr Ahnung von Kanalisationsschächten als sonst jemand auf der Welt, was allerdings nicht immer beruhigend, sondern auch nervenzerfetzend war, weil er uns haarklein schildern konnte, was im Fall eines Regenschauers mit uns passieren würde. Mit dem Finger ritzte er eine kleine Grafik an die schleimige Wand der Kanalisation, damit wir uns den exponentiellen Anstieg des Wassers vorstellen konnten. »Ich war schon in der Kanalisation von New York, London und Moskau«, sagte er. »Aber nirgendwo ist die Strömung so kräftig wie in Paris. Erst geht einem die Suppe bis über die Knöchel, dann an die Knie, und bevor man merkt, was los ist, steht's einem schon bis zur Taille. In dem Augenblick, in dem wir sehen, dass der Wasserspiegel steigt, rasen wir sofort los zur nächsten Leiter.«

Keiner sprach, während wir durch den Abwasserkanal gingen. Ich setzte sehr vorsichtig einen Fuß vor den anderen: Der Steg war glitschig, und meine Schuhe hatten wenig Profil. Die Luft war dick wie im Urwald, überall um uns gurgelte, rülpste und gluckerte es – so klang Paris, wenn es verdaute. Der Gestank war bei Weitem nicht so schlimm, wie man sich das vorstellen würde – es roch wie ein Kühlschrank, der mal geputzt werden müsste –, nistete sich aber trotzdem in jeder Faser ein. An den dunklen Kreuzungspunkten herrschte ein labyrinthisches Gewirr schleimiger Röhren und Ventile, wie es Piranesi nicht besser hätte darstellen können. Als ich unter einem Rohrgewirr sicher fünf Meter über mir hindurchging, sah ich dort oben zerfetztes Klopapier baumeln – Beweis, dass in jüngster Zeit eine Flutwelle durch genau diesen Kanal gerauscht war.

Irgendwann donnerte ein Wasserfall aus einer Zuleitung und hallte schockierend laut durch den Kanal. Wir erstarrten mit aufgerissenen Augen und machten uns bereit, zur nächsten Leiter zu rennen.

»Nichts Bedenkliches«, sagte Steve. Nur ein Frühaufsteher, der in einer der Wohnungen über uns die Toilettenspülung betätigt hatte. »Die Geräusche werden hier unten ziemlich verstärkt«, meinte er. »Da klingt das kleinste Tröpfeln wie die Niagarafälle.«

Kurz nach seinen Besuchen in den Katakomben begann Nadar mit der Erforschung der Kanalisation. Mehrere Wochen lang war er im Verdauungstrakt der Stadt unterwegs, wobei seine Assistenten ihm die Ausrüstung über die Stege schleppen mussten. Im Vergleich zu den Katakomben stellten die Abwasserkanäle eine weit größere Herausforderung dar. Hier war er allen von der Erdoberfläche stammenden Widrigkeiten ausgesetzt, jedem Regenschauer und jeder Toilettenspülung, was es wesentlich schwieriger machte, die ungestörten achtzehn Minuten zu finden, die für die Aufnahme notwendig waren. Jedes Mal, wenn Nadar auf den Auslöser drückte, betete die gesamte Mannschaft, dass nichts dazwischenkommen würde. »In dem Augenblick, in dem alle Vorbereitungen getroffen und alle Hindernisse beiseitegeräumt worden waren«, schrieb Nadar später, »dem Augenblick, in dem die entscheidenden Handgriffe stattfinden sollten, legte sich urplötzlich, in den letzten Sekunden der Belichtung, ein aus dem Abwasser aufsteigender Nebelschleier auf die Platte – welche Verwünschungen wurden da laut gegen *la belle dame* oder *le bon monsieur* über uns, die unwissentlich gerade diesen Moment gewählt hatten, um ihr Badewasser abzulassen.«

Nadars Fotos aus der Kanalisation verliehen den düsteren Röhren einen eher romantischen Schimmer. Auf einigen war wieder die bärtige Holzpuppe zu sehen, jetzt im Overall des *égoutier* (Kanalarbeiters) in verschiedenen Arbeitshaltungen. Andere Bilder konzentrierten sich auf abstrakte geometrische Muster: ein Rohr, das sich in zwei Kanäle teilt, in geisterhafter Bewegungsunschärfe fließendes Abwasser. Wegen des vielen Dampfs in den Kanälen ist auf allen Bildern ein leichter Dunst zu sehen, als seien sie durch einen Schleier aufgenommen worden.

Journalisten und Kritiker waren auch diesmal wieder außer sich vor Begeisterung. In einer Zeitung wurde Nadar als Pionier porträtiert, der den Tücken und Gefahren des lang verschmähten Untergrunds die Stirn bot und diese Fotografien »halb erstickt von den giftigen Dämpfen der elektrischen Batterie in den bedrückenden Gewölben« aufnahm. Der Philosoph Walter Benjamin schrieb: »Damit werden dem Objektiv zum ersten Mal Entdeckungen zugemutet.«

Mit einem Mal rissen Menschen in ganz Paris die Gullydeckel auf. Spät in der Nacht kletterten sie die Abflussschächte hinab, zündeten eine Kerze an und gingen flanieren. 1865 beschrieb *La Vie Parisienne* einen mitternächtlichen Spaziergang in der Kanalisation als neue *promenade.* »Reizende Begegnungen sind dort möglich. Mir begegnete die hübsche Comtesse de T_____, praktisch allein, und ich sah auch die Marquise D____ und plauderte mit Mlle N______, bekannt aus dem Varieté-Theater.«

Der Tag würde kommen, so die Vorhersage des Journalisten, an dem die Kanalisation eine größere Anziehungskraft ausüben würde als die grünen Parkflächen der Stadt. »Wenn es erst möglich ist, die Kanalisation auf Pferderücken zu besuchen«, schrieb er, »wird der Bois de Boulogne mit Sicherheit verlassen daliegen.«

Während der Weltausstellung 1867 öffnete die Stadt die Kanalisation für offizielle Touren, und Besucher aus ganz Europa drängten heran. Würdenträger und Royals, Diplomaten und Abgesandte stiegen eine eiserne Wendeltreppe nahe der Place de la Concorde hinab und setzten sich in einen Kahn, der ansonsten von Arbeitern zur Reinigung der Röhren benutzt wurde. »Eine Barke mit gepolsterten Sit-

zen, an den Ecken von Öllampen erleuchtet«, erinnerte sich ein Besucher. Damen mit eleganten Kopfbedeckungen und hochhackigen Schuhen, Spitzenschirme in der Hand, glitten durch die Ausscheidungen der Stadt. Die Kanalarbeiter spielten Gondoliere und manövrierten das Boot durch den Abwasserkanal. In einem Reiseführer der damaligen Zeit war zu lesen: »Wie allgemein bekannt, will kein

Besucher, der etwas auf sich hält, aus der Stadt abreisen, ohne diese Unternehmung gemacht zu haben.«

In der Zwischenzeit genoss Nadar seine Rolle als Hermes von Paris, als Pariser Psychopomp und Vermittler zwischen allem Ober- und Unterirdischen. In den Jahren nach der Veröffentlichung seiner Fotografien veranstaltete er private Führungen durch die Kanalisation und die Katakomben und ging kichernden Grüppchen voran ins Dunkel. In einem begleitenden Essay zu seinen Bildern schrieb er: »Madame, gestatten Sie mir, Ihr Führer zu sein. Ich bitte Sie, meinen Arm zu nehmen – *suivons le monde.*«

Vor dem letzten großen Stück unseres Trecks kampierten wir am Ufer des unterirdischen Canal Saint-Martin: Es war ein breiter, gewölbter Tunnel, in dem grünes Wasser friedlich plätscherte; von sehr weit weg drang schwach das Morgenlicht ein. Es war gegen acht Uhr morgens – oben würden die Brasserien bald aufmachen und die Kellner das Besteck auf den Tischen verteilen. Wir hängten unsere Hängematten am Geländer entlang des Kanals auf, ein bisschen wie Bergsteiger, die im nackten Fels biwakieren. Steve meldete sich freiwillig, um aufzubleiben und Wache zu halten.

Ich lag in der Hängematte und dachte an Nadars Fotos. Die Sage von Phaeton fiel mir ein, in der er als junger Mann seinen Vater, den Sonnengott Helios, darum bittet, einmal mit dem Sonnenwagen über den Himmel fahren zu dürfen. Das Vierergespann rast los, und der Jüngling verliert schon bald die Kontrolle über die Pferde: Das Gefährt stürzt der Erde entgegen, die Hitze lässt die Flüsse austrocknen und Wüsten entstehen, auf Bergkuppen bricht Feuer aus, und schließlich fliegt Phaeton so niedrig, dass der Sonnenwagen ein Loch in die Erdoberfläche brennt. Licht strömt in die Unterwelt. Die Menschen drängen an den Rand des Lochs, wo sie zum ersten Mal direkt bis ins Reich des Hades blicken können, vom alles verbrennenden Flammenmeer und dem düsteren Asphodeliengrund bis zum tiefsten Schwarz des Tartaros. Sie sehen sogar König Hades und Königin Persephone auf dem Thron sitzen und zu ihnen hochblinzeln. Die Menschen sind zu Tode erschreckt über diese infernalische Landschaft, die sie immer gefürchtet haben; und trotzdem weichen sie nicht vom Rand des Lochs zurück. Sie spähen weiter hinab in die Düsternis und können den Blick nicht abwenden.

Wir hatten vielleicht zweieinhalb Stunden geschlafen, als Steve ein Ausflugsboot bemerkte, das den Kanal heruntergeglitten kam. Steve schüttelte uns schnell wach, bevor der Kapitän uns entdecken und die Polizei rufen konnte, und wir verkrümelten uns wieder in der Dunkelheit.

Der letzte Abschnitt unserer Reise war der Abwasserkanal unter der Avenue Jean-Jaurès – ein langer, viereckiger, gesichtsloser Korridor, durch dessen Mitte ein Fäkalienstrom von der Breite einer einspurigen Straße floss. Steve zufolge gingen wir am Hauptkanal entlang: Das Abwasser von praktisch ganz Paris floss zu unseren Füßen.

Wir waren jetzt seit achtunddreißig Stunden unterwegs und spürten die Nähe zu unserem Ziel. Eigentlich hätten wir triumphierend, erleichtert oder stolz sein müssen, aber

wir schlurften nur noch mit rot geränderten Augen dahin, abgespannt und ein wenig benommen, vielleicht von dem unterirdischen Miasma, das wir auf den vielen Kilometern eingeatmet hatten.

»Und, weiter nach Nordfrankreich, was meint ihr?«, sagte Steve.

Ich merkte, wie mir auf dem glitschigen Steg die Augen zufielen: Ich hielt mich so nah wie möglich an der Wand und konzentrierte mich darauf, einen Fuß vor den anderen zu setzen. Alle paar Hundert Meter kamen wir an einem kleinen Zuleitungsrohr mit einem Schild vorbei, auf dem der Name der darüberliegenden Straße stand. Moe ging mit der Karte voran, rief laut die Straßennamen und machte einen Countdown für die letzten Meter bis zu unserem Ziel.

»Fünfhundert Meter!«

Mit jedem Schritt nahm die Strömung des Kanals zu, das Abwasser schwappte über den Rand des Stegs, schließlich schlug es über unseren Schuhen zusammen – der Untergrund spuckte uns aus.

Wir kamen direkt jenseits der Stadtgrenze unter einer hellen Mittagssonne an die Oberfläche. Alle sechs stiegen wir die Leiter hoch und durch ein Gullyloch vor einem türkischen Restaurant. Unsere Gesichter waren verschmiert, unsere Haare mit Schlamm und Schleim verklebt, unsere Kleider nass und stinkend. Als wir die Köpfe herausstreckten, sprangen die Fußgänger auf dem Bürgersteig zurück, ein Kellner ließ das Besteck fallen. Eine ältere Frau im rosa Pullover lehnte sich auf ihrem Rollator vor und starrte zu uns herunter, Augen und Mund weit aufgerissen. Einen kurzen Augenblick – bevor Steve den Gullydeckel wieder zuschob und wir in den nächsten Park stolperten, eine Flasche Sekt köpften und feierten – beugten sich alle auf der Straße vor und wollten einen Blick in das offene Loch nach unten werfen.

3. Kapitel

DIE INNERIRDISCHEN

Der Stein ist voll von dem, was nicht zu sehen ist.
SEAMUS HEANEY, »Gesichtetes«

Im April 1818 erklärte ein Mann aus Ohio, er habe vor, das Erdinnere zu bereisen. John Cleves Symmes war achtunddreißig, ehemaliger Infanteriekapitän der amerikanischen Armee und Inhaber eines Handelspostens in der Wildweststadt St. Louis. Er schickte einen Aufruf an über fünfhundert Würdenträger – Kongressabgeordnete, Wissenschaftler, Zeitungsherausgeber, Professoren, Museumsdirektoren und eine Reihe europäischer Grafen und Prinzen –, in dem er sein Vorhaben erklärte: »AN ALLE WELT!«, begann er. »Ich erkläre: Die Erde ist hohl und im Innern bewohnbar; sie enthält eine Reihe ineinandergeschachtelter, konzentrischer Kugelschalen.« Die hohle Welt sei im Inneren von rätselhaften, unbekannten Lebewesen besiedelt, so seine Theorie, vielleicht sogar von unentdeckten Menschenrassen, und besitze Öffnungen an beiden Polen. »Für diese Wahrheit verpfände ich mein Leben und bin bereit, das Innere zu erkunden, wenn die Welt mich bei diesem Unternehmen unterstützt.« Er endete mit einem Ruf zu den Waffen: »Ich suche hundert wagemutige, gut ausgerüstete Begleiter, im Herbst von Sibirien aus mit Rentieren und Schlitten über das Eis des gefrorenen Meeres aufzubrechen, und ich verspreche, dass wir ein warmes, reiches Land finden werden, in dem die Pflanzen blühen und Tiere und vielleicht sogar Menschen wohnen.«

Die Verlautbarung des Infanteriekapitäns a. D. stieß auf taube Ohren: Kein wohlhabender Prinz wollte die Expedition finanzieren, kein »wagemutiger Begleiter« meldete sich als Teilnehmer. Das hielt Symmes jedoch nicht davon ab, sich auf eine Vortragsreise zu begeben, um weiter die Werbetrommel für seine »neue Theorie der Welt« zu rühren. Er reiste in einer alten, staubigen Kutsche durch den Wilden Westen, von einer Siedlung zur nächsten. Er stellte sich vor die Saloons und Quäker-Gebetshäuser und baute sein Anschauungsmaterial auf: Metallspäne und Magneten, Schalen mit sich drehendem Sand, einen hölzernen Globus mit Öffnungen oben und unten. Stundenlang unterhielt er sein Publikum mit Geschichten über das unentdeckte Land unter ihren Füßen.

Für einen flüchtigen Augenblick wurde Symmes zum Star. Der kleine, nervöse Mann konnte äußerst dynamisch erzählen. Die Zuhörer waren hingerissen von seiner Vision: Es galt, auch im Erdinnern neue Grenzen zu entdecken und für die Vereinigten Staaten zu erobern. »Der Newton des Westens«, wurde er genannt. Sein Ruf breitete sich aus, und Symmes' Theorien von der hohlen Erde wurden in Zeitungen und Zeitschriften abgedruckt. Das war allerdings auch der Zeitpunkt, an dem seine Theorie wissenschaftlich genauer durchleuchtet wurde und die Öffentlichkeit merkte, wie haarsträubend sie war.

Aus der Tatsache, dass der Saturn konzentrische Ringe besaß, hatte Symmes abgeleitet, dass die konzentrische Beschaffenheit eine kosmische Urform darstelle und deswegen »alle Planeten und Himmelsgestirne hohl« seien und aus ineinanderliegenden Kugeln bestehen müssten. Symmes wurde als Scharlatan abgetan. »Die Theorie wurde als Produkt einer fehlgeleiteten Fantasie, vielleicht sogar einer gewissen geistigen Umnachtung mit großer Häme überzogen«, schrieb ein Historiker. »Viele Jahre lang bot sie Anlass für viel Heiterkeit.«

Doch selbst als seine Anschauungen verhöhnt wurden, führte der Captain seine Vorlesungsreisen fort und reichte Petitionen beim Abgeordnetenhaus ein, in denen er Gelder für seine Expedition verlangte. 1823 überzeugte er den russischen Kanzler, einen gewissen Graf Romanoff, eine Reise ins Erdinnere zu finanzieren, aber dann bekam der Graf im letzten Moment doch noch kalte Füße und sprang ab. 1829 wurde der achtundvierzigjährige Infanteriekapitän a. D. während einer Vortragsreise durch Kanada und Neuengland krank und starb in seiner westwärts rollenden Kutsche. Letztendlich ging er als Spinner in die Geschichte ein: ein Mann, der sein Leben damit vergeudet hatte, Märchen von unterirdischen Ländern und innerirdischen Wesen hinterherzujagen.

Und doch war die westliche Welt in den Jahren nach Symmes' Tod geradezu besessen von der Vorstellung von exotischen unterirdischen Lebewesen. Eine Vielzahl von

Schriftstellern und Künstlern beschäftigte sich mit seinen Theorien. Edgar Allan Poe verwendete Symmes' Idee als Leitmotiv in der Kurzgeschichte »Das Manuskript in der Flasche« und im Roman *Die Geschichte des Arthur Gordon Pym aus Nantucket* über die Reise eines Matrosen in das Innere der Welt. Jules Verne adaptierte die Theorie von der hohlen Erde in seinem Roman *Die Reise zum Mittelpunkt der Erde*, in dem Professor Lidenbrock durch einen isländischen Vulkan in die unterirdische, von Dinosauriern bewohnte Welt vordringt. Der Schriftsteller H. G. Wells, der Erfinder von Tarzan, Edgar Rice Burroughs, der Autor des Klassikers *Der Zauberer von Oz*, Lyman Frank Baum, und zahllose andere schrieben Geschichten über das Erdinnere. In den 1890er-Jahren erschienen allein in den USA mehr als hundert Romane über unterirdische Lebensformen.

Infanteriekapitän Symmes war einer meiner ersten Untergrundhelden. Eine Weile hatte ich sein ausgeschnittenes Gesicht über meinem Schreibtisch hängen. Für mich war Symmes kein gescheiterter Wissenschaftler, sondern ein Dichter, ein Surrealist, der Geschichten zu erzählen hatte, die oberflächlich betrachtet hirnrissig wirken mochten, aber im Grunde wahre Goldgruben interessanter Ideen waren. Es faszinierte mich, wie sich Symmes' Vision des innerirdischen Lebens in die kollektive Vorstellungswelt gegraben hatte: Es war fast, als hätte er von ganz tief unten aus der kollektiven Erinnerung eine uralte Wahrheit hervorgeholt.

An genau den Captain Symmes dachte ich eines Sommers,

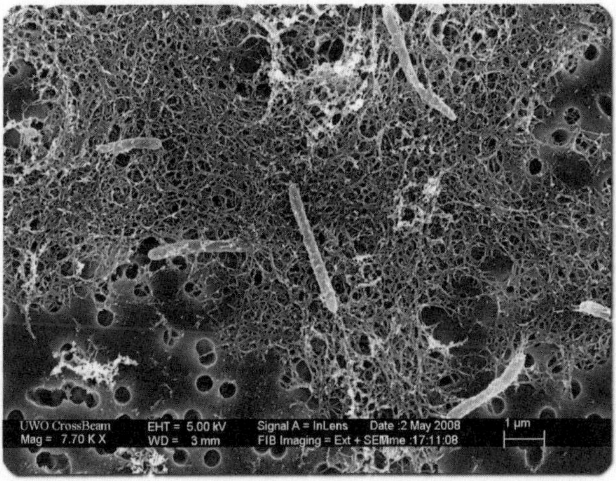

als ich auf einen Artikel über eine Gruppe von Biologen stieß, die in der Wüste bis zum Boden eines Bohrlochs vorgedrungen waren, fast eine Meile unter der Erdoberfläche, und dort etwas Unglaubliches gefunden hatten: Lebewesen. Es handelte sich um bizarre, zuckende Einzeller, die viel tiefer in der Erde lebten, als man für möglich gehalten hätte.

Ich fand heraus, dass Biologinnen und Biologen auf der ganzen Welt ähnliche Mikroben in Höhlen, verlassenen Bergwerken und anderen tiefen Gruben fanden. Die Bakterien existierten unter unmöglichen Bedingungen, unter denen alle anderen Lebewesen sofort sterben würden – vollkommene Dunkelheit, brüllend heiße Temperaturen, intensiver Atmosphärendruck, wenig Sauerstoff und noch weniger Nährstoffe. Diese unterirdischen Bakterien unterschieden sich so stark von allen bekannten Lebensformen, dass sie auch von einem anderen Planeten hätten stammen können; die NASA interessiert sich auch tatsächlich für sie als mögliche Analogien für Leben auf dem Mars. Wie sich herausstellte, gibt es diese Kleinstlebewesen überall, sogar tief *in* der Erdkruste, im durch mikroskopische Öffnungen des porösen Gesteins fließenden, fossilen Grundwasser. Alt sind sie auch: Manche lebten schon seit Jahrmillionen dort unten, abgeschnitten von der Welt an der Erdoberfläche. Wenn das der gute alte Captain Symmes noch erlebt hätte, dieses florierende Supervölkchen geheimnisvoller, uralter Organismen, die sich im Innern der Welt tummeln.

Was mich am allermeisten erstaunte – und was dem Kapitän besonders viel Spaß gemacht hätte –, war die von bestimmten Mikrobiologen vertretene These, dass diese in tiefster Tiefe vorkommenden Wesen verwandt waren mit den allerersten Formen irdischen Lebens überhaupt – dass das Leben im Untergrund entstanden war. Nicht im warmen Meer an der Oberfläche, das sich die Wissenschaftler so lange als Wiege des Lebens vorgestellt hatten, sondern in der Unterwelt habe sich zum ersten Mal auf unserem Planeten Leben gebildet: Hyänen und Hufeisennasen, Hummer und Hippos und *Homo sapiens* waren alle Nachfahren von Mikroben, die sich tief in der Erdkruste entwickelt hatten und vor langer Zeit an die Oberfläche gekommen waren.

Mir gefiel die Vorstellung, dass in irgendeinem verschütteten Teil von uns womöglich noch die Phantomabdrücke unserer unterirdischen Herkunft existierten. Deswegen machte ich mich auf die Reise, um das Team von *Life Underground* kennenzulernen, das Experimente für das Astrobiologische Institut der NASA durchführte. Als ich die Mikrobiologen und Mikrobiologinnen aufspürte, waren sie gerade in South Dakota in einer aufgelassenen Goldmine namens Homestake auf der Jagd nach Innerirdischen, in anderthalb Kilometer Tiefe – viel tiefer, als ich je in meinem Leben gewesen war.

Unter einer riesigen blauen Himmelskuppel fuhr ich an einem Frühlingsnachmittag auf einer Serpentinenstraße in die Black Hills. Ich bewegte mich durch eine Landschaft mit golden schimmernden Seen, umstanden von Ponderosa-Kiefern, links und rechts weite Grasebenen mit verein-

zelten Findlingen darauf, der Prärie, auf der auch heute noch Büffelherden stehen.

Die Black Hills sind ein daumenabdruckförmiger Gebirgszug mit einer Fläche von knapp zweiundzwanzigtausend Quadratkilometern, der in South Dakota liegt, im Nordwesten erstrecken sich die Ausläufer bis nach Wyoming. Die Black Hills bestehen aus einem der ältesten Gesteine Nordamerikas, Granit und Sandstein, das sich vor circa siebzig Millionen Jahren aus der Ebene auffaltete. Die mit dunklen Kiefern, Fichten und Tannen dicht bewachsenen Bergrücken bilden einen starken Kontrast zu den hellen Salbeibüschen in der Prärie der Great Plains. Möglicherweise wegen ihrer Form, die wie riesige versteinerte Drachen aussieht, oder wegen der Blitze, die die Gipfel umzucken, werden die Black Hills seit Langem spirituell verehrt. Ein Besucher im neunzehnten Jahrhundert bezeichnete sie als »Wohnort der Donnergeister, die für Sturm und Gewitter sorgen«.

Für die indigenen Völker der Great Plains, die diesen Teil Nordamerikas seit mindestens dreizehntausend Jahren bewohnen, waren die Black Hills immer ein heiliger Ort. Hier wurden Büffel und Antilopen gejagt, Medizinpflanzen gesammelt und Kiefern gefällt. Die Ureinwohner wagten sich in enge Canyons, ritzten Petroglyphen in die Felswände und suchten dort nach Visionen, um mit der Geisterwelt zu kommunizieren. Die am engsten mit dem Gebirge verbundene Gruppe sind die Lakota-Sioux, die die Black Hills als Heimat ihrer Ahnen betrachten, den Ort, an dem ihre Vorfahren erstmals auf der Erde erschienen. Sie nennen die Gegend *Wamaka Og'naka I'cante*, was so viel wie »Herz von allem, das existiert« bedeutet.

Bevor ich meine Wohnung in New York verließ, hatte ich ein altes Buch über den Glauben und die Gebräuche der Lakota in die Tasche geworfen. An das Buch, das auf den Notizen von James Walker basiert, einem am Ende des neunzehnten Jahrhunderts auf der Pine Ridge Reservation arbeitenden Arzt, dachte ich erst in letzter Minute – eigentlich wollte ich während des Flugs den dicken Stapel Artikel über unterirdische Mikrobiologie lesen, den ich eingepackt hatte. Aber als ich das Buch beim Start in die Hand nahm, konnte ich es nicht mehr weglegen. Wie ich herausfand, waren die Lakota eine seltsam untergrundfixierte Kultur. Eine alte Karte der heiligen Orte in den Black Hills, gezeichnet von einem Lakota-Künstler namens Amos Bad Heart Bull, zeigte eine Konstellation unterirdischer Räume. Im südwestlichen Teil des Gebirges versammelten sich die Lakota an heiligen Quellen und führten Rituale an einer Doline durch, einem Erdloch, in das ihre Vorfahren die Büffel getrieben hatten. Aber vor allem kamen sie an Höhleneingängen zu Zeremonien zusammen, besonders vor Washu Niya, der »Atmenden Höhle«, bei den Weißen als Wind Cave bekannt – eine der größten Höhlen der Welt, mit fantastischen, bienenwabenartigen Decken. Jede dieser Höhlenöffnungen wurde als Zugang zur Anderwelt betrachtet, als Tor von der irdischen in die spirituelle Sphäre. Während ich mich über endlose Serpentinen langsam dem nordöstlichen Teil des Gebirges näherte, um *Life Underground* kennenzulernen, hatte ich zu meinem Erstaunen die Glaubenswelt der Lakota im Kopf.

Das Team von *Life Underground* begann 2013 mit der Erforschung der unterirdisch verborgenen Lebenswelten. Unter der Leitung des Biologen Jan Amend von der University of Southern California wurde eine sechzig Personen starke Forschungsgruppe aus sechs Institutionen zusammengestellt – der University of Southern California, dem California Institute of Technology, dem Jet Propulsion Laboratory, dem Rensselaer Polytechnic Institute, der Northwestern University und dem Desert Research Institute –, die mit der Untersuchung tiefer Gruben begann. Überall auf der Welt stiegen die Wissenschaftlerinnen und Wissenschaftler in tiefe Löcher, Bergwerksschächte und Quellen. Sie bohrten sich sogar tief in den Meeresboden und entnahmen Proben für die spätere Untersuchung im Labor. Das übergeordnete Ziel war die Suche nach mikrobiellem Leben auf dem Mars. Wenn es auf dem Mars Leben gibt, wird es am ehesten im Untergrund vermutet, weil es dort vor den unwirtlichen Bedingungen an der Oberfläche geschützt ist. Aber bevor man anfing, auf dem roten Planeten nach Leben zu graben, wollte man die Bewohner des Untergrunds hier auf der Erde besser kennenlernen und verstehen, wie diese Wesen unter eigentlich unmöglichen Bedingungen überleben können.

Auf dem Parkplatz eines Motel 6 stieg ich kurz hinter den altmodischen Casinos, die sich im Städtchen Deadwood aneinanderreihten, in den Jeep des *Life-Underground*-Teams. Am Steuer saß Brittany Kruger, eine Geochemikerin vom Desert Research Institute in Las Vegas. Sie war Anfang dreißig, hatte blaue Augen, einen langen, blonden Pferdeschwanz und die sehnigen Arme einer Kletterin. Als außerhalb des Labors arbeitende Biologin verbringe sie ihr Leben damit, »in der Welt herumzugondeln und mich dreckig zu machen«, sagte sie. Neben ihr saß Caitlin Casar, eine Geobiologin von der Northwestern University: groß, schlank und cool, mit kurzen braunen Haaren und Gauges in den gepiercten Ohren. Der Vierte in unserer Runde war Tom Regan, der uns durch die Tiefen des Bergwerks führen würde.

Wir fuhren nach Lead, das wie jede andere Kleinstadt in den Weiten der USA auch aussähe – kleine Einfamilienhäuser, niedrige Verwaltungsgebäude –, wenn da nicht der klaffende Schlund in der Mitte wäre. Der Ort besteht zum größten Teil aus einem gigantischen Loch. Von oben ist nur der offene Krater der Homestake-Goldmine sichtbar. Der Durchmesser des Tagebaus beträgt ungefähr achtzig Meter, bei einer Tiefe von dreihundertsechzig Metern kann man nirgendwo bis auf den Boden blicken (aber für fünf Dollar darf man im Homestake Gold Mine Welcome Center einen Golfball über den Rand schlagen).

Homestake verdankt seine Existenz einem schamlosen Landraub der amerikanischen Regierung. 1868 unterzeichnete die Regierung einen Vertrag mit den Lakota, in dem diesen der uneingeschränkte Besitz der Black Hills bestätigt und garantiert wurde, dass Weiße ihr Territorium nicht ohne Erlaubnis betreten durften. Aber als sechs Jahre später Gerüchte um Gold in den Bergen die Runde machten, wurde der Vertrag einfach für null und nichtig erklärt, ein Goldrausch setzte ein, und die Menschen fingen an, wie verrückt zu buddeln. Der Unternehmer George Hearst gründete Homestake im Jahr 1877 – im Lauf der nächsten anderthalb Jahrhunderte sollte sie sich zur lukrativsten Goldmine der westlichen Welt entwickeln: Mit ihrer Tiefe von 2.834 Metern und sechshundert Kilometern Stollen ist es eine Art industrieller Grand Canyon. Ab 2001 warf die Mine keinen Profit mehr ab, die Pumpen auf den tiefsten Ebenen wurden ausgeschaltet, und die Schächte füllten sich allmählich mit Wasser.

Homestake fiel in einen Dornröschenschlaf, bis es 2012 als wissenschaftliches Labor wiedereröffnet wurde: die Sanford Underground Research Facility (SURF). Für Physiker war es ein idealer Ort, um sehr tief unter der Erdoberfläche, wo die Gesteinsmasse als natürlicher Filter für Weltraumstrahlung dient, Experimente durchzuführen. An dem Tag, als ich die Mine besuchte, wurden dort vierzehn verschiedene SURF-Experimente durchgeführt, die meisten in den renovierten Teilen des Bergwerks, wo Studierende umgeben von Leuchtstoffröhren und hell gekachelten Böden an ihren Laptops saßen. Und dann gab es noch die entlegenen Abschnitte, die dunkle Wildnis des Bergwerks, unten in 1.478 Meter Tiefe, wo das Gestein roh und unbehandelt ist und heißer Dampf aus den Wänden quillt – dahin waren wir unterwegs.

In einem mit Beton ausgekleideten unterirdischen Korridor warteten die Life Undergrounders und ich auf den Fahrstuhl – genannt »der Käfig« –, mit dem wir hinabfahren würden, zuerst in zweihundertfünfundvierzig Meter Tiefe, dann bis ganz nach unten. Mitarbeiter der Forschungsstation gingen vorbei: Die kräftigen Männer waren ehemalige Grubenarbeiter, die jetzt für die Instandhaltung der Tunnel zuständig waren, und die eher dünnen Gestalten waren Physiker, die den ganzen Tag in ihren unterirdischen Laboren saßen. Wir hantierten an unserer Ausrüstung herum – unförmige blaue Overalls, Helme, Stirnlampen, Schutzbrillen, klobige Gummistiefel mit Stahlkappen und tragbare Beatmungsgeräte, eine künstliche Lunge in einem granatengroßen Tornister, die nur im Fall eines Feuers oder Gasaustritts zum Einsatz kommen sollte.

»Wenn wir da unten ankommen, fühlt es sich vielleicht erst mal ein bisschen ungemütlich an«, sagte Tom Regan. »Aber wenn Sie ganz ruhig bleiben, kann Ihnen nichts passieren.« Tom war Sicherheitsexperte der Sanford Underground Research Facility, Ende sechzig, ein nicht sehr großer Mann mit Brille, Vietnamveteran und Diakon einer Kirchengemeinde im nahe gelegenen Spearfish. Beim Kennenlernen machte Tom keinen großen Eindruck auf mich. Er sprach größtenteils in Kürzeln, Sicherheits-Jargon, und ratterte Verhaltensmaßregeln für mögliche Notfälle herunter. Er war nicht unsympathisch, wirkte aber recht distanziert und bürokratisch. Aber ich beschäftigte mich sowieso nicht weiter mit ihm, da ich Bammel vor unserer Fahrt in die Tiefe hatte.

Ich war noch nie mehr als hundert Meter unter der Erde gewesen, aber jetzt sollte es viel, viel tiefer gehen. Mir war gesagt worden, dass Besuchern der Schächte in 1.478 Meter Tiefe bisweilen die Nerven durchgingen: Die vollständige Finsternis, das klaustrophobische Gefühl von anderthalb Kilometern Granit über dem Kopf hatten bei manchen Neulingen einen psychischen Zusammenbruch ausgelöst, und sie mussten so schnell wie möglich zurück nach oben gebracht werden. Mir fiel die alte Geschichte einer Gruppe früher Höhlenforscher in England ein, die einen Teilnehmer am Seil in die Finsternis eines vertikalen Schlunds hinabließen. Als der Mann in die lichtlose Zone der Höhle gelangte, war ein fürchterlicher Schrei zu hören. Er wurde umgehend wieder nach oben gezogen: Die Augen des Mannes hatten sich nach hinten verdreht und sein Haar war mit einem Schlag weiß geworden, so wurde es zumindest erzählt. Ich fingerte am Clip meines Beatmungsgeräts herum und dachte darüber nach, wie wenig wir körperlich für die Dunkelwelt geeignet sind – im Untergrund sind wir wahrhaft Außerirdische.

Der Käfig kam angerasselt, die Tür öffnete sich, und wir traten in eine große Stahlbox mit Gitterwänden. Der Fahrstuhlführer – der »Cager« – war ein Mann von Rhinozerosformat mit Overall und rußverschmierten Wangen. Er schüttelte Tom die Hand und grinste Brittany, Caitlin und mich an. »Und, was haben wir heute Schönes vor da unten?«, überschrie er den Lärm des Fahrstuhls. »Oder gehen wir nur ein bisschen spazieren?«

Brittany brüllte: »Mikroben!«

Der Cager brach in Gelächter aus und schüttelte den Kopf.

Er zog an einem Hebel, die Tür schlug mit einem Knall zu, und er schrie: »Abwärts!« Der Käfig rumpelte, schlingerte, dann ging es hinab in vollständige Finsternis. Ich sah zu Boden. Das Licht meiner Stirnlampe fiel auf das offene Metallgitter am Boden, und mir wurde die Meile leeren Raums unter unseren Füßen intensiv bewusst. Die Felswände des Aufzugsschachts glitten erst langsam vorbei, dann immer schneller, als wir wie eine Rakete hinunter in die Erde schossen.

Die Menschheit ist schon sehr lange fasziniert von der Vorstellung, dass es in der Unterwelt Wesen gibt, die ihr Leben im Verborgenen führen. Der antike griechische Geschichtsschreiber Herodot beschrieb im fünften Jahrhundert v. Chr. in seinem Buch *Historien* eine Menschenrasse, die in Äthiopien angeblich in dunklen Höhlen lebte. Diese Troglodyten – vom Griechischen *trogle-* (Höhle) und *dynai* (eintauchen) – wurden als nachtaktive Albino-Pygmäen beschrieben, die Eidechsen aßen und »kreischten«, wenn Sonnenlicht auf sie fiel. Herodot verzeichnete viel Abseitiges in den *Historien* – Geschichten von Ameisen in Hundegröße, die in Indien Gold schürfen zum Beispiel –, aber die Troglodyten hielten sich. Obwohl es keinerlei Augenzeugenberichte gab, schrieben anerkannte Geschichtsschreiber und Wissenschaftler immer wieder über Menschen, die unter der Erde lebten, so zum Beispiel Strabon, Plinius der Ältere und Carl von Linné, der schwedische Naturforscher des achtzehnten Jahrhunderts, der die Grundlagen der botanischen Taxonomie schuf. Linné behauptete, es gäbe zwei eigene, getrennte menschliche Spezies: eine über und eine unter der Erde. Der *Homo diurnus* oder »Tagesmensch« lebe von Sonnenlicht und Sauerstoff über der Erde; der *Homo nocturnus* oder »Nachtmensch« lebe im Dunkel tiefer Höhlen und jage bei Nacht. Der Glaube an dunkelheitsliebende, in der Erde hausende Menschen schwand allmählich, aber die Möglichkeit eines geheimen Alter Ego des Menschen brachte bei uns offenbar etwas zum Klingen – als seien wir unbewusst auf der Suche nach unserem Gegenpart, unserem Schatten-Ich.

Die erste echte Entdeckung unterirdischer Lebewesen fand im Jahr 1689 statt, als der Triester Freiherr Johann Weichard von Valvasor eine Geschichte Sloweniens veröffentlichte. In seiner Beschreibung der von Höhlen durchzogenen slowenischen Karstregion erwähnte Valvasor ein ungefähr dreißig Zentimeter langes, schlangenartiges Tier, das nach heftigen Regenfällen aus Höhlen herausgeschwemmt wurde. Das Wesen war den Bewohnern der Gegend wohlbekannt, die es für die unentwickelte Brut von in den Höhlen hausenden Drachen hielten. Valvasor nannte das Tier »Olm«, einen unterirdisch im Wasser lebenden Schwanzlurch. In *Über die Entstehung der Arten*

führte Charles Darwin den Grottenolm als Beispiel für seine Theorie der natürlichen Selektion an: Als einstiger Teil der oberirdischen Tierwelt begann der Grottenolm irgendwann, sich immer länger unter der Erde aufzuhalten, vielleicht um Schutz vor Fressfeinden zu suchen; ganz allmählich, im Lauf von Jahrmillionen, wurden die körperlichen Merkmale weitervererbt, die dem unterirdischen Leben am meisten entsprachen. Angepasst an die nahrungsarme Höhlenwelt, entwickelte der Grottenolm einen unglaublich effizienten Stoffwechsel, mit dem er ein ganzes Jahr ohne Nahrungsaufnahme überleben kann. In der ewigen Dunkelheit, wo er keinen Schutz vor UV-Strahlen benötigte, verlor die Haut des Grottenolms die Pigmentierung und sieht heutzutage gelblich weiß wie bei einer Leiche aus. Sogar die Augen wurden irgendwann überflüssig und sind heute vollständig zurückgebildet.

Es dauerte nicht lang, bis Naturforscher verschiedene Ordnungen höhlenbewohnender Lebewesen identifiziert hatten. »Schattentiere«, die am Eingang von Höhlen und Grotten lebten, »Zwielichttiere«, die in der Reichweite indirekten Lichts zu Hause waren, und schließlich »Tiere des lichtlosen Bereichs« oder Troglobionten wie der Grottenolm, die sich so vollständig an das unterirdische Leben angepasst hatten, dass sie an der Oberfläche nicht mehr überleben konnten. Bei Höhlenexpeditionen offenbarte sich ein ganzes Bestiarium albtraumhafter Troglobionten: weiße Antennenwelse, Albino-Spinnen, blinde Käfer, durchsichtige Krabben und augenlose Insekten. Die Wissenschaft war davon überzeugt, dass die Troglobionten als Einzige den Untergrund bewohnten: Sicherlich konnte es keine anderen Tiere geben, die in der Lichtlosigkeit überlebensfähig waren.

Doch 1994 wurde das Tor zur Unterwelt weit aufgerissen: Eine junge Biologin aus New Mexico, Penny Boston, kletterte in die tiefsten Tiefen der Lechuguilla Cave, sechshundert Meter tief. Dort unten fand sie eine Umgebung, die »der Reise auf einen anderen Planeten am nächsten kommt, ohne die Erde verlassen zu müssen«, wie sie sagte. Diese Umwelt war selbst für die widerstandsfähigsten Troglobionten oder jedes andere Lebewesen viel zu lebensfeindlich. Doch irgendwann untersuchte Boston einen haarigen, braunen geologischen Auswuchs an der Decke eines Höhlengangs, als ihr ein Wassertropfen direkt ins Auge fiel. Zu ihrer Verwunderung wurde ihr Auge rot und schwoll dann völlig zu. Das konnte nur eins bedeuten: Ihr waren Bakterien ins Auge getropft, winzige Mikroorganismen, die in den Tiefen der Höhle lebten, viel tiefer, als man bis dahin für möglich gehalten hatte.

Jetzt wollten die Forscher natürlich wissen, was sich im *Rest* der unterirdischen Welt tat, das heißt, im unsichtbaren Territorium abseits der Höhlen, tief im Gestein der Erdkruste, das menschlichen Maßstäben zufolge undurchlässig war, in Wirklichkeit aber Unmengen winziger Poren und Haarrisse enthielt, durch die Grundwasser floss. Das wissenschaftliche Establishment spottete über die Idee, es könne Leben in der Erdkruste geben, wo es zu dunkel und zu heiß war und es zu wenig Nährstoffe und zu hohen Druck gab. Aber ein paar Mikrobiologinnen und Mikrobiologen suchten trotzdem weiter. Sie ließen sich in Bohrlöcher, Ölquellen und andere menschengemachte Vertiefungen hinab oder bohrten sogar ihre eigenen Löcher, um Gewässerproben aus großer Tiefe zu entnehmen. Und tatsächlich: Wohin sie auch schauten, überall fanden sie quicklebendige Bakterienkolonien. In dreihundert Metern Tiefe, dann in fünfzehnhundert Metern, in drei Kilometern Tiefe, an lebensfeindlichen, gasverpesteten Orten, an denen der Druck vierhundert Mal so groß war wie an der Oberfläche und die Hitze den Siedepunkt erreichte.

Immer neue Erkenntnisse wurden zusammengetragen, und die Biologie begann sich mit der schier unglaublichen Menge und Vielfalt des unterirdischen Lebens zu beschäftigen. Ein drastischer Perspektivwechsel war notwendig. So wie Kopernikus die Erde aus dem Zentrum des Universums holte und Darwin den Menschen vom Scheitelpunkt der Geschichte schubste, deuteten diese Entdeckungen darauf hin, dass das oberirdische Leben auf der Erde gar nicht unbedingt den Normalfall darstellte. Die kollektive Biomasse des innerirdischen Lebens schien ähnlich groß wie die auf der Erdoberfläche zu sein, möglicherweise sogar größer. Wenn man die Gesamtheit der unterirdischen Mikroben in eine Waagschale packte und in die andere Waagschale alle auf der Erde lebenden Tiere und Pflanzen, hinge die Waage schief. »Wir schütteln ungläubig den Kopf darüber«, schrieb der Erdökologe David Wolfe 2001, »dass es möglicherweise eine weitere Lebenswelt geben soll, eine verborgene ›tiefe Biosphäre‹, immenser noch als die Masse des Lebens an der Erdoberfläche.«

Die »Innerirdischen« widersprachen allem, was Biologen bis dahin für die Kenngrößen von Leben gehalten hatten. Diese Wesen atmeten keinen Sauerstoff, bezogen ihre Energie nicht aus dem Sonnenlicht oder der Fotosynthese und waren nicht auf ein kohlenstoffbasiertes Nährstoffangebot angewiesen. Sie ernährten sich von »dunklen Nahrungsketten«, wie Biologen es nannten: Sie fraßen sich durch Gestein oder verstoffwechselten aus der Erdkruste austretende chemische Energie oder Radioaktivität. Hier waren sie – unsere evolutionären Alter Egos; so sah der mysteriöse Volksstamm aus der fiktiven »hohlen Erde« in Wirklichkeit aus. Eine Forschergruppe dachte offensichtlich ähnlich: Als sie eine neue Art Bakterien in einem 2.800 Meter tiefen Bergwerk in Südafrika fanden, gaben sie ihr den Namen *Desulforudis audaxviator*, oder »wagemutiger Reisender«. Das war eine Anspielung auf die *Reise zum*

Mittelpunkt der Erde, wo Professor Lidenbrocks Abenteuer auf dem Weg ins Erdinnere damit beginnt, dass er eine Runeninschrift über einem versteckten Zugang zum Inneren des Planeten entziffert: *Descende, audax viator, et terrestre centrum attinges* (»Steig hinab, wagemutiger Reisender, und du wirst zum Mittelpunkt der Erde gelangen«).

Auf der 245-Meter-Ebene angekommen, verabschiedeten wir uns vom Cager und traten aus dem Aufzug in einen engen Felstunnel. Von der Decke lief das Wasser und trommelte auf unsere Helme. Hinter uns verschwand der Käfig rasselnd aus dem Blickfeld, und alles wurde still. Ich musste mich bücken, um mir nicht den Kopf an der niedrigen, zerklüfteten Decke zu stoßen. Ich watete mit den Gummistiefeln durch Matsch, der mir bis an die Schienbeine ging.

Brittany ging vor, Caitlin und ich folgten ihr, Tom bildete die Nachhut. Die Luft roch nach Schwefel, und der Strahl unserer Stirnlampen erleuchtete den Wasserdampf. Wir befanden uns im Schiefer, einem grauen Gestein mit gelben und orangefarbenen Adern. Einst waren Loren voller Felsbrocken durch diesen Schacht gerattert, jetzt kamen wir an Schildern mit der Aufschrift LEBENSGEFAHR und SEKUNDÄRER FLUCHTWEG vorbei. Beim Gehen dachte ich an die zweihundertfünfundvierzig Meter massiven Gesteins über mir und merkte, wie sich mein Puls ein wenig beschleunigte. Ich fragte mich, wie mein Körper darauf reagieren würde, wenn wir noch einen ganzen Kilometer tiefer bis ganz nach unten in die Goldmine fahren würden.

»Ich bin unheimlich gern hier unten«, sagte Tom. »Unter der Erde fühle ich mich zu Hause.« Überrascht sah ich mich um. Der Mann, der über der Erde so zurückhaltend gewesen war, der monoton Abkürzungen und Sicherheitsprotokolle heruntergeleiert hatte, strahlte mich jetzt mit einem glücklichen Lächeln an. Mit jedem weiteren Schritt wurde er lockerer, wärmer, gesprächiger – er sprudelte nur so vor Begeisterung. Es war, als hätte er die ganze Zeit die Luft angehalten und könnte jetzt endlich ausatmen.

Er erzählte, er sei in den Bergen aufgewachsen, in den Vietnamkrieg gegangen und habe nach seiner Rückkehr in der Goldmine gearbeitet, in jedem nur vorstellbaren Job von Fahrstuhlführer bis Tiefbohrtechniker. Nur im Untergrund fühle er sich so richtig wohl.

»Ich kenne mich hier unten besser aus als oben in der Stadt«, sagte er und unterbrach sich kurz, um eine kleine Felsnase in der Wand zu berühren. »Wenn ich freihabe und zu lange nicht unter Tage bin, kriege ich schnell Hummeln im Hintern. Dann fahre ich mit meiner Frau in den Black Hills herum und wir besichtigen Höhlen. Falls Sie noch nicht in der Wind Cave waren – da müssen Sie hin, was Schöneres kann man sich nicht vorstellen.«

Aus einer entfernten Ecke des Bergwerks hörten wir es leise grummeln, als galoppiere weit weg eine Rinderherde davon. »Haben Sie das gehört?«, fragte Tom leise. »Man spürt richtig, wie die Mine sich bewegt und setzt. Als ob hier unten alles lebendig wäre und die Schächte atmen würden.«

Wir kamen zu unserer ersten Probenentnahmestelle, einem Metallrohr von circa fünf Zentimetern Durchmesser, aus dem ständig Wasser floss. Die »Sickerstelle« war kurz nach 1900 entstanden; an dieser Stelle war probeweise nach Gold gebohrt worden. In der Mine gab es mehrere Dutzend Sickerstellen; aus dieser floss seit über hundert Jahren unablässig Wasser, erzählte Tom.

Brittany und Caitlin ließen ihre Rucksäcke in den Schlamm fallen, justierten ihre jetzt schon verschmierten Stirnlampen und Sicherheitsbrillen und machten sich an die Arbeit. Sie streiften schnalzende lila Latexhandschuhe über und packten Durchstechflaschen, Messzylinder und Sensoren aus, um die chemische Beschaffenheit des Wassers zu überprüfen: die Temperatur, den pH-Wert. Ans Ende des Metallrohrs im Fels schlossen sie eine mehrstufige Spritze an, mit deren Hilfe sie Wasserproben entnehmen konnten, die nicht von der Tunnelluft verunreinigt waren.

»Eine Sickerstelle ist wie ein winzig kleines Fenster unter der Erde, durch das wir sehen können, was hier unten so lebt«, sagte Brittany über die Schulter zu mir. »Wasser bewegt sich in großen Kreisläufen durch die Erdkruste; manchmal dauert es Jahrtausende, bis es von einer Stelle zur anderen gelangt. Unsere Überlegung ist, dass das Wasser an den Sickerstellen aus einem abgeschlossenen Wasserkörper aufsteigt, der isoliert tief in der Kruste liegt. Und das würde heißen, dass alle Organismen, die wir hier sehen, von ganz, ganz tief unten stammen.«

Es würde noch Wochen dauern, bis sie die Laborergebnisse vorliegen hätten und genau wüssten, was in diesem Wasser lebte. Aber gestützt auf bisherige Proben, die an den verschiedenen Sickerstellen der Mine entnommen wurden, vermuteten sie, dass sie Mitglieder der *Desulforudis*-Familie finden würden: Cousins des kühnen Reisenden aus Südafrika, wenn man so wollte.

Als Caitlin und Brittany mit der Probenentnahme fertig waren, hängten sie ein Schild über das Rohr – NASA INSTITUT FÜR ASTROBIOLOGIE, BITTE NICHT BERÜHREN. Sie packten ihre Ausrüstung zurück in die Taschen, das Plätschern des Wassers hallte von den Felswänden. Ich ging in die Hocke, hielt die Hand unter die Sickerstelle und fragte mich beim Gefühl des Wassers an meinen Fingern, aus welchen Tiefen es wohl hervordringen mochte. Es dauerte einen Augenblick, bis ich merkte, dass Tom direkt hinter mir stand.

»In Spearfish kenne ich ein paar Leute vom Stamm der Lakota, Freunde aus meiner Gemeinde«, sagte er. »In ihrer Mythologie ist das Wasser der Black Hills heilig, und der Untergrund ist eine Verbindung zu ihren Ahnen.«

Tom riet mir, ich solle mir von den Lakota selbst die Herkunft ihres Stammes erzählen lassen. »Ich kenne die Geschichte ganz gut, aber es steht mir nicht zu, sie zu erzählen«, sagte Tom. »Sie sollten mit jemandem von den Lakota reden und zur Wind Cave fahren.«

Die Geschichte vom Ursprung allen Lebens – zumindest, wie westliche Wissenschaftler sie lange erzählt haben – begann vor ungefähr vier Milliarden Jahren. Eine »Ursuppe« aus biochemischen Elementen nahm einen Energiefunken zum Anlass, sich zu einfachen organischen Molekülen zu verbinden: Sie wurden zu Aminosäuren, die sich wiederum zu DNA und Proteinen zusammenschlossen, aus denen sich im Laufe der Zeit einzellige Bakterien entwickelten, die die Urform allen Lebens darstellten. Auf Darwin gestützt, ging die Forschung lange davon aus, dass die Bühne, auf der sich diese dramatischen Ereignisse abspielten, die Entwicklung der ersten Lebensformen, ein flaches Gewässer war: ein Gezeitentümpel oder ein Teich, oder vielleicht auch das Oberflächenwasser eines ruhigen Ozeans.

Doch 1992 kam eine radikal neue Theorie auf. Formuliert wurde sie von dem emeritierten Professor der Cornell

University Thomas Gold, eigentlich im Fachbereich Astrophysik zu Hause, aber mit einem Hang zur Erforschung anderer Disziplinen und einem Talent für die Präsentation kühner, provokanter Thesen, die sich dann später oft als zutreffend herausstellten. Nachdem er jahrelang die Begegnungen mit Innerirdischen verfolgt hatte, schrieb er das Buch *The Deep Hot Biosphere (Biosphäre der heißen Tiefe)*, in dem er überzeugend argumentierte, dass es unterirdisches Leben in Hülle und Fülle geben müsse. Und dann ging Gold noch einen Schritt weiter: Er stellte die These auf, dass der Ursprung des Lebens im Untergrund zu suchen ist.

Vor vier Milliarden Jahren war die Erdoberfläche ein einziges Kriegsgebiet, argumentierte Gold. Sie wurde mit Lava aus Vulkanausbrüchen überschwemmt, von hochgradig ultravioletten Strahlen gegrillt und ständig von Asteroiden bombardiert. Es war sehr unwahrscheinlich, gab Gold zu bedenken, dass die allererste, heikle Entwicklung von Leben – die ersten »zarten Kontakte«, wie er schrieb – unter solchen tumultartigen Bedingungen hätte stattfinden können. Der Untergrund war im Vergleich dazu stabil: keine Wetterextreme, kein schädliches UV-Licht, keine brutalen Vulkanausbrüche. Es war wesentlich wahrscheinlicher, dass sich unser »Garten Eden« tief unter der Erde befand, wo die ersten einzelligen Mikroben von chemischer Energie lebten, die aus der Tiefe aufstieg.

Golds Modell zufolge sind die Innerirdischen – diese dunkelheitsvernarrten, sauerstoffallergischen, hitzeliebenden, felsfressenden Lebewesen – keine seltsamen Ableger von uns Oberflächenbewohnern. Nein, sie waren lange vor uns da: *Wir* sind *ihre* Abkömmlinge. Damit schrieb Gold ein völlig neues Szenario unserer Schöpfungsgeschichte: Nach Millionen von Jahren der Reifung im Innern der warmen Erde trennte sich eine Abordnung archaischer Mikroben von den restlichen Unterweltbewohnern und wanderte allmählich nach oben, bis sie am Licht waren, wo sie sich dann nach und nach auch auf der Erde ausbreiteten. »Die Mikrobenpioniere«, schrieb Gold, »besiedelten die Erdoberfläche von unten her.«

Im Lauf der letzten fünfundzwanzig Jahre sind die Beweise für Golds These immer zahlreicher geworden. Mikrobiologen haben immer tiefer in der Erde Leben aufgespürt, genau wie in fossilen Wasserblasen, die zum Teil vielleicht eine Milliarde Jahre alt sind. Gleichzeitig finden sie Übereinstimmungen in der DNA von Innerirdischen, sogar bei Spezies, die auf den entgegengesetzten Seiten des Planeten zu Hause sind, wie im Fall von *Desulforudis* in den Tiefen von Homestake und in Afrika, was auf mögliche gemeinsame Vorfahren hinweist. »Es ist nach wie vor schwierig, irgendwelche hundertprozentig sicheren Aussagen über das Leben im Untergrund zu machen«, erklärte mir Caitlin. »Wir kennen ja erst einen winzig kleinen Ausschnitt von dem, was es da unten alles gibt.« Aber mit jedem Jahr akzeptieren immer mehr Forscherinnen und Forscher in der Mikrobiologie die Möglichkeit, dass das Leben aus dem Inneren der Erde stammt.

Es leuchtet ihnen ein, weil es eine Geschichte ist, die wir alle kennen und immer gekannt haben – eine der ältesten Erzählungen der Menschheit. Einerseits ist die Unterwelt das Reich der Toten, andererseits war sie auch immer ein Schoß: ein fruchtbarer, produktiver Ort, aus dem neues Leben entspringt. Das ist das größte Wunder des Untergrunds: Samenkörner versenken erst Wurzeln ins Erdreich, bevor der erste Schössling an der Oberfläche zu sehen ist. Genauso wachsen wir alle in der Höhle der Gebärmutter heran, bevor wir durch einen dunklen Tunnel ans Tageslicht kommen. Im Altertum erzählten sich Kulturen aus jedem Winkel der Welt Geschichten, dass die Menschheit aus dem Untergrund stammt: Die ersten Urahnen reiften unter der Erde heran, bevor sie hinaustraten in die offene Landschaft. Diese Mythen finden sich überall, bei den australischen Aborigines genauso wie bei den Bewohnern der indischen Andamaneninseln oder in den osteuropäischen Volksmärchen; besonders weit verbreitet waren sie aber bei den alten Kulturen in Nord- und Südamerika. Den Hopi und Zuñi im amerikanischen Südwesten zufolge entstanden die ersten Menschen in der Erde, in der tiefsten Gebärmutterwelt, wo sie in einer Art Larvenstadium existierten, stiegen dann durch eine Abfolge von Gebärmutterwelten auf und wurden allmählich immer menschenähnlicher, bis sie dann schließlich durch den Geburtskanal ihrer Mutter auf der Oberfläche ankamen. In den Glaubenssystemen Zentralmexikos stammten die ersten Menschen aus den Moschustiefen einer Chicomoztoc genannten Höhle, was übersetzt »Ort der sieben Höhlen« heißt. Auf verblassten mittelamerikanischen Kodizes ist diese Gebärmutter-Höhle mit ihren sieben Kammern noch gut zu erkennen: In jeder Auswölbung sitzen kleine Menschlein in Embryohaltung, und Fußabdrücke führen aus der Höhle heraus. Es ist eine Erzählung, die Bachelard in seiner *Poetik des Raumes* »an den Ursprung jedes Glaubens« setzen würde. Wenn Archäologen auf dem Bauch in Frankreich durch Höhlen robben, finden sie dreißigtausend Jahre alte, Vulven darstellende Felsritzungen, mit denen die dunklen Tiefen als Ort unserer Herkunft markiert wurden.

Source gallica.bnf.fr / Departement des Manuscrits

Und dann ging es quasi im freien Fall bis an den Grund der Goldmine – 1.478 Meter unter der Erde. Ich stand neben Tom im Käfig und sah die Felswände verschwommen an uns vorbeirasen – jede Minute ging es hundertfünfzig Meter tiefer. Ich merkte, wie mein Körper auf die Umgebung reagierte: Der Druck lastete wie ein Joch auf meinen Schultern, die Luft wurde immer dicker, der Schweiß juckte in meinem Nacken. Vielleicht würden mir die Nerven in dieser Tiefe mit einer Meile Felsgestein über dem Kopf ja doch noch durchgehen.

Aber es kam ganz anders. Auf der tiefsten Ebene der Mine gingen wir gebückt einen schmalen Stollen mit niedriger Decke entlang, in dem die Felswände mit rostigen Metallstreifen verstärkt waren. Als wir an die Sickerstelle kamen, hockte ich mich neben Caitlin und Brittany, beobachtete das aus dem Gestein fließende Wasser, das sich in einer großen Pfütze zu unseren Füßen sammelte, und stellte mir vor, wie es in diesem Wasser vor Unterweltkreaturen wimmelte – dass ich Zeuge wurde, wie die archaischsten Lebensformen der Welt ans Licht kamen. Im Tunnel war es sehr heiß, aus den Wänden trat Dampf aus, aber ich empfand es nicht als beklemmend, sondern als fruchtbare Hitze wie in einem Gewächshaus. Diese Umwelt mochte noch so feindselig wirken, so physiologisch unnatürlich und völlig anders als alles, was wir als normale Sphäre kennen – aber in diesem Stollen war Leben entstanden. Tom, der seit fünf Jahrzehnten durch diese Tunnel lief, sich im Untergrund am wohlsten fühlte und in der Erde zu Hause war, pfiff leise vor sich hin, die ganze Zeit einen Ausdruck heiterer Gelassenheit im Gesicht, als fühlte er sich von den Steinwänden umarmt.

Als alle Proben entnommen waren und die Ausrüstung zusammengepackt war, gingen wir durch den Tunnel zurück und bestiegen wieder den Käfig. Während wir den Felsschacht rumpelnd und rasselnd hinauffuhren, wurde nicht viel geredet. Wir waren alle in Gedanken versunken. Sobald wir an der Oberfläche ankamen und ins Abendlicht hinaustraten, konnte ich mich vor Erschöpfung kaum noch auf den Beinen halten. Caitlin, Brittany und ich schälten uns aus den schlammigen Overalls und verstauten die Schutzbrillen und Helme im Umkleideraum. Wir warfen Rucksäcke und Ausrüstung in den *Life-Underground*-Jeep und Tom kam, um sich von uns zu verabschieden.

An der Erdoberfläche schien er seine Ausstrahlung wieder eingebüßt zu haben, seine Haut wirkte grau und fahl. Ich gab ihm die Hand und dankte ihm, dass er uns unter die Erde geführt hatte. »Wissen Sie, wie Sie hinkommen?«, fragte er.

Ich fragte, was er damit meinte.

»Zur Wind Cave«, sagte er. »Ist gar nicht weit von hier. Fahren Sie auf die Landstraße und durch die Berge Richtung Süden. Dann einfach den Schildern folgen.«

Am nächsten Morgen schlängelte ich mich im Auto zwischen Felsvorsprüngen hindurch, vorbei an dem Gipfel, auf dem der legendäre Lakota-Schamane Black Elk auf Visionssuche ging, vorbei an der Monumentalskulptur von Crazy Horse, wo das Gesicht des Lakota-Häuptlings seit Jahrzehnten aus einer Bergflanke gehauen wird; wenn das Monument fertig ist, wird es zehn Mal so groß wie Mount Rushmore sein; vorbei an grasenden Büffeln, Präriehunden und einem durch das hohe Gras schleichenden Kojoten, bis ich schließlich in der Mitte einer goldenen Wiese angelangt war, wo Sina Bear Eagle auf mich wartete.

Sina war Oglala Lakota und die Urururenkelin eines mächtigen Führers des Stammes, Chief No Flesh, dessen Foto ich in einem Museumsarchiv aufgespürt hatte. Sina Bear Eagle war auf der Pine Ridge Reservation am Rand der Black Hills aufgewachsen. Auf dem Unterarm hatte sie ein Bob-Dylan-Tattoo, der untere Rand ihrer schulterlangen Haare war türkisblau gefärbt. Sina hieß mich willkommen und führte mich einen gewundenen Pfad entlang, der zum Eingang von Washu Niya führte, der »Windhöhle«.

Es werde immer so dargestellt, sagte Sina im Gehen, als ob die Höhle 1881 von den – weißen – Bingham-Brüdern entdeckt worden sei. »Dabei ist ›entdeckt‹ natürlich der völlig falsche Ausdruck«, sagte sie, ihre Stimme freundlich, aber sehr bestimmt. »Die Lakota kannten die Höhle schon viel, viel früher.«

Sina Bear Eagle war um die dreißig und gerade im Begriff, eine wichtigere Rolle in der Gemeinschaft der Lakota einzunehmen. Momentan war sie noch Masterstudentin an der UCLA, wo sie im Fachbereich Linguistische Anthropologie die Sprache der Lakota studierte; nach ihrem

Abschluss wollte sie ins Reservat zurückkehren und den Kindern die Sprache ihrer Vorfahren beibringen. Während der Sommerferien arbeitete sie als Fremdenführerin an der Wind Cave, wo sie Besuchern die Lakota-Kultur und das Verhältnis des Stammes zur Höhle erläuterte.

Für Touristen war ein Eingang mit Betonstufen zur Höhle geschaffen worden, auf denen es ins Dunkel ging, aber Sina und ich setzten uns seitlich davon hin, vor den ursprünglichen Höhleneingang. Es war eine kleine, stockdunkle Öffnung von weniger als einem Meter Durchmesser. An Tagen, an denen der Luftdruck an der Oberfläche niedriger war als in der Höhle, erklärte mir Sina, konnte man spüren, wie die Luft aus dem Untergrund herausgeweht kam. Um das zu demonstrieren, hielt sie ein Seidenband über ihren Mund, dessen Ende wild zu flattern begann.

»Die Höhle besitzt große *wakan*«, sagte sie, das Lakota-Wort für »Heiligkeit«. Sie zeigte auf einen Busch neben dem Höhleneingang, an dessen Zweigen viele kleine Tabakbeutel hingen, die Mitglieder des Lakota-Stamms dort als Opfergabe hinterlassen hatten. Bei ihrem allerersten Besuch der Höhle, erzählte Sina mir, habe sie ebenfalls eine Opfergabe dort gelassen. Es war eine Schulexkursion, als sie zwölf Jahre alt war, und sie wusste sofort, dass sie die Höhle liebte. »Mir war klar, dass ich immer wieder nach unten gehen wollte«, sagte sie. »Deswegen habe ich mir ein paar Haare ausgerissen und sie in einem der Gänge liegen gelassen, als Versprechen, dass ich wiederkommen würde.«

Ich berichtete Sina, warum ich mich mit ihr verabredet hatte, von den Mikrobiologinnen, die im tiefen Innern der Black Hills arbeiteten, von den unterirdisch lebenden Bakterien, die sie dort fanden – weitverbreiteten Lebewesen, deren Bedeutung wir erst allmählich zu verstehen begannen. Ich erzählte ihr von Captain Symmes und dem menschlichen Streben, unser Schatten-Ich zu finden, das in der unterirdischen Dunkelheit zu Hause war. Und ich erzählte ihr von der Theorie, dass Wesen aus der Tiefe vielleicht die ersten Lebensformen waren und das Leben möglicherweise unter der Erde entstanden war.

»Hmm«, nickte sie und wirkte dabei nicht besonders überrascht.

Sina machte eine lange Pause, dann erzählte sie mir die Schöpfungsgeschichte der Lakota.

»Die ersten Menschen«, begann sie, »lebten unter der Erde in der Geisterwelt. Der Schöpfer hatte ihnen aufgetragen, dort zu warten, bis die Welt an der Oberfläche für sie bereit sei. Diese Menschen hatten rot glühende Augen, damit sie im Untergrund in der Dunkelheit sehen konnten.«

Über der Erde wohnte die Spinne Iktomi, erzählte sie, die sich irgendwann einsam fühlte. Deswegen packte Iktomi eine Tasche, in der sich all das Verlockendste auf Erden befand – Kleidung und Beeren und köstliches Fleisch –, dann machte sie ein Loch in die Erde und schickte einen Wolf in die Geisterwelt, um die Geschenke zu überbringen. Die Menschen probierten die Hirschlederkleidung an, kosteten die Beeren und aßen das Fleisch, das ihnen besonders schmeckte. Sie bräuchten nur mit nach oben zu kommen, sagte der Wolf, dann würden sie dort mehr Fleisch finden. Der Anführer der Menschen – Tokahe, »der Erste« – weigerte sich mitzugehen und warnte die anderen, der Schöpfer habe sie ermahnt, im Untergrund zu bleiben, bis die Erdoberfläche bereit für sie sei. Aber die meisten

Menschen hörten nicht auf ihn und folgten dem Wolf nach oben. Als sie oben auf der Erde ankamen, war es Sommer, es gab reichlich zu essen, und es ging ihnen gut; doch dann wurde es kalt, und sie mussten Hunger leiden. Sie baten den Schöpfer um Hilfe, aber der wurde sehr zornig, weil sie ihm nicht gehorcht hatten. Zur Strafe verwandelte er sie in die erste Büffelherde.

»Und erst dann«, sagte Sina, »war die Erde fertig, sodass Menschen darauf leben konnten. Der Schöpfer gab Tokahe den Befehl, das Volk an die Erdoberfläche zu führen. Die Reise nach oben dauerte lange, weil sie vier Mal haltmachten, um zu beten, das letzte Mal an der Schwelle zur Außenwelt. Schließlich traten die Menschen nach draußen, folgten den Büffeln und lernten, wie man auf der Welt überlebt.«

Als die Geschichte zu Ende war, saßen Sina und ich schweigend am Höhleneingang – dem Loch, das Iktomi in die Erde gebohrt hatte. Ein kühler Luftzug kam aus der Öffnung geweht, Luft, die tief aus dem Untergrund stammte, dem steinernen Schoß der Erde.

4. Kapitel

IN DER OCKERMINE

*Welche Not war so groß, dass sie den Menschen,
der zu den Sternen hinaufsieht, hinabbog und vergrub
und in den tiefsten Grund der Erde senkte, um Gold
herauszuwühlen, das man mit der gleichen Gefahr besitzt,
wie man es gewinnt?*
SENECA, *Naturales Quaestiones*

In der Stadt Potosí träumen die Menschen jede Nacht vom Herrn der Unterwelt. Potosí ist eine über 4.000 Meter hoch in den bolivianischen Anden gelegene Bergbaustadt, überragt vom Cerro Rico. Der »Reiche Berg« besitzt eins der ergiebigsten Silbervorkommen auf der ganzen Welt. Als dort in Bolivien im sechzehnten Jahrhundert die ersten Flöze mit Silbererz entdeckt wurden, kamen Tausende von Männern aus den Indiostämmen, die seit Jahrhunderten im Andenhochland lebten, als Arbeiter in die Silberminen. Tag und Nacht stiegen sie auf wackligen Leitern in enge Grubenschächte hinab. Im Bauch des Bergs – tief unten in den drückend heißen, übel riechenden Stollen – hackten sie auf das Gestein ein, schlugen das Erz heraus und luden es in Holzkarren.

Sobald der Silberabbau in den Minen von Potosí begann, gab es Gerüchte über ein Geisterwesen, das dort unten in den Stollen hauste – »El Tío« wurde es genannt, »der Onkel«. Mächtig und unberechenbar sei das Wesen, dessen Laune im Handumdrehen umschlagen könne; mal sei es freigiebig, mal mordlustig. El Tío habe das Silber selbst erschaffen und führe die Bergarbeiter zu den reichsten Adern. Aber wenn er zornig war, wurden sie gnadenlos bestraft: El Tío ließ giftige Dämpfe aus dem Gestein austreten, die Decken einbrechen, stieß Arbeiter von der Leiter oder schlug sie mit einer Staublungenerkrankung. In der Stadt mit 150.000 Einwohnern gab es niemanden, der keinen Angehörigen an El Tío verloren hatte. Cerro Rico wurde bekannt als »der Berg, der Menschen frisst«.

Oben am Tageslicht waren die Bergleute von Potosí fromme katholische Kirchgänger; unter der Erde im schwefligen Dunkel der Silbermine waren sie Anhänger des düsteren Kults um El Tío. Sie stiegen hinab in den Berg und errichteten am Boden jeden Schachts mannsgroße Statuen der Gottheit. El Tío materialisierte sich als menschenartiges Wesen auf einem Thron mit gebogenen Hörnern auf dem Kopf, geblähten Nüstern, einem zotteligen Ziegenbart und einem großen, erigierten Phallus, alles Hinweise auf seine lästerlichen Gelüste. Die Götterfigur wurde in der Mine selbst geboren, aus unterirdischem Ton geformt, als Augen wurden ausgebrannte Glühbirnen von Grubenhelmen eingesetzt, als Zähne glitzerten Kristallstücke.

Da sich das Leben in Potosí immer nah am Abgrund bewegte und jederzeit El Tíos aufbrausendem Zorn zum Opfer fallen konnte, gaben die Bergarbeiter alles, um ihn zufriedenzustellen. Manchmal machten sie nur von Weitem auf Zehenspitzen einen großen Bogen um ihn, als könne er sich im Dunkeln auf sie stürzen. So war es zum Beispiel ein Tabu, in El Tíos Gegenwart Gott zu erwähnen oder irgendeine Art von Zweifel an seiner Omnipotenz aufkommen zu lassen, damit er nicht eifersüchtig und jähzornig wurde. Selbst der Anblick einer Spitzhacke, die an das christliche Kreuz erinnerte, konnte einen rasenden Wutanfall bei El Tío auslösen: Ging ein Bergarbeiter an der Gottheit vorbei, achtete er immer sorgfältig darauf, seine Hacke zu verstecken. In regelmäßigen Abständen wurde ein lebendiges Lama auf einen Holzkarren geladen und bis tief in die verschlungenen Stollen gebracht, wo es dann El Tío geopfert wurde; mit dem Lamablut wurde sein Thron beschmiert, und mit dem Herz wurde die Gottheit gefüttert. Auf dem Weg zurück nach oben beteten die Bergleute, dass El Tío satt geworden war und keinen Appetit auf Menschenfleisch mehr hatte.

Und doch versammelten sich die Bergleute am Ende einer langen Schicht um die Statue und saßen ihr zu Füßen wie Kinder vor einem verehrten Familienoberhaupt. Im Dunkeln erzählten sie Witze, tratschten und lachten. Sie ließen eine Flasche *singani* (hochprozentigen Weinbrand) herumgehen, und bei jeder Runde wurde ein wenig in den Mund von El Tío geträufelt. In die ausgestreckte Lehmhand wurde eine Dose Bier gedrückt, oder er bekam ein paar Kokablätter ab. Wenn ein Bergmann Zigaretten herumreichte, steckte er eine fürsorglich zwischen die Lippen von El Tío und gab ihm Feuer.

Als ich zum ersten Mal von diesem Kult des Herrn der Mine las, war ich verwirrt. Was, fragte ich mich, mochten ursprünglich die Grundlagen für diesen nervösen Tanz gewesen sein – die Bergleute fürchteten El Tío als Vernichter ihrer Familien und saßen trotzdem im Dunkeln mit ihm zusammen. Ich wälzte ethnografische Bücher über die indigenen Kulturen der Anden, las alles über alte religiöse Riten, aber die Wurzeln von El Tío schienen tiefer zu liegen als alle bekannten Traditionen, als sei er ein Elementarwesen, das die Erde bereits bewohnt hatte, als noch kein Mensch in der Gegend war.

Jahre später wurde ich wieder an den El-Tío-Kult erinnert, als ich auf ein Foto von einer Mine im weit entfernten Westaustralien stieß. Die unter dem Namen Wilgie Mia bekannte Mine ist die älteste Bergbaustätte der Welt,

die nachweislich schon vor dreißigtausend Jahren von Aborigines besucht wurde. In dieser Grube in den Weld-Range-Bergen wurde Ocker abgebaut; schmale Gänge waren in das reiche Vorkommen von weichem, stark eisenhaltigem, weinrotem Pigmentpulver gegraben worden. Auf dem Foto waren drei Männer vom Stamm der Wajarri zu sehen, die Ocker aus der Mine geholt hatten und gerade an die Oberfläche zurückgekehrt waren. Der Fotograf hatte sie bei einem seltsamen Ritual abgelichtet: Sobald sie aus der Höhle geklettert waren, drehten sie sich um die eigene Achse, gingen rückwärts, flüsterten dabei ängstlich miteinander und benutzten einen Blätterzweig, um ihre Fußabdrücke zu verwischen. Der Erklärung auf dem Bild zufolge löschten die Aborigines ihre Fußspuren aus, um sich vor unberechenbaren Geistern namens »Mondongs«

zu schützen – vom Fotografen allerdings »der Teufel« genannt –, die im Dunkel der Mine hausten und schwermütige Lieder sangen. Das Bild war auf 1910 datiert: eine Zeit, in der die Weißen gerade erst in die entlegenen Teile Westaustraliens gekommen und die alten Traditionen der Ureinwohner noch intakt waren.

Praktisch von dem Augenblick an, in dem die australischen Ureinwohner ihren Fuß auf den Kontinent setzten, vor mehr als sechzigtausend Jahren, fingen sie an, unter der Erde nach Ocker zu graben. Für die Aborigines waren die Erdpigmente heilig: Jahrtausendelang begaben sie sich auf ausgedehnte, stark ritualisierte Pilgerreisen, an deren Ende sie in die blutroten Gruben hinabstiegen und heiliges Ockerpulver mit nach oben brachten. Über diese Traditionen wollte ich mehr wissen. Ich hoffte, dass das auf der Abbildung dargestellte Ritual – das ängstliche Verwischen von Fußspuren, damit das Untier in der Tiefe nicht gestört wird – mir Einblick in eine sehr alte Auffassung der unterirdischen Welt gewähren würde.

Von australischen Anthropologinnen und Anthropologen bekam ich schnell zu hören, dass sich die Kultur der Ureinwohner in dem Jahrhundert, seit das Bild entstanden war, drastisch verändert hat. Die meisten der zweihundertfünfzig Stammesverbände des Kontinents waren durch Alkoholismus, Armut, Krankheiten und gewaltsame Auseinandersetzungen mit den Weißen aufs Fürchterlichste dezimiert worden. Seit der Mitte des zwanzigsten Jahrhunderts waren die Rituale der Ockergewinnung, genau wie viele andere Gebräuche der Aborigines, die über Jahrtausende hinweg praktiziert worden waren, verblasst. Die Minen selbst, einst heilige Fixpunkte in der Landschaft der Ureinwohner, wurden seit vielen Jahren nicht mehr aufgesucht. Manche waren eingestürzt, manche waren vergessen, andere waren von großen Bergwerkskonzernen geschluckt worden.

Alle bis auf eine. Ich erfuhr von einer Wajarri-Familie mit Nachnamen Hamlett, die am Fuß von Wilgie Mia regelmäßig auf dem Land ihrer Vorfahren campte. Colin Hamlett, das Familienoberhaupt, war in der Weld Range aufgewachsen und von Menschen großgezogen worden, die Westaustralien noch vor der Ankunft der Europäer gekannt und mit den auf dem Foto festgehaltenen Personen gelebt hatten. Colin war einer der führenden Ältesten der Wajarri-Gemeinschaft und ein »traditioneller Eigentümer« der Weld Range. Colin Hamlett konnte »für das Land sprechen«, wie die Aborigines es ausdrücken: *»speak for country«*. Das heißt, er war Mitglied einer schrumpfenden Gruppe von Männern und Frauen der Aborigine-Kulturen, die noch die Verbindung der Vorfahren zur Landschaft besaßen und die alten Traditionen kannten.

Als ich mich an Colin wandte – direkt mit mir kommunizieren wollte er nicht, sondern nur durch einen Kreis von Unterstützern und Anthropologen, denen er vertraute –, erfuhr ich, dass die Verbindung mit den Traditionen seiner Gemeinschaft in jüngster Zeit noch dringlicher geworden war, da ein Bergbauunternehmen namens Sinosteel Midwest kürzlich einen Teil der Weld Range gepachtet hatte, um dort Eisenerz abzubauen. Das samtige Ocker hatte die Aborigines über Jahrtausende hinweg in diese Berge gelockt, heute ziehen die reichen Eisenerzlagerstätten die Montanindustrie an. Als Repräsentant der Wajarri hatte Colin viele Jahre lang unter Aufbietung aller Kräfte gegen die Verpachtung der Berge gekämpft, letztendlich aber nachgegeben, weil die finanziellen Vereinbarungen den kommenden Generationen des Stamms beim Überleben helfen würden. Bei den Verhandlungen hatte Colin allerdings erreicht, dass kein Sinosteel-Bergwerk Wilgie Mia nahe kommen würde. Die Bergbaukonzession war bereits vor mehreren Jahren vergeben worden, noch hatte der Eisenerzabbau nicht begonnen, aber irgendwann würden die schweren Maschinen unaufhaltsam in die Weld Range rumpeln. Vermutlich lud mich Colin um der Nachwelt willen in das angestammte Camp seiner Familie und zu einem Besuch der heiligen Ockermine ein, einem Ort, zu dem nur wenige Weiße Zugang erhielten. In Wilgie Mia waren die Traditionen noch lebendig: Von Zeit zu Zeit stiegen die Hamletts hinunter, um nach Ocker zu graben, genau wie es ihre Vorfahren über Zehntausende Jahre hinweg getan hatten.

Von Perth an der australischen Westküste aus fuhr ich elf Stunden lang auf das Innere des Kontinents zu, das riesige, wüstenartige Outback, das von den Australiern auch als *Never-Never* bezeichnet wird. Auf dem Great Northern Highway, der sich als schmale, zweispurige Straße herausstellte, überholte ich mit vor Angst angehaltenem Atem einen überlangen Sattelzug nach dem anderen. Das Land er-

streckte sich zu beiden Seiten der Straße endlos weit und offen wie auf dem Mars. Um die Monotonie zu unterbrechen, hielt ich alle paar Stunden am Straßenrand an und ging in dem Meer aus niedrigem, graugrünem Gebüsch spazieren, wo ich manchmal Spuren von Lagerfeuern und Fußabdrücke nicht bestimmbaren Alters fand. In der Ortschaft Cue, dem letzten Außenposten, verbrachte ich eine Nacht in der *Queen of the Murchison*, einem zugigen, alten Hotel, hinter dem der Besitzer eine Flotte historischer Motorräder, einen antiken Doppeldeckerbus und mehrere Vogelkäfige mit Aras stehen hatte; ihre blauen und gelben Federn hoben sich wie überirdisch bunte Wimpel von den roten Bergen ab.

Am nächsten Morgen machte ich mich noch vor Sonnenaufgang auf in die Weld Range. Ich fand das Camp der

Hamletts zwischen Akazienbüschen versteckt: sechs oder sieben Winnebago-Wohnwagen, alle mit dem weinroten Staub bedeckt, der in den Bergen in jede noch so kleine Öffnung dringt. Unter einer kleinen, aufgespannten Plane saß Colin in der Mitte des Lagers, sein langer, weißer Bart auf seinem runden Bauch ruhend. Das Alter war ihm anzusehen – er atmete schwer, mehrere Zähne fehlten, auf seinen Augen schimmerte der graue Star –, aber er hatte eine starke, würdevolle Ausstrahlung, wie er mit kerzengeradem Rücken dasaß, die langen, sehnigen Arme vor der Brust verschränkt. Er wirkte charismatisch und voller Vitalität. (Die anderen Wajarri, erzählte Colin mir, munkelten, er sei ein »Federfuß« – ein Zauberer oder Schamane –, es handle sich aber nur um einen albernen Aberglauben, wie er mir versicherte.) Seine Familie nannte ihn liebevoll »Old Boy«: »Wenn Old Boy mit seinem Truck unterwegs ist, hat er immer eine Axt und ein Gewehr griffbereit auf dem Beifahrersitz.« Auf seinem Schoß saß ein flauschiges weißes Hündchen namens Baby, das er überallhin mitnahm.

Bei der Begrüßung hielt Colin meine Hand eine halbe Sekunde länger als notwendig fest und sah mir dabei direkt in die Augen. Es kam mir vor, als wollte er mich daran erinnern, dass meine Anwesenheit hier auf dem Land seiner Familie ganz und gar nicht selbstverständlich war. Als ich einem Aborigine, den ich in Perth kennengelernt hatte, erzählte, wo ich hinwollte, riss er die Augen auf. Die Ockermine sei ein mächtiger Ort, sagte er. »Sei vorsichtig, mein Freund. Das ist eine große Sache.« Die Anthropologen hatten mir geraten, mich abwartend und respektvoll zu verhalten. Der Augenblick verstrich, Colin schmunzelte und brach dann in dröhnendes Gelächter aus. »Jetzt guckt euch den Stadtjungen an«, lachte er. »Hier sitzt er nun, mitten im Busch!«

Die um den Tisch versammelte Familie war gerade von der Küste hergefahren; die Familienmitglieder wohnten in der Kleinstadt Geraldton oder im nahe gelegenen Mullewa. Sie waren seit einiger Zeit nicht mehr alle zusammen *out country* gewesen, auf dem Land, und trotz der bevorstehenden Bergwerksarbeiten und der drohenden Ausweidung ihres Landes war die Stimmung gelöst, Bier und Zigaretten machten die Runde. Neben Colin saß seine Frau Dawn, mit rundem Gesicht und pfiffigem Blick. Dann folgten zwei ihrer Söhne: Carl, in der Familie »Muddy« genannt, ein untersetzter Mann mit einem großen Mundwerk und einem Bart wie ein Seelöwe, und Brendan oder »Caveman«, schlank und ruhig, mit lockigen Haaren und großen, dunklen Augen. Umgeben waren sie von einer ausgelassenen Bande von Neffen und Enkeln, die meisten auch bereits über zwanzig. (»Alles Esel«, sagte Colin.) Ich strengte mich sehr an, ihrem Gespräch zu folgen, aber es ging so schnell hin und her und war mit Wajarri durchmischt, dass ich oft nicht mitkam. Ich sah zwei von Colins Enkeln – Kenny und Gordon – dabei zu, wie sie eine brennende Zigarette hin- und herwarfen, mit zwei Fingern auffingen, einmal dran zogen und wieder zurückwarfen.

Es dauerte nicht lang, bevor meine Gedanken sich Wilgie Mia und den Mondongs zuwandten. Colin wusste natürlich, warum ich da war, aber ich mochte die Sprache nicht auf das Thema bringen, als könne er bei jeder unpassenden Frage seine Einladung in die Mine rückgängig machen. Ich reckte den Kopf und sah mich um, weil ich herausfinden wollte, wo wir uns im Verhältnis zur Ockermine befanden.

»Sie ist direkt hinter den Bäumen«, sagte Colin, der mich offensichtlich beobachtete. Er zeigte mit der Zigarette auf das Gebüsch hinter mir.

»Du siehst sie noch früh genug«, sagte er. Ein Lächeln breitete sich auf seinem Gesicht aus, das irgendwie genau das Gegenteil von seinen Worten vermittelte: Dass es ganz im Gegenteil eine Menge Dinge gab, die ich lernen musste, bevor ich die Erlaubnis zum Betreten der Mine erhalten würde.

»Das ist die alte Art«, sagte Colin und zeigte auf das uns umgebende Land. »Wir Wajarri kommen seit langer, langer Zeit nach Old Wilgie.«

Schon seit Anbeginn der Menschheit graben wir in der Erde nach Mineralien. Als *Homo sapiens* irgendwann vor 200.000 bis 300.00 Jahren erstmals in Afrika auftauchte, fingen wir an, in der Erde nach Steinen zu buddeln, aus denen wir Werkzeuge herstellen konnten: Feuerstein für Messer, Basalt für Steinäxte und Hämmer, Granit für Mahlsteine. Seit unsere Vorfahren sich über den ganzen Planeten ausgebreitet haben, schürfen wir alle nur vorstellbaren Mineralien, von Malachit und Quarz bis zu Jade und Rubinen. Aus der Erde stammende Edelsteine und Metalle galten immer als heilig: Sie wurden als Teil von schützenden Amuletten getragen, als mächtige Orakel verehrt oder bei religiösen Ritualen eingesetzt. Selbst wenn sie rein zweckmäßig als Werkzeuge benutzt wurden, betrachtete man sie trotzdem als transzendentes Mittel zur Verbindung mit der göttlichen Sphäre.

Von allen Mineralien, die wir aus der Erde holen, genießt keines universellere und längere Verehrung als der rote Ocker. Er gilt überall als heilig, von den Anden, wo die Inkas die Gräber mit Ocker bestrichen, bis Zentralindien, wo Jäger und Sammler die Felswände ihrer Schlafgrotten mit Ocker bemalten. Es wird argumentiert, die Erdfarbe stelle das allererste Symbol in der menschlichen Kultur dar: Es sei das erste Material, mit dem unsere Vorfahren von der sichtbaren auf die unsichtbare Welt verwiesen. Die Entdeckung von Ocker auf über hunderttausend Jahre alten Begräbnisstätten im Irak und in Israel war der erste Hinweis darauf, dass der frühe *Homo sapiens* an ein Leben nach dem Tod glaubte. Der Archäologe Ernst Wreschner von der Universität Haifa nannte Ocker den »roten Faden«, der die gesamte Menschheit miteinander verbindet.

Die australischen Ureinwohner jagten dem Ocker mit einer Leidenschaftlichkeit hinterher, die die frühen europäischen Siedler auf dem roten Kontinent erstaunte. Als ein Missionar ein Wörterbuch für die Sprache eines südaustralischen Stammes erstellte, lernte er als einen der ersten Sätze: »Ich begehre den roten Ocker.« Die Siedler berichteten, sie hätten männliche Aborigines beobachtet, die Hunderte von Meilen zu Fuß durch das Outback liefen, monatelang in der Wüstenlandschaft unterwegs waren und das Territorium feindlicher Stämme durchquerten, nur um zu einer Ockermine zu gelangen. Bei der Ankunft ließen sie sich auf die Knie fallen, küssten die Erde und schluchzten, als sei es beim Erreichen dieses Ortes um Leben und Tod gegangen.

Roter Ocker – zu Pulver gemahlen, mit Wasser, Orchideensaft, Urin oder Blut zu Farbe vermischt – stand im Zentrum aller religiösen Rituale der Aborigines. Mit dieser Farbe wurden heilige Bilder an die Wände von Felsunterständen gemalt, von denen einige auch fünfunddreißigtausend Jahre später noch gut zu erkennen sind; sie wurde vor dem Kampf auf die Schilde aufgetragen und vor der Jagd auf Speere und Bumerangs. Wenn junge Männer und Frauen die Initiationsriten durchliefen und Erwachsene wurden, bemalte man sie mit Ocker; nach dem Tod wurde der Körper des Verstorbenen mit Ocker bestrichen. Als Archäologen die bisher älteste Begräbnisstätte Australiens fanden, das sechzigtausend Jahre alte Grab eines Mannes am Lake Mungo, war sein Skelett mit dem roten Mineral bedeckt.

Die Ockerfarbe verbindet die australischen Ureinwohner mit dem mythologischen Zeitalter ihrer Erschaffung, der fernen Epoche der *Traumzeit*, in der das heutige Australien ein ungeformter, unberührter Kontinent war. In der Traumzeit wurde das Land von den Ahnen bewohnt – riesigen, mächtigen Tierwesen –, die sich auf ganz bestimmten Wegen durch die Landschaft bewegten und mit ihrer Bewegung jeden Fluss und jeden Hügel, jeden Stein und jeden Baum erschufen. Der rote Ocker galt als Blut der Ahnenwesen: An jeder Stelle, an der es ein Ockervorkommen in der Landschaft gab, war eins der Ahnenwesen gestorben. In der Erde nach Ocker zu graben, ihn auf einen Gegenstand zu reiben, ihn auf die Haut aufzutragen oder eine Felswand damit zu bemalen, hieß, die Essenz der Ahnenwesen in sich aufzunehmen.

An diesem ersten Abend im Camp erzählte mir die Familie Hamlett die Traumzeit-Geschichte der Erschaffung von Wilgie Mia. Eines der Ahnenwesen, ein rotes Känguru – auf Wajarri *marlu* genannt –, hüpfte von der Küste aus ins Landesinnere, als es vom Speer eines Jägers getroffen wurde. Das verwundete Marlu hüpfte weiter und hinterließ bei jedem Satz kleine rote Blutstropfen auf der Erde. Schließlich wurden die Sprünge des Marlu immer kürzer und schwerfälliger; an jeder Stelle, an der das Marlu aufkam, entstand aus dem Blut ein Berg.

»Und das alte Marlu hüpfte immer noch«, erzählte Colin und bewegte den Finger auf und ab durch die Luft. »Und dann machte es einen letzten Satz.« Mit dem letzten Sprung schuf es die Berge, als seine Eingeweide sich auf die Erde ergossen, und sein Blut wurde zum tiefroten Ocker von Wilgie Mia.

In der Vergangenheit, lernte ich, musste man erst den Pfad des Marlu rituell nachvollziehen, bevor man Wilgie Mia betreten durfte. Die Hamletts würden mich nicht direkt zur Mine bringen; erst musste ich den Weg des Ockers lernen und die Schritte des Rituals nachvollziehen. Diese Schritte bezeichneten sie mit dem geheimnisvollen Wort *Songline* oder *Traumpfad*: Ich musste den Traumpfad des Marlu beschreiten.

Am nächsten Morgen machte ich mich ganz früh auf den Weg in eine weite Tiefebene am Rand der Weld Range. Die Ebene wurde von roten Felsklippen eingerahmt, die den Namen Vivienne's Granites trugen. Neben mir gingen Colins Enkel Kenny und Gordon, sein Sohn Muddy und Muddys Hund, Oscar. Sobald die Sonne in den Himmel zu steigen begann, brach uns allen der Schweiß aus.

»Lauf besser mit einem Stock, Kumpel«, sagte Muddy. Er sprach immer in einer schnellen, heiseren Salve, wobei er ein Auge geschlossen hielt, sodass er wie ein freundlicher Pirat aussah.

»Wozu mit einem Stock?«, wollte ich wissen.

»Dingos«, sagte er. »Und Schlangen. Und *bungarra*«, fügte er hinzu, Wajarri für die gigantischen Goulds Warane.

Die Tiefebene war wie der Großteil des westaustralischen Outbacks eine trostlose, eher Furcht einflößende Landschaft. Wir kamen an sonnengebleichten Känguruknochen und Termitenhügeln vorbei, die wie stachlige rote Burgen aus der Erde ragten; bei jedem Windstoß tanzten rote Staubteufel über die Ebene. Die Gegend wirkte so menschenfeindlich, dass ich erstaunt war, als Muddy mich auf Spuren früherer Besucher hinwies. Als Erstes ein paar kleine, in eine Felswand geritzte Petroglyphen, dann eine Handvoll Steinsplitter auf dem Boden. Nachdem sich meine Augen langsam an die Landschaft angepasst hatten, wurde mir klar, dass wir ein ganzes Feld aus alten Mahlsteinen, zerbrochenen Steinäxten und alten Feuerstellen, in deren Asche noch Emugerippe lagen, vor uns hatten, sogar eine Wasserstelle, deren Ränder im Laufe der Jahrtausende von unzähligen Besuchern, die sich hier zum Trinken hingekniet hatten, glatt gescheuert worden waren. Früher war dieser Ort nichts weniger als ein Verkehrsknotenpunkt gewesen. Der Geschichte zufolge war das Marlu-Ahnenwesen auf seinem Weg nach Wilgie Mia genau hier durchgehüpft.

»Viele *yamaji* sind hier durchgekommen«, sagte Muddy und benutzte das Wajarri-Wort für »Menschen«. »Jetzt gehen wir auf dem Traumpfad.«

Die Traumpfade oder Songlines – ein in den 1940er-Jahren von Anthropologen geprägter Begriff, der in den Achtzigern durch den englischen Reiseschriftsteller Bruce Chatwin populär wurde – sind ein geheimes spirituelles System, das in der Aborigine-Kultur mündlich über unzählige Jahrtausende weitergegeben wurde. Eine Songline ist ein Pfad, der den Weg eines Ahnen aus der Traumzeit markiert – eines Emus, Wallabys, Dingos oder Marlus –, als diese sich über den Urkontinent hinwegbewegten und dadurch die Landschaft erschufen. Tausende von Songlines durchziehen Australien wie Schnüre eines riesigen Netzes, mitten durch leere Wüsten, an felsigen Küsten entlang und hinab in schattige Wälder; manche dieser Pfade reichen von einer Seite Australiens bis zur anderen. Eine Songline ist ein real existierender Pfad, wie ein Weg auf einer Landkarte, der den Aborigines dabei half, von einer heiligen Landmarke zur nächsten zu finden; gleichzeitig ist eine Songline – für moderne westliche Vorstellungen von Raum und Zeit sehr verwirrend – auch eine Geschichte, in der die Sage von der Reise des heiligen Urahnen erzählt wird. Der beste Vergleich wäre, wenn die Bibel oder die Ilias oder das Mahabharata keine Bücher wären, sondern ein Wegenetz auf der Erde, und man läse sie nicht als Seiten in einem Buch, sondern schritte sie ihrer Länge nach ab und sänge dabei die Geschichte. Der Rhythmus der Geschichte vereint sich mit dem Rhythmus der Schritte und den Konturen der Landschaft. Über diese Traumpfade wird nur selten mit Außenseitern gesprochen; die Hamletts hatten sich zwar bereit erklärt, mir die Songline des Marlu zu zeigen, aber vieles würde unausgesprochen bleiben: Manches von diesem Wissen war verloren gegangen und anderes war zu heilig, um es weiterzugeben.

Die rituelle Pilgerreise auf dem Traumpfad nach Wilgie Mia hätte mehrere Wochen gedauert, eine Art ausgedehnter, choreografierter Tanz. Die Ocker-Expedition – eine kleine Männergruppe, denn Frauen war das Betreten der Ockerminen verboten – setzte sich weit weg in Bewegung, manchmal Hunderte von Kilometern entfernt. Sie nahmen den Rhythmus der Songline des Marlu auf, sangen die Geschichte ihres Ahnen und berichteten in Echtzeit von Schwierigkeiten und Abenteuern auf diesem Weg. Wenn sich die Expedition der Ockermine näherte und die ersten Anzeichen in der Landschaft zu erkennen waren – rote Ockerstreifen, die von früheren Ocker-Expeditionen hinterlassen worden waren –, gewann das Ritual an Intensität und die Zeremonie wurde aufwendiger und stärker choreografiert.

Ein Bericht von einer Expedition zur Ockermine Yerkinna in Südaustralien aus dem Jahr 1904 bietet eine eindrückliche Beschreibung, wie sich die Annäherung an Wilgie Mia früher abgespielt haben mochte. Fünf Wochen lang liefen die Mitglieder dieser Expedition, Männer vom Stamm der Kuyani, die Songline ab. Bevor sie sich der Ockermine näherten, fasteten sie, nahmen weder Wasser noch Nahrung zu sich, rasierten jedes Haar an ihrem Körper ab und fetteten ihren Rumpf mit dem Fett eines Leguans ein. In der letzten Nacht war kein Schlaf erlaubt, die ganze Nacht wurde getanzt, ohne Innehalten bis zum Morgengrauen, dann sprinteten sie zum Eingang der Mine. Wurde irgendein Aspekt der Zeremonien nicht korrekt ausgeführt, hatte das schwerwiegende Folgen. In den 1870er-Jahren hatte es eine Ocker-Expedition beim Besuch der Yerkinna-Mine versäumt, das genaue Protokoll einzuhalten: Beim Betreten der Mine brach die Decke ein; mit Ausnahme eines Mannes starben alle und wurden für immer im roten Ocker begraben. Hinterher hieß es, die Schutzgeister der Mine – die dortigen Mondongs – hätten sich beleidigt gefühlt und Rache genommen.

Wir waren auf dem Weg zu den äußeren Bergen, die den Talkessel einfassten; als wir an den Steilhängen entlanggingen, wurden wir von einer dichten Fliegenwolke verfolgt. Oscar verschwand immer wieder im Gebüsch, um Eidechsen hinterherzujagen. Ich fuhr zusammen, als eine Schleiereule mit lautem Flügelschlag aus einem Felsspalt aufflog. Wir waren noch nicht lange unterwegs, als Gordon sich auf alle viere fallen ließ, in eine kleine Grotte kroch und mir bedeutete, ihm zu folgen.

»Wahnsinn«, entfuhr es mir, als ich im Halbdunkel kauerte. Ich hörte, wie Kenny und Muddy draußen vor der Felsöffnung in Gelächter ausbrachen.

Irgendwann in der Vergangenheit hatte ein Aborigine die Hand als Schablone auf den Felsen gedrückt und mit dem Mund Ocker darauf geblasen. Ich rückte näher an die Felsmalerei heran.

»Das ist das Blut des Marlu«, sagte Muddy.

Ein Stück weiter krochen wir in die nächste Felsöffnung und fanden den nächsten Handabdruck im Ocker. In der nächsten Felsnische wieder zwei Handabdrücke, einer mit einem krummen Daumen. Wir rannten am Steilhang entlang und fanden Dutzende von Felsbildern. Unter einem Busch lag ein ockerverfärbter Mahlstein. An einer Felswand unter einem Überhang befand sich eine Ocker-Schablonenzeichnung von zwei Bumerangs, die runden Außen-

kanten einander zugedreht. Überall gab es Zeichen, dass Besucher auf diesem Pfad unterwegs gewesen waren, und jede ihrer Bewegungen war mit Ocker nachgezeichnet, wie ein weicher, roter Pinselstrich auf dem Land.

Irgendwann bemerkte ich ein kleines Zweigbündel, das jemand in eine Nische neben einer Felsmalerei gelegt hatte; es war in der Form eines Vogelnests aufwendig ineinander verwoben. Als ich darauf zukroch, um es näher zu betrachten, flüsterte Kenny schnell: »Das besser nicht anfassen.«

Als ich mich umdrehte, sahen mich Kenny, Gordon und Muddy schweigend und ernst an.

»Das ist nur für unsere Leute«, sagte Muddy.

An diesem Abend saßen wir, umgeben von einem niedrigen Akaziengebüsch, ums Lagerfeuer, und Kenny erzählte mir mehr über das Zweigbündel. Ein paar Jahre zuvor, sagte er, hatte sein Cousin Brian sich an den Steilhängen in der Nähe der Mine umgesehen, als er auf ein ähnliches Zweigbündel stieß, das fest ineinander verflochten war. Um einen besseren Blick darauf werfen zu können, zog er es aus der Vertiefung und betrachtete es von allen Seiten. Dann wollte er es wieder zurücklegen, aber es war klar, dass er die Reliquie gestört hatte. Noch in derselben Nacht, erzählte Kenny, ging es Brian sehr schlecht, und er musste ins Krankenhaus gebracht werden. Drei Wochen lang lag er krank im Bett.

»Waren das die Mondongs?«, fragte ich. Im gleichen Moment, in dem mir die Frage herausgerutscht war, schluckte ich das letzte Wort schon hinunter; ich kam mir sehr dumm und unsensibel vor, dass ich es laut ausgesprochen hatte.

Kenny antwortete nicht und gab kein Anzeichen, dass er mich gehört hatte.

Seit wir der Erde Mineralien entnehmen, ist der Bergbau immer auch ein spiritueller Akt gewesen, der von umfangreichen Ritualen und Zeremonien begleitet wird. Im gesamten Altertum wurden im Untergrund verborgen liegende Edelsteine und Erze als embryoartige Auswüchse des Erdkörpers bezeichnet. Über die langen geologischen Zeiträume hinweg wuchsen und reiften sie in der warmen Erde heran. Im alten Mesopotamien lautete das assyrische Wort für Mineral zum Beispiel *ku-bu*, was auch mit »Fötus« oder »Embryo« übersetzt werden kann. Die Cherokee in Nordamerika nährten ihre Kristalle mit dem Blut von Tieren, als seien es lebendige Wesen. Deswegen wurde der Abbau von Mineralien auch oft als spirituelles Vergehen angesehen – als würde man einem Körper Därme entreißen. Sobald man mit einem Grabwerkzeug unter die Erde stieg, drang man in ein heiliges Geheimnis ein, immer verbunden mit akuter spiritueller Angst.

Praktisch jede Mine der vormodernen Welt wurde von einem Erdgeist der einen oder anderen Art bewohnt: einem launischen, sprunghaften Wesen, das sich manchmal freundlich, aber viel häufiger rachgierig zeigte. In ukrainischen Minen trieb der Shubin sein Unwesen, ein Berggeist im langen Pelzmantel, der die Grubenarbeiter zu den reichsten Erzadern führte, aber auch tödliche Einstürze verursachte. Im germanischen Raum erzählte man sich von bösartigen Gnomen und Kobolden, die die Edelsteine im Dunkeln so stark funkeln ließen, dass sie jeden, der sich ihnen näherte, erblinden ließen. In England klopften kniehohe Bergmännlein, *knockers* genannt, an die Felswände und lockten die Männer unter die Erde, wo sie dann von giftigen Gasen überwältigt wurden. Niemand wagte es, der Erde Steine oder Erz zu entnehmen, ohne erst in gründliche Verhandlungen mit diesen Berggeistern zu treten. Genau wie die Arbeiter in der bolivianischen Silbermine versuchten, El Tío mit Lamaherzen günstig zu stimmen, beschritten die Aborigines die Traumpfade, und Bergleute in aller Welt vollführten ausgefeilte Beschwichtigungszeremonien. Priester und Schamanen segneten den ersten Spatenstich bei neuen Minen, am Eingang von Bergwerken wurden Schreine und Tempel errichtet, Tiere wurden als Opfer geschlachtet. In der Mande-Kultur in Westafrika isolierten sich die Männer mehrere Tage lang von der restlichen Gesellschaft und reinigten sich durch Fasten und sexuelle Abstinenz, bevor sie zum Graben unter die Erde stiegen.

Wenn die Bergleute vergangener Zeiten unsere heutige Bergbauindustrie sähen, bei der überdimensionale Maschinen gigantische Löcher in die Erde fräsen, würden sie sicher vor Grauen zurückschrecken. Sie würden uns vorwerfen, bei heiklen Wechselbeziehungen mit der Erde rücksichtslos vorzugehen, durch unser Verhalten Tragödien und Katastrophen geradezu herauszufordern. Bei jedem Bergwerksunglück mit Hunderten von verschütteten Arbeitern, bei jedem Feuer, das sich durch die unterirdischen Gänge frisst und die Kumpel bei lebendigem Leib verbrennt, jedes Mal, wenn die Chemikalien aus einer Mine einen Fluss vergiften oder die Anwohner krank machen, würden sie uns auf unser Sakrileg hinweisen: Wir hatten es versäumt, die Erdgeister zu beschwichtigen.

Es war spät, die Sterne standen am Himmel, wir hatten fertig gegessen – Kängurueintopf, Dawn hatte darauf bestanden, mir den Schwanz zu servieren, das zarteste Stück. Der Rest des Tieres, das Colin ein paar Stunden zuvor vom Fahrerhaus seines Pick-ups aus geschossen hatte, hing an den Ästen eines Baums in der Nähe. Wir lehnten uns auf unseren Stühlen zurück, Zigaretten wurden herumgereicht. Muddy rieb sich den Bauch und sang leise vor sich hin: »Süßer Mar-lu«, wobei er die letzte Silbe lang zog: *luuu.*

Colin hatte mich informiert, dass ich Wilgie Mia am nächsten Morgen besuchen würde. Ihm taten die Knochen zu weh für den steilen Abstieg in die Ockermine, sagte er, deswegen würde Brendan mitkommen. Von seinen Söhnen, erklärte Colin, war Brendan derjenige, der am besten zum Land sprechen konnte. In seiner Freizeit schnitzte Brendan Speere und Bumerangs, und bei Zusammenkünften des Wajarri-Volks führte er die Tänze an.

Brendan saß jetzt neben mir und reichte mir einen Beutel mit Tabak zum Selberdrehen. »Wenn du morgen in der Mine ganz still bist«, sagte er so leise, dass ich mich vorbeugen musste, um ihn zu verstehen, »dann kannst du die alten Mondongs singen hören.« Fast lautlos ahmte er ihren Gesang nach: tiefe Klagelaute, die weit hinten in der Kehle vibrierten.

Alle schwiegen, bis Colin weitersprach. »Die Mondongs«, sagte er und ließ unter der Krempe seines Huts ein halbes Lächeln hervorblitzen, »sehen wie alte Aborigine-Männer aus, nur viel kleiner. Und sie sind splitterfasernackt. Sie tauchen schnell auf und verschwinden genauso schnell wieder.«

Das nahmen die Hamletts als Stichwort, und einer nach dem anderen in der Runde tischte Mondong-Storys auf. Dawn erzählte von einem Anthropologen, der in der Nähe von Wilgie Mia arbeitete, als ein alter Mann – klein, nackt und dunkelhäutig – am Rand der Ockermine auftauchte, vorwurfsvoll auf ihn herunterblickte und anfing, ein gruseliges Lied zu singen. Der Anthropologe sprang in sein Auto, raste davon und ward nie wieder gesehen.

Colin hatte eine ähnliche Geschichte von einer Anthropologin auf Lager, der angeblich ein altes Männchen erschienen war, das ihr befahl, Wilgie Mia zu verlassen und ihre Fußabdrücke wegzuwischen. Auch sie verließ die Berge und kehrte nie wieder zurück. Colin und Dawn lachten leise in sich hinein, und die Söhne und Enkel fingen an zu schmunzeln.

Muddy erzählte, wie seine Frau mal unabsichtlich einen Mondong mit in die Stadt gebracht hatte. Die Leute fragten sie nach dem alten Männlein, das neben ihr im Auto saß – dabei hatte sie gar niemanden mitgenommen. Als die anderen aus der Familie das hörten, bekamen sie einen Lachanfall, prusteten das Bier von sich, schlugen auf den Tisch und lehnten sich brüllend vor Lachen in den Stühlen zurück.

Ich hörte nur zu, verwirrt vom Ton der Storys, und wusste nicht, wie ich reagieren sollte. Einerseits hieß es, die Mondongs seien sehr gefährlich, aber die Hamletts redeten mit so viel Wärme und Nostalgie über sie, als erzählten sie alte Familiengeschichten.

Colin schaffte es, seinen Heiterkeitsausbruch lang genug zu unterbrechen, um eine Geschichte zum Besten zu geben, die ein paar Jahre zuvor passiert war, als eine Gruppe von Wajarri eine Zusammenkunft in Wilgie Mia abhielt. Tagsüber stiegen sie nach unten in die heilige Ockermine, aber sobald die Sonne untergegangen und alles dunkel war, wollte ihr keiner mehr nahe kommen. Die Gruppe schlug ihr Lager anderthalb Kilometer entfernt von der Mine auf, und da saßen die Männer dann zitternd im Dunkeln und fürchteten sich vor den Mondongs. Mittlerweile schrien die Hamletts vor Lachen, fielen fast von ihren Stühlen und wischten sich die Tränen aus dem Gesicht. »Was hatten sie für einen Schiss, diese Wajarri«, gackerte Colin, »mussten immer zu zweit zum Pinkeln gehen!«

Langsam wurde mir klar, dass ich es offensichtlich mit einem ähnlichen Eiertanz wie um El Tío in Potosí zu tun hatte: Angst, vermischt mit quasi familiärer Vertrautheit.

Bald legte sich das Gelächter wieder, Colin wurde ganz still und sein Gesicht im Schatten der Hutkrempe ernst. »Die Mondongs gibt es, darauf kannst du Gift nehmen«, sagte er mit ausdrucksloser, fast scharfer Stimme. Er zog an seiner Zigarette und sah mich an. »Man muss nur wissen, wie man mit ihnen umgeht.«

Am nächsten Morgen rumpelten wir mit Colins Pick-up im weichen Morgennebel durch den Busch bis zum Fuß von Wilgie Mia, einem Berg, der sich abrupt und dramatisch wie ein fieberroter Vulkan aus der Erde erhob. Bren-

dan und ich nahmen unsere Ausrüstung und Stirnlampen von der Ladefläche, während Colin und Dawn Stühle im Schatten des Autos aufklappten und sich mit Baby setzten und Kaffee tranken. Um uns verteilt lagen überall von Steinwerkzeugen abgeschlagene Steinsplitter, Zeugnis, dass es seit Jahrtausenden Besucher an der Mine gab. Es wurde nicht viel gesprochen. Mit einer Warmherzigkeit, die mich überraschte, zwinkerte Colin mir zu. Er hatte darauf bestanden, dass wir im Morgengrauen kamen, wenn die Farben der Berge am kräftigsten waren.

Als Brendan und ich die Bergflanke hinaufgingen und Colins Pick-up hinter uns verschwand, öffnete sich auf allen Seiten um uns her der Blick auf die Weld Range. Der Traumpfad wand sich durch die Hügel, jeder Gipfel markierte einen Punkt, an dem der Marlu-Ahne beim Hüpfen gelandet war. Wir kraxelten über rot-schwarz gestreifte Felszungen, in denen das reinste Eisenerz der gesamten

Weld Range zu finden war – genau das, was Sinosteel nur zu gern abbauen würde. »Die können sich abschminken, dass sie da jemals rankommen«, sagte Brendan. »Eher piss ich auf den Mond.«

Er erreichte als Erster den Scheitelpunkt des Hügels. »Da ist sie«, sagte er leise. Ich trat neben ihn und starrte hinunter in ein klaffendes, rotes Loch, das tiefer in die Erde hinabreichte, als ich sehen konnte. Die Farbe war unbeschreiblich. In der ganzen Weld Range gab es wunderschöne Farben – purpurrote Canyons im Sonnenuntergang, karmesinrote Pfützen nach einem Regen –, aber was ich jetzt vor mir sah, waren Farben in völlig anderen Dimensionen. Es war das Rot von Lava, das Rot des Mutterleibs – es war, als hätte ich den Ursprung der Farbe Rot vor mir.

Und vielleicht war es der emotionale Schock dieser Farbe oder die seltsam animalisch anmutende Wärme, die aus der Tiefe aufstieg, oder ich war einfach so früh am Morgen noch hundemüde, aber als ich über den Rand der Ockermine in die Tiefe spähte, hätte ich schwören können, dass ich für einen Augenblick etwas sah, das durchs Halbdunkel huschte, ein koboldartiges Männchen, das mit dem nächsten Blinzeln verschwunden war.

Brendan kletterte über den Rand, ich folgte ihm. Auf der steilen Schräge rutschte ich im Krebsgang nach unten, Füße voran. Pudriger Ocker rieselte in langen, zischenden Kaskaden vor jedem Schritt hinab. Innerhalb von Sekunden war ich am gesamten Körper rot gefärbt, als wäre ich mit Erdfarbe getauft worden. Jedes Geräusch wurde vom weichen Ocker absorbiert, wodurch unsere Bewegungen völlig lautlos wirkten, wie in einem Traum: Wenn wir etwas sagten, klangen unsere Stimmen wattig und weit weg, als kämen sie aus dem Mund von jemand anderem. Als die Sonne aufging und die Lichtstrahlen schräg zum Eingangsloch hereinfielen, fing der Ocker an zu schimmern und veränderte seine Farben vom warmen Weinrot über psychedelisches Violett zu einem flammenden Pink. Das Farbspiel verlieh den Wänden die Illusion von Bewegung, als würde die gesamte Mine sanft pulsieren. Wir stiegen die Kehle eines lebendigen Wesens hinab und wurden von der Erde verschluckt.

Wir blieben einen Augenblick stehen, und Brendan klaubte einen Ockerklumpen aus der Wand. Aber schon als er ihn mir reichte, hatte ich Angst, ihn zu berühren.

»Nimm ruhig«, sagte er. »Old Boy wollte, dass ich ein schönes Stück für dich finde.«

Der Ocker war weicher und leichter, als ich gedacht hatte. Sobald ich die Hand um den Klumpen schloss, löste er sich in feinen Puder auf – die Konsistenz von Rouge auf der Wange einer Frau. Ich verrieb es zwischen den Fingern – es leuchtete in meinen Handtellern.

Auf halbem Weg nach unten machten wir auf einem Absatz halt, der sich genau am Ende der Übergangszone befand; über uns war noch das Licht vom Eingang sichtbar, zu unseren Füßen war es stockdunkel. Von irgendwo dort unten stieg kräftiger Gestank nach Fledermausguano auf.

Neben uns auf dem Absatz lag der ausgedorrte Kadaver eines Kängurus, dessen brüchiges Fell vom Ocker dunkelrot verfärbt war – da war es, das Marlu, über das wir seit Tagen redeten.

»Sie hüpfen auf der Suche nach Wasser nach hier unten«, erklärte Brendan, »aber dann kommen sie nicht wieder heraus.«

Bevor wir weitergingen, verschwand Brendan kurz in einer dunklen Ecke der Mine; als er wiederkam, hatte er einen Stock in der Hand. Das Holz war knochenfarben und uralt und nach vielen, vielen Jahren des Gebrauchs ganz glatt geworden. Eines Tages habe er sich in der Mine umgesehen, erzählte er, und den Stock in einer Vertiefung gefunden. Er glaubte, dass es ein Stock zum Graben war, den jemand absichtlich dort versteckt hatte, ein Werkzeug, mit dem seine Vorfahren den Ocker aus den Wänden gelöst hatten.

Er stellte den Stock zurück in sein Versteck, und wir stiegen weiter hinab in den lichtlosen Bereich der Ockermine, wo die Mondongs singen.

Brendan gab mir ein Zeichen, die Stirnlampe einzuschalten. »Ich hoffe, du hast keine Platzangst, Kumpel«, sagte er.

Mit jedem Meter in die Dunkelheit folgten wir den Schritten, die Aborigine-Männer hier seit Jahrtausenden gingen. Das Ritual wurde von einem kleinen Clan von Spezialisten ausgeführt – den Ockerpriestern –, die in das Gesetz des Ockers eingeweiht waren. Die Besucher waren die Songline gegangen, hatten die Geschichte des Träumens vom Marlu erzählt, hatten den Traumpfad »geöffnet« und wurden dann von den Priestern durch einen langen Gang in das rote Herz der Mine geführt. Früher war der Zugang zur Mine, wo Brendan und ich hereingekommen waren, bis auf eine kleine Öffnung verschlossen gewesen, durch die nur ein schmaler Lichtstrahl einfiel. Während die Besucher warteten, stiegen die Priester hinab in die tiefen Gänge der Mine, folgten der Ockerader, jeder ein Grabwerkzeug in der Hand, vielleicht sogar genau den Stock, den Brendan im Versteck gefunden hatte. Tief unter der Erde bearbeiteten sie vorsichtig die Wände damit. Sie sammelten den zu Boden gefallenen Ockerpuder ein, vermischten ihn mit Wasser und rollten das Ganze zu großen Bällen, die an die Besucher übergeben wurden. Auf dem Rückweg an die Oberfläche drehten die Ockerpriester sich am Eingang um und verließen die Mine rückwärts, verwischten ihre Fußabdrücke mit einem Blätterzweig und verbargen so ihre Spuren vor den Mondongs.

Zusammengekauert krochen wir durch enge Bergwerksschächte; wir waren beide von Kopf bis Fuß mit rotem Ockerstaub bedeckt, überall, unter den Fingernägeln und auf den Augenlidern. Es wurde immer heißer und heißer, die Luft wurde knapp, der Guanogestank durchdringender. Ich hörte das Rascheln von Flügeln, wenn Fledermäuse über unseren Köpfen hin- und herflogen. An den Wänden sah ich Kratzspuren, wo die Bergleute in der Vergangenheit nach Ocker gegraben hatten.

Wir verschnauften einen Augenblick, mit dem Rücken an der Schachtwand. Ich fühlte Brendan neben mir in der Finsternis; wir lauschten beide angespannt und schweigsam auf die Mondongs.

Brendan schüttelte nach ein paar Minuten den Kopf. »Heute nicht«, sagte er. »Sie lassen uns in Ruhe.«

Ich nickte. Ich würde den Gesang der Mondongs nicht zu hören bekommen.

Und dennoch konnte ich dort unten im Dunkeln, eingehüllt in die Lautlosigkeit des Ockers, ihre Anwesenheit spüren – so, wie ich auch die Anwesenheit von El Tío gespürt hatte und die der anderen, uralten Erdgeister, die früher die Bergwerke in aller Welt bewacht hatten. Damit will ich sagen, dass ich die Ängste spürte, aus denen heraus diese Geister geboren worden waren. Ich fühlte die Dissonanz, mit einem Werkzeug in der Hand an einen heiligen Ort hinabzusteigen, an dem wir etwas aus der Erde herausbrechen, auf einen lebendigen Körper einhacken, um uralte Ablagerungen herauszuholen, mysteriöse, heilige, seltene Materialien, eine jenseits der Alltagswelt befindliche Substanz, und diese geheimnisvolle Materie dann von der Dunkelheit ans Licht bringen.

Früh am nächsten Morgen trank ich mit Colin, Dawn und Baby in ihrem Wohnwagen Kaffee und machte mich dann auf den Weg aus der Weld Range zurück Richtung Cue. Unterwegs begegnete mir ein enormer Sattelzug, der in die Berge fuhr. Es war ein Sinosteel-Laster, Teil einer ganzen Kolonne, die unterwegs war zu einer kleinen Ansiedlung, die das Unternehmen bereits in den Hügeln errichtet hatte – von Wilgie Mia aus gesehen auf der anderen Seite der Berge. Die chinesische Firma wollte unbedingt mit dem

Abbau beginnen: Seit Bewilligung der Lizenz waren viele Jahre vergangen, und die Eisenerzproduktion war lange im Verzug. Sinosteel war überall auf Hindernisse gestoßen: Zugesagte Finanzierungen waren zurückgezogen worden, Infrastruktur war zusammengebrochen, Lokalpolitiker hatten sich gegen das Vorhaben aufgelehnt. Niemand bezweifelte, dass eines Tages die Riesenbagger über diese Straße gerumpelt kommen und sich in die Erde bohren würden, aber auf meiner Fahrt weg von den Hügeln, der rote Ocker immer noch in jeder Vertiefung meiner Handteller, stellte ich mir vor, wie die Mondongs durch die Weld Range irrlichterten und alles gaben, um den Bergleuten das Leben schwer zu machen, weil sie Gesetze missachteten, keinen Respekt vor den Wächtern über die Hügel besaßen und das Gespür für die alten Sitten der Erde verloren hatten.

5. Kapitel

DIE MAULWÜRFE

Wenn sie sich in die Tiefe der Erde eingraben,
gibt es für die Träume keine Grenze.
GASTON BACHELARD, *Poetik des Raumes*

An einem Tag Anfang der Sechzigerjahre fing William Lyttle im Londoner Nordosten an, einen Weinkeller unter seinem Haus auszuheben. Lyttle – ein drahtiger Mann mit spitzem Kinn, der als Bauingenieur arbeitete – ging mit einem Spaten in den Keller und fing an, unter den Mauern zu graben. Mehrere Stunden lang schaufelte er feuchte Erde hinter sich, bis er eine Vertiefung geschaffen hatte, die groß genug war für einen Weinkeller. Aber Lyttle hörte nicht auf. Vielleicht behagte ihm der Rhythmus der Arbeit, der Stich des Spatens, der Geruch des Lehms – aber vielleicht war es auch etwas völlig anderes. Jedenfalls grub Lyttle weiter. Und weiter. *Vierzig Jahre* lang grub er.

In Hackney, wo Lyttle wohnte, sahen seine Nachbarn zu, wie er schubkarrenweise Aushub aus dem Keller nach oben schaffte und im Garten auf einen Haufen warf. Anfangs witzelten sie, er baue sich einen unterirdischen Swimmingpool, aber als die Jahre vergingen und Lyttle immer weiter wühlte, verstummten die Witze. Der Erdhaufen in seinem Garten wuchs, und sein Haus fing an zu verfallen. Kaputte Fenster wurden nicht repariert, Ranken wucherten an der Fassade hoch, Teile des Dachs stürzten ein. Lyttle trug jeden Tag dasselbe speckige Jackett und ließ sich einen ungepflegten Bart stehen. Die Nachbarn beklagten sich, sie könnten ihn nachts unter ihren Gärten in der Erde wühlen hören wie ein Tier.

2006 sackte der Bürgersteig vor Lyttles Haus weg. Als jemand von der Stadtverwaltung kam, um sich die Sache anzusehen, fand er ein ganzes Labyrinth von Lehmtunneln im Keller. Der enorme Bau erstreckte sich zwanzig Meter weit in alle Richtungen und ging über mehrere Stockwerke bis zu zehn Meter tief. Manche Gänge waren niedrig und schmal, andere hoch und von aufeinandergestapelten Haushaltsgeräten abgestützt. Ein Zeuge gab zum Besten, Lyttle habe seinen Keller »in ein riesiges Ameisennest« verwandelt. Das Haus wurde für unbewohnbar erklärt und Lyttle in eine Sozialwohnung in einem Hochhaus umgesiedelt. Ihm wurde eine Wohnung im obersten Stock zugewiesen, damit keine Versuchung zum Graben da war.

Als die Presse von seinen Tunneln Wind bekam, stand Lyttle kurz im Rampenlicht, in jedem Boulevardblatt gab es eine Story über den »Maulwurfmann von Hackney«. In den Pubs der Gegend wurde er als Lokalmatador gefeiert, die Londoner machten Ausflüge zu Lyttles mittlerweile von einem Gerüst abgestützten Haus. An der Fassade ließ die Stadt eine Inschrift anbringen: WILLIAM »MAULWURFMANN« LYTTLE. WÜHLER. LEBTE UND GRUB HIER.

Nach Lyttles Tod im Jahr 2010 betrat das Sozialamt seine Hochhauswohnung – und musste feststellen, dass er auch dort angefangen hatte, Löcher in die Wände zu bohren und sich von einem Zimmer ins nächste zu graben.

Ich stieß kurz nach Lyttles Tod auf seine Geschichte, nämlich als sein seltsam unterhöhltes Haus versteigert wurde. Ich las mir die Interviews durch, die er im Laufe der Jahre gegeben hatte, und merkte, dass er nie eine Erklärung dafür genannt hatte, was ihn nun eigentlich zum Buddeln trieb. »Wahrscheinlich grabe ich einfach gern«, sagte er zu einem Journalisten. »Ich wollte nur einen großen Keller haben«, erzählte er einem zweiten. In einem anderen Interview verkündete er: »Dinge zu erfinden, die keinen Zweck erfüllen, ist etwas sehr Schönes.« Ich stöberte ein altes Foto von Lyttle auf, wie er aus dem Trümmerhaufen hinter seinem Haus auftaucht; er erinnerte an ein nicht sehr sauberes Nagetier, aber der Ausdruck auf seinem Gesicht wirkte fast verzückt, als wisse der Maulwurfmann um ein kostbares Geheimnis.

Wie sich herausstellte, war William Lyttle nicht allein. Überall auf der Welt gab es Menschen, die ihr Leben aus Gründen, die sie nicht recht artikulieren konnten, dem unterirdischen Graben gewidmet hatten – eine ganze Akte über die Maulwurfmänner der Welt. Da war Lyova Arakelyan, ein Mann im ländlichen Armenien, der einen Kartoffelkeller unter seinem Haus aushob, nicht mehr davon loskam und die nächsten dreißig Jahre lang gewundene Tunnel und Wendeltreppen buddelte. Wenn ihn jemand nach dem Warum fragte, sagte er nur, er höre jede Nacht im Traum Stimmen, die ihm den Befehl zum Graben gäben. Oder etwa der Insektenforscher Harrison G. Dyar, Jr. Er hob insgesamt vierhundert Meter Tunnel unter zwei verschiedenen Häusern in Washington D. C. aus. Als die Tunnel 1924 zum Vorschein kamen, nachdem ein Auto in die Straße eingebrochen war, sagte Dyar zur Presse: »Ich mache es der körperlichen Ertüchtigung wegen.« Ein alter Mann in der Mojave-Wüste, William »Burro« Schmidt, verbrachte zweiunddreißig Jahre damit, sich mit einer Spitzhacke sechshundertsechsunddreißig Meter weit in einen Berg aus massivem Granit vorzuarbeiten. (»Wahrscheinlich als Abkürzung, würde ich sagen.«) Und ein junger Mann namens Elton MacDonald, der heimlich einen zehn Meter langen Tunnel unter einem öffentlichen Park in Toronto grub, löste damit eine stadtweite Panik aus, nachdem die Polizei den Tunnel als mögliches Terroristenversteck bezeichnet hatte. MacDonald gab sich als Ausheber des Tunnels zu erkennen, konnte aber zur Erklärung nur sagen: »Graben entspannt mich.« Und dann gab es natürlich noch Lord William Cavendish-Scott-Bentinck, einen Herzog aus dem neunzehnten Jahrhundert, der mithilfe von Arbeitern eine ganze unterirdische Metropole unter seinem Anwesen graben ließ, die mit einer Bibliothek, einem Billardzimmer und einem tausend Quadratmeter großen, komplett aus Lehm gegrabenen Ballsaal ausgestattet war. Den Ballsaal nutzte der Herzog zum Rollschuhfahren.

Als ich auf einen Maulwurfmann nach dem anderen stieß, hatte ich das Gefühl, einer neuen psychischen Störung auf die Spur gekommen zu sein. Ein neuer Eintrag im DSM-5 musste her: *Perforomanie*, vom Lateinischen *perforare,* »durchbohren, durchlöchern«. Jedenfalls hatte ich den Verdacht, dass die Maulwurfmänner nur die Spitze des Eisbergs waren und der Drang zum Wühlen sehr viel tiefer im Menschen verankert ist.

Über die Höhlenbewohner von Kappadokien las ich zum ersten Mal in einem alten Türkei-Reiseführer. Beschrieben wurde eine ausgedehnte Hochebene im Herzen des Landes mit verstreuten Dörfern und Kleinstädten. Die gesamte Region besteht aus Tuffgestein, einem relativ weichen Eruptivgestein aus verfestigter, komprimierter Lavaasche. Im Vergleich mit anderen Steinarten ist Tuff eine Art Knetgummi: leicht zu formen, aber zugleich stabil genug, um nicht in sich zusammenzubrechen – also Wühlmaterial allererster Güte. Wenn das Florenz der Renaissancezeit die besten Marmorstatuen der Welt hervorgebracht hatte, dann stellte Kappadokien den Höhepunkt des menschlichen Wühltriebs dar.

Unter praktisch jeder Ansiedlung der Gegend, las ich, befand sich ein von Hand ausgehöhltes Netzwerk von Kavernen, die durch gewundene Gänge miteinander verbun-

den waren: Im Reiseführer wurden sie als »unterirdische Städte« bezeichnet. Manche waren riesig, wie auf den Kopf gestellte Burgen, die mehr als zehn Stockwerke tief in die Erde reichten und Tausenden von Menschen Platz boten. Und davon gab es Hunderte in der Gegend. Archäologen war klar, dass die Städte im Untergrund zumindest zeitweise als Zufluchtsstätten genutzt worden waren: Beim Angriff von Feinden zogen sich die überirdischen Dorfbewohner zur Sicherheit unter die Erde zurück. Doch darüber hinaus waren die Städte ein Rätsel. Sie wurden in antiken Texten nicht erwähnt und gaben archäologisch wenig her. Manche ließen sich zurückverfolgen bis zu den frühen Christen, die im dritten und vierten Jahrhundert in Kappadokien lebten, aber andere entstammten weitaus älteren, nebulösen Gefilden der Vorgeschichte. Einer Erklärung zufolge gingen sie zurück auf den alten Perserkönig Yima, der sein Königreich vor einer kommenden Katastrophe schützen wollte und eine riesige unterirdische Zufluchtsstätte mit mehreren Ebenen und kurvenreichen Tunneln ausheben ließ. Was mir in dem Reiseführer ins Auge fiel, war eine kleine Illustration, ein Querschnitt durch eine der Städte, auf dem ein unglaublicher Kaninchenbau zu sehen war, voller Menschen, die sich immer tiefer in die Erde vorarbeiteten. Es handelte sich um eine ganze Kultur – Vorfahren von William Lyttle und den Maulwurfmännern –, in der das Leben dem Buddeln gewidmet war.

Ich traf mit dem Nachtbus aus Istanbul in Kappadokien ein. Als ich in Göreme, einer Gemeinde in der Mitte der Region, ausstieg, blinzelte ich ungläubig: Wind und Regen hatten den Tuff im Lauf der Jahrmillionen zu cremeweißen Felsformationen gestaltet, die geologisch komplett absurd wirkten, wie das Kinderbild eines fremden, von Aliens bewohnten Planeten. Direkt hinter der Bushaltestelle stand eine Gruppe senkrechter Steinskulpturen, die *peri bacalari* genannt wurden, »Feenkamine«: Je nachdem, wen man fragte, waren die Feenkamine entweder Glücksbringer oder Heimstatt bösartiger Elfen und unbedingt zu meiden.

Ich wohnte in der Unterkunft *Emre's Cave House*, das mehrere, aus dem Berg gehöhlte Zimmer am Stadtrand vermietete. Es war die billigste Unterkunft vor Ort und wirkte mit seinem rostigen Swimmingpool im Vorgarten ein wenig von der Zeit vergessen. Emre war ein melancholischer Mann mit einem dicken Bauch, der Rotwein trank und den weiblichen Gästen Bilder von seinem Pferd zeigte, das er auf einem Bauernhof in der Nähe stehen hatte.

Jeden Tag startete ich von Göreme aus in eine andere Höhlenstadt. Einige wenige Orte waren mit dem Bus zu erreichen, aber die meisten befanden sich in abgelegenen Dörfern. Zu Fuß ging ich über lange, kurvenreiche Straßen, bis ich von Lastwagenfahrern und Bauern mitgenommen wurde. Die Namen der Dörfer – Özkonak, Derinkuyu, Kaymakli – waren so schroff wie die Landschaft. Ich hatte ein Archäologiebuch dabei, das ich in Istanbul gekauft hatte, geschrieben von dem Historiker Ömer Demir, der mir mit seiner brennenden Liebe zu den unterirdischen Städten zusammen mit dem eigenwillig übersetzten Englisch zu einem unterhaltsamen Reisebegleiter wurde.

An einem nebligen Morgen gelangte ich nach Özlüce, einem kleinen Dorf inmitten einer weiten, vulkanisch geprägten Landschaft. Als ich von der Hauptstraße hoch ins Dorf kam, traf ich auf eine alte Frau mit Kopftuch und flatternden Pluderhosen, die den Eingang ihres Hauses fegte. Aus dem Schornstein hinter ihrem Kopf quoll grauer Rauch.

Ich sagte: »*Yeraltı ehri*?«, türkisch für »unterirdische Stadt«. (Meine Türkischkenntnisse beschränkten sich auf »Guten Tag«, »Wie geht es Ihnen?«, »Danke«, »Auf Wiedersehen« und »unterirdische Stadt«.) Die Frau winkte mir, ich solle ihr folgen, und führte mich zu einem kleinen Gebäude, das, wie sich herausstellte, sowieso gut gekennzeichnet war.

Hinter dem Eingang schaltete ich meine Stirnlampe ein und stieg eine in den Fels geschlagene Treppe hinunter in einen Bienenstock stockdunkler Höhlen. Die Wände waren karamellfarben, die Luft so nasskalt, dass ich meinen Atem vor dem Mund sah. Ich arbeitete mich langsam voran, kroch auf Händen und Knien durch niedrige Gänge, zwängte mich durch schmale Korridore und duckte mich unter Torbögen hindurch.

Es gab ungefähr ein halbes Dutzend Räume, die in der Größe vom Wandschrank bis zur Garage mit vier Stellplätzen reichten und alle durch enge Gänge miteinander verbunden waren. Alles war grob herausgemeißelt, in weichen, amöbenartigen Formen, ohne Ecken und Kanten. Die Räume waren voller Staub und Spinnweben und rochen schimmlig – offensichtlich hatte seit Langem niemand mehr einen Fuß hereingesetzt. Als ich etwa seit einer halben Stunde dort unten war, merkte ich, dass ich diesen unterirdischen Ort nicht richtig einordnen konnte. Er fühlte sich kalt, fremd und leer an. Keine Spur vom fröhlichen, gemeinschaftlichen Buddeln, das ich in der Querschnittsillustration im Reiseführer gesehen hatte. Und ganz sicher keinerlei Hinweise darauf, woher unser Impuls zum Graben stammen mochte. Ancheinend suchte ich an der falschen Stelle, oder ich betrachtete die Untergrundstadt auf die falsche Art und Weise.

Als ich langsam wieder dem Ausgang zustrebte, sah ich neben dem Torbogen eine Steinscheibe von der Größe und Form eines Monstertruck-Reifens, sicher viele Tausend Pfund schwer. Der Stein war aufrecht auf der Kante stehend in einen Schlitz geschoben worden. Meinem Reiseführer zufolge flüchteten sich die Dorfbewohner früher im Fall eines Angriffs unter die Erde und rollten den Stein dann vor den Eingang, sodass die Unterstadt von innen verschlossen war. Solche Mühlsteine bewachten die Eingänge aller unterirdischen Städte der Region.

In jeder Höhlenstadt, die ich besuchte, zeichnete ich Karten und Diagramme, fertigte Inventare der von mir entdeckten Gegenstände an, fotografierte jeden Tunnel und jede Kammer und fuhr mit der Hand über jeden Mühlstein. Manchmal blieb ich stundenlang im Untergrund, bis meine Finger taub vor Kälte waren. Doch so lang ich auch suchte, immer hatte ich das Gefühl, den Raum nicht richtig zu begreifen. Ich kam dem Rätsel dieser Höhlenstädte nicht auf die Spur. Manchmal saß ich nach vielen Stunden des unterirdischen Umherstreifens in einem tiefen Höhlenraum und klopfte an die Wände, lauschte auf Variationen im Klang, immer auf der Suche nach einer verborgenen Kammer, in der ich vielleicht den Schlüssel zu dem Ganzen entdecken würde.

Eines Nachmittags lernte ich im Dorf Özkonak einen alten Bauern kennen, Latif hieß er, der selbst eine unterirdische Stadt entdeckt hatte. Latif war der Imam seiner Gemeinde und sprach mit einer tiefen, klangvollen Stimme; er hatte nur einen Arm, den anderen hatte er als Kind bei einem Sturz von einem Baum verloren. 1972, erzählte er mir, sei er seine Felder abgegangen, als er bemerkte, wie Wasser unter der Erde verschwand. Er fing an zu stochern, ein Loch öffnete sich, und er spürte kalte Luft im Gesicht. Er grub weiter; eine Kammer führte in die nächste, immer tiefer und tiefer ging es hinein in die Erde. Ich fragte Latif, was das für ein Gefühl gewesen sei, so eine Entdeckung zu machen, auf so ein erstaunliches Bauwerk zu stoßen. Einen langen Augenblick betrachtete er mich, ließ die Gebetsperlen zwischen den Fingern klicken, dann sagte er et-

was, das mich verblüffte. »Die unterirdischen Städte sind nicht so ungewöhnlich«, sagte er. »Sie sind überall. Solche Höhlenräume anzulegen ist eine sehr alte Angewohnheit. Es ist eine ganz natürliche Sache.«

In der Tat war das erste mehrzellige Wesen in der Geschichte des Lebens ein Wühler. Die sogenannte Ediacara-Fauna bestand aus kleinen, mysteriösen Tieren, die vor über 540 Millionen Jahren lebten: die ersten sauerstoffatmenden, mehrzelligen Organismen, die frühesten Vertreter dessen, was die Paläontologen als das Phanerozoikum bezeichnen – das »Zeitalter der sichtbaren Lebewesen.« Die Ediacara-Fauna lebte auf dem Meeresgrund und grub zu ihrem Schutz Tunnelnetzwerke in den Boden. Die Versteinerungen dieser Wohnröhren – wunderschöne, geisterhafte Muster, »Spuren« genannt – sind schon in jeder Ecke unseres Planeten gefunden worden.

Seit dieser Frühzeit hat sich das Graben zu einer der wichtigsten Überlebensstrategien in der Evolution entwickelt, eine Methode für Lebewesen, sich vor Fressfeinden zu retten, ihre Jungen sicher aufzuziehen und selbst vor den Elementen Schutz zu suchen. Tiere aus jeder ökologischen Nische und jedem Lebensraum überleben, weil sie sich Gänge bauen – von Fischen, die sich in den Meeresboden eingraben, bis hin zu Vögeln, die sich Höhlen in der Wüste bauen. Auch die Spezies, die von der Biologie als die »erfolgreichste landbewohnende Tierart in der Geschichte des Lebens« bezeichnet wird, ist ein Höhlenbauer: die Ameisen. Die Ameisen leben seit hundert Millionen Jahren auf jedem Teil der Erde und machen ungefähr fünfzehn Prozent der gesamten Biomasse des terrestrischen Lebens aus. Die Heimat der Ameisen sind enorme, höchst raffiniert angelegte unterirdische Nester, die manchmal bis zu zehn Meter tief in die Erde reichen und die Grundfläche eines kleinen Hauses einnehmen können, mit Hunderten von Eingängen und Tausenden von Kammern, jede davon mit einer ganz spezifischen Aufgabe: In manchen wird Futter gelagert, in anderen Ausscheidungen, in wieder anderen wird die Brut der Kolonie großgezogen.

Aller evolutionären Logik zufolge sollten Menschen

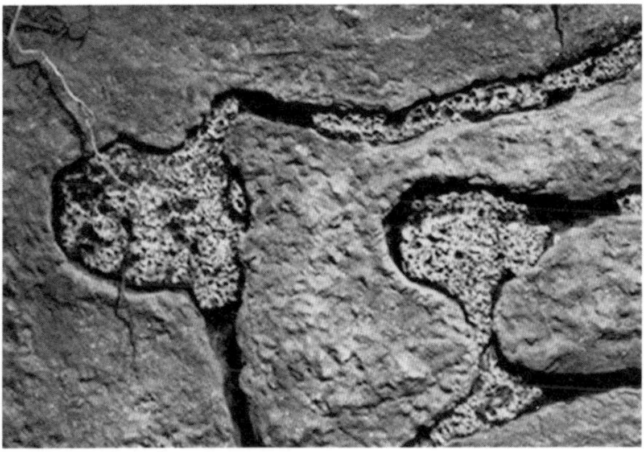

nicht in der Erde buddeln. Wir sind zu groß, haben lange Gliedmaßen und einen aufrechten Gang; unser Überleben ist von ausreichend Licht und Luft abhängig. Physiologisch gesehen gibt es für uns kaum eine unerträglichere Umgebung als einen engen, dunklen, abgeschlossenen Raum unter der Erde, in dem der Sauerstoff schnell knapp wird. Sich unter die Erde zu wühlen heißt, Klaustrophobie in ihrer extremsten Form zu erleben – als würde man sein eigenes Grab schaufeln.

Und doch haben sich die Menschen im Lauf der Geschichte in jeder Ecke der Welt immer wieder eingegraben. In Kriegszeiten und ähnlich verzweifelten Situationen haben wir gebuddelt und uns in »die Dichte des Planeten« zurückgezogen, wie der Philosoph Paul Virilio in seiner Studie über unterirdische Schutzräume, *Bunkerarchäologie*, schreibt. Die Einwohner Maltas hoben im sechzehnten Jahrhundert labyrinthische Netzwerke unter ihren Städten aus, um so den Ansturm der Türken abzuwehren, die Vietcong bohrten ganze weitverzweigte Tunnelstädte in den Urwaldboden. Die heutigen Tech-Milliardäre im Silicon Valley lassen sich für die kommende Apokalypse monumentale Luxusbunkeranlagen bauen. Es ist eine der ältesten Geschichten der Menschheit. Der Prophet Jesaja beschreibt den Tag, an dem Gott Rache an den Ungläubigen nehmen wird: »Da wird man in die Höhlen der Felsen gehen und in die Klüfte der Erde vor dem Schrecken des HERRN und vor seiner herrlichen Majestät, wenn er sich aufmachen wird, zu schrecken die Erde.«

Der größte Wühlzwang der Moderne überkam die US-Amerikaner während des Kalten Krieges. Die Russen und die Amerikaner – »zwei Skorpione im Glas«, wie J. Robert Oppenheimer schrieb – saßen mit zuckenden Fingern vor den Raketenstartknöpfen. In den Vereinigten Staaten war man der Meinung, dass es nur eine Hoffnung gab, um den bevorstehenden Atombombenangriff zu überleben, und das war ein Loch in der Erde.

Die Vorstadtfamilien griffen in ihren Gärten zur Schaufel und gruben sich Erdlöcher und Atomschutzbunker, die mit Wasserkanistern und Schiffszwieback ausgestattet wurden, damals als »Atomkräcker« bekannt. Hunderte von Firmen hatten Fertigbau-Bunker im Angebot, die es ähnlich wie die Winnebago-Wohnmobile und Jacuzzis in verschiedenen Ausführungen gab, von »*Economy*« bis »*Luxury*«.

Die Ortschaft Artesia in New Mexico baute eine unterirdische Schule. Von oben war außer dem Spielplatz nichts

davon sichtbar; unter der Erde befanden sich Klassenzimmer für vierhundertzwanzig Schülerinnen und Schüler und, für den Fall eines Atombombenangriffs, ein Bunker für zweihundert Menschen. Der begehbare Kühlschrank der Cafeteria konnte in eine Kühlkammer für Leichen umgewandelt werden. Ein Schüler sagte einem Zeitungsreporter: »Es ist ein komisches Gefühl, unter der Erde zu sitzen, aber man weiß, dass man in Sicherheit ist.«

In New York wurde zur gleichen Zeit über das »Manhattan Shelter Project« beraten, einen zweihundertfünfundvierzig Meter tiefen Atomschutzbunker, in dem die gesamte Bevölkerung Manhattans – damals vier Millionen Menschen – bis zu neunzig Tage lang Unterschlupf finden sollte. Der geplante Bunker hatte zweiundneunzig Einstiegspunkte, damit jeder Mensch in Manhattan innerhalb einer halben Stunde hinter den Sprengtüren sein konnte.

»Nie«, schrieb damals ein Journalist, »ist in der amerikanischen Geschichte von so vielen Menschen so fieberhaft gebuddelt worden.« Die *New York Times* beschrieb folgende Szene: »Letzte Woche war ein sechsjähriger Junge damit beschäftigt, ein Loch in der ordentlich gemähten Rasenfläche vor seinem Elternhaus auszuheben. ›Was machst du da?‹, wollte seine entsetzte Mutter wissen. Ohne innezuhalten, antwortete der Junge: ›Ich buddele ein großes Loch im Boden, damit ich mich vor der Bombe verstecken kann.‹«

Kritiker argumentierten, tief in die Erde zu graben sei unnatürlich: Es sei ein Reflex von Tieren, nicht von Menschen. »Unsere stillschweigende Billigung des Gräberaushebens«, schrieb ein Autor, sei eine Pervertierung im Entwicklungsverlauf unserer Spezies. »Als der primitive Mensch seine Höhle verließ und ins Freie trat«, schrieb er, »war er dazu bestimmt, immer weiter nach oben ans Licht zu gelangen, nicht nach unten, zurück zum Ursprung.« Und doch hielten die Menschen die Schaufeln in der Hand und schippten große Erdfontänen hinter sich: Wir schienen alle in dieselbe Trance gefallen zu sein wie William Lyttle, der nicht aufhören konnte, unter seinem Haus zu buddeln.

Nach meinem Gespräch mit Latif besuchte ich die Höhlenstadt Derinkuyu, die größte aller unterirdischen Städte. In der Mitte einer windumtosten Grasfläche führte eine lange, in den Stein gehauene Treppe zehn Meter in die Tiefe hinunter. Sobald ich den Mühlstein am Eingang passiert hatte, wehte mich ein kräftiger Wind von unten an – Hinweis auf ein ausgedehntes, tiefes Netzwerk.

Ich lief durch eine Halle – laut Ömer ein Viehstall – und dann noch eine, bis ich in einen großen Raum gelangte, der einst als Küche gedient hatte. In der Bodenmitte war eine kleine Feuerstelle eingelassen, auf der früher gekocht wurde, in Wandnischen standen einst die Kerzen, daneben hatte sich die Speisekammer mit Tongefäßen voller Getreide befunden. Es gab Lüftungsöffnungen in der Decke, durch die kalte Luft einströmte, und tiefe Brunnen, die bis hinunter zum Grundwasserspiegel gebohrt worden waren. Später kam ich durch einen

Schlafsaal, dann in eine Höhle, die laut Ömer als Schule benutzt worden war. Nur ein kleiner Abschnitt der unterirdischen Stadt von Derinkuyu war gesäubert und für Besucher zugänglich. In der Vergangenheit hatte sie bis zu achtzehn Stockwerke umfasst, Hunderte von Räumen und Belüftungsschächten und mehr als vierzig Eingangspunkte, die heute zumeist unter modernen Gebäuden verschwunden waren.

Als ich durch Derinkuyu lief und sah, wie röhrenartig, knotig und unglaublich weit verzweigt das Netzwerk war, kam ich mir vor, als wäre ich auf Miniaturgröße geschrumpft. Auf meiner Wanderung von einer Höhle zur nächsten hatte ich das Gefühl, ich könnte an jeder Biegung

von einer Ameisenarmee überrannt werden, die wie eine Welle durchs Dunkel rauscht.

Das Gefühl wurde nur noch stärker, als ich zurück an die Oberfläche stieg und nicht weit von Derinkuyu durch ein ausgetrocknetes Flussbett lief. Ein Teil der unterirdischen Stadt war durch Erosion eingestürzt und dadurch als Querschnitt von außen sichtbar geworden.

Auf mehr als anderthalb Kilometer Länge bot sich mir ein perfektes Röntgenbild der Höhlenarchitektur.

Während ich langsam durch das Flussbett ging, musste ich die ganze Zeit an den Querschnitt durch ein Ameisennest denken – die Ähnlichkeit war verblüffend.

Als ich über diese seltsamen architektonischen Überschneidungen nachdachte und immer tiefer in das Flusstal hineinlief, fing es an zu regnen. Ich rannte zum Ufer und duckte mich unter das Dach einer früheren Höhle in der uralten Untergrundstadt und sah zu, wie die Regentropfen auf die staubige Erde vor mir prasselten. Das erinnerte mich an die Zeile von Demokrit: »Die Menschen sind in den wichtigsten Dingen Schüler der Tiere geworden.« Ich grübelte darüber nach, ob die Parallelen zwischen Ameisen und Menschen das Ergebnis eines Lernprozesses sein mochten – die Diffusion einer Idee von einer Spezies zur nächsten. Ich dachte an eine Legende der Hopi-Indianer, in der erzählt wurde, dass vor langer, langer Zeit eine große Feuersbrunst ausgebrochen sei, bei der die Menschen um ein Haar ausgerottet wurden. Erst im allerletzten Augenblick wurden sie von den Ameisen gerettet. Die Feuerwalze kam immer näher, da erschienen die Ameisen, führten die Menschen in ihre Nester und ließen sie in Sicherheit in ihren Tunneln unter der Erde wohnen, bis das Feuer ausgebrannt war. Als die Menschen an die Oberfläche zurückkehrten und ihr Leben wieder neu aufbauten, blieben sie den Ameisen für immer dankbar verbunden.

Jedenfalls ließen mich die Ähnlichkeiten zwischen Menschen- und Ameisenbauten nicht mehr los, und sobald ich wieder zu Hause war, machte ich mich auf die Reise nach Tallahassee in Florida, um einen Insektenforscher zu besuchen, der sich mit der Architektur von Ameisennestern beschäftigte.

Walter Tschinkel holte mich an einem schwülheißen Morgen in Tallahassee ab und fuhr mit mir zu seiner Forschungsstation im Apalachicola National Forest. Er war Ende sechzig und studierte seit einem halben Jahrhundert Ameisen. Unterwegs erzählte er mir, dass er in Alabama aufgewachsen sei und als Kind die Höhlen in der Nähe erforscht und Ameisen beobachtet habe, aber dann schlief das Gespräch ein, und wir fuhren schweigend weiter. Er war ein einsilbiger, nüchterner Mann, und ich zögerte, ihm zu erzählen, was sich hinter meinem Besuch verbarg – die Maulwurfmänner, die Höhlenstädte und meine vielen Fragen, woher der menschliche Wühltrieb stammen mochte.

Tschinkels Forschungsstation war eine sandige, von halbhohem Gebüsch eingefasste Lichtung; in den Büschen waren zwei Ameisenarten zu Hause: *Paratrechina arenivaga* und *Aphaenogaster floridana.* Um aktive Nester zu finden, spießten wir Stücke von Wiener Würstchen in den Boden und warteten, bis sich die Ameisen blicken ließen. In den vielen Jahren, seit Tschinkel Nestarchitekturen untersuchte und herausfinden wollte, wie Ameisen verschiedene Teile des Nests benutzten, hatte ihn immer die Tatsache frustriert, dass man ein Nest nie wirklich *sehen* konnte, weil man es beim Ausgraben zerstörte. Seine Lösung war, Abgüsse der Nester aus Metall herzustellen.

In einem selbst gebauten Brennofen schmolzen wir Zinkreste zusammen, die er aus alten Opferanoden auf Schiffswerften gewonnen hatte. Dann streiften wir dicke Backhandschuhe über, trugen den Schmelztiegel zum Ameisenbau und gossen das flüssige Metall in die Öffnung. Das heiße, silbrige Zink verschwand unter der Erde: Die Bewohner des Baus wurden leider der Wissenschaft geopfert. »Der Tod ist Teil der Biologie«, sagte Tschinkel trocken.

Neben einem der Ameisennester gruben wir ein großes Loch in den Boden. Das Zink war in jede feine Arterie, jede Kammer und jeden Knotenpunkt geflossen und dann hart geworden. Vorsichtig holten wir den Abguss aus der Erde; gespannt sahen wir zu, wie er zum Vorschein kam. Vollständig geborgen sah er aus wie das rätselhafte Überbleibsel einer uralten Zivilisation.

Später reihte Tschinkel die von uns angefertigten Gussformen in seine Sammlung ein. Er bewahrte sie in seiner Garage auf, wo Dutzende abgegossene Ameisennester wie Kronleuchter aus Zink von der Decke hingen. Jedes, erklärte er, war das Werk einer anderen Ameisenart.

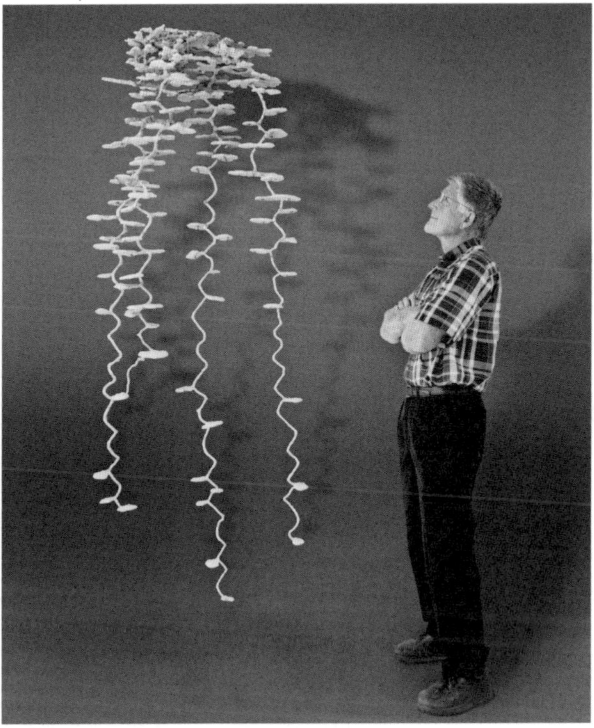

Manche der Ameisenbauten konnten eine erstaunliche Größe erreichen.

Doch als ich eine der Gussformen in die Hand nahm, ein Nest der *Aphaenogaster floridana,* dieselbe Spezies, deren Nest wir im Wald mit Zink gefüllt hatten, überkam mich das unheimliche Gefühl, ein genaues Abbild der unterirdischen Stadt von Derinkuyu im Miniaturformat in der Hand zu halten.

Den ganzen Tag über hatten wir meist schweigend Seite an Seite gearbeitet, aber jetzt konnte ich nicht mehr an mich halten und erzählte Tschinkel, warum ich mich auf die weite Reise zu ihm begeben hatte: Ich berichtete von William Lyttle und dem Zwang zum Graben während des Kalten Kriegs, von den Höhlenstädten Kappadokiens mit der unterirdischen Küche und den Mühlsteinen, die gegen den Angriff von Feinden vor die Tür gerollt wurden.

Ich war gerade erst richtig in Fahrt gekommen und wollte Tschinkel von meiner Theorie erzählen.

Das Graben, wollte ich darlegen, ist ein Urinstinkt – eine der grundlegendsten menschlichen Handlungen. Wenn wir ein Loch in die Erde scharren und nach unten steigen, dann ist das eine wahrhaft überzeitliche Verhaltensweise, dann gehen wir ganz bis zu den Wurzeln des Stammbaums unserer evolutionären Entwicklung, vorbei an unseren frühesten Säugetiervorfahren, vorbei an den ersten Wirbeltieren, bis ganz zum Ursprung mehrzelliger Lebewesen.

Als Nachkommen dieser langen Abfolge von Grabenden, wollte ich sagen, können wir gar nicht anders, wir spüren eine starke, tief verankerte Verbindung zur Erde. Diese Verbindung geht tiefer als unsere Angst vor dem Eingesperrtsein, tiefer als unsere Angst vor der Dunkelheit oder davor, lebendig begraben zu werden. Das Graben im Untergrund gibt uns ein Gefühl der Sicherheit: das Gefühl, dass die Erde uns umarmt. Ich wollte sagen, dass die Ähnlichkeiten zwischen unterirdischen Ameisen- und Menschenbauten vielleicht eine Erinnerung daran sind, dass

wir nur Tiere sind, die wie alle anderen mit dem Planeten interagieren, dass wir alle nach Lösungen für dieselben ewigen Probleme suchen.

Aber bevor ich dazu ausholen konnte, unterbrach Tschinkel mich schon: »Wie meinen Sie das mit den *Mühlsteinen?*«

»Große, runde Steine«, sagte ich. »Sehen aus wie ein Donut.« Ich zog mein Notizbuch heraus und wollte ihm einen aufzeichnen. »Die wurden vor den Eingang gerollt, wenn ...«

Tschinkel nickte, und als ich den Ausdruck auf seinem Gesicht sah, unterbrach ich mich.

»In Costa Rica«, sagte er, »gibt es eine Ameisenart namens *Stenamma alas.*«

Diese Art war gerade erst von John Longino identifiziert worden, einem seiner Kollegen von der Evergreen State University in Washington. *Stenamma alas,* erklärte Tschinkel, wurde ständig von einer besonders angriffslustigen Spezies von Wanderameisen belagert. Um sich gegen die Attacken dieser Feinde zur Wehr zu setzen, hatten die Ameisen eine spezielle Methode entwickelt. »Sie bewahren ein Kieselsteinchen in genau der richtigen Größe neben dem Eingang zum Nest auf«, erzählte er. »Wenn Wanderameisen angreifen, zieht sich die Kolonie ins Nest zurück. Die letzte Ameise rollt den Kiesel vor den Eingang.«

Kurz nach meinem Besuch in Tallahassee schickte ich John Longino eine E-Mail. Er antwortete mir. Angehängt an seine Antwort waren Fotos von Nestern der *Stenamma alas* mit dem Kieselsteinchen neben dem Einstiegsloch.

Und ein Bild von einer Ameise, offensichtlich die letzte ihres Volks, die sich bei einem Angriff in den Untergrund verzog und den Kieselstein an seine Stelle rollte. Longino schrieb mir, er habe in der Vorwoche mit Tschinkel gesprochen: Sie hätten schon damit angefangen, die *Stenamma alas* »kappadokische Ameise« zu nennen.

6. Kapitel

DIE VERIRRTEN

Manchmal singst du betrübt, ohne Grund.
Ohne Grund akzeptierst du
das Verirren als Weg, sagst dich von allem los
und wählst eine Welt,
in der du gehst, wohin du willst.
WILLIAM STAFFORD, »Cutting Loose«

Am Abend des 18. Dezember 2004 betrat ein Mann im Weiler Madiran in Südwestfrankreich die Tunnel einer verlassenen Pilzzucht und verirrte sich. Jean-Luc Josuat-Vergès, achtundvierzigjähriger Hausmeister eines Fitnesscenters, litt unter Depressionen. Er hatte seine Frau und seinen vierzehnjährigen Sohn zu Hause zurückgelassen und war mit einer Flasche Whiskey und einer Jackentasche voller Schlaftabletten in die Hügel gefahren. Dann lenkte er seinen Land Rover in den großen Eingangstunnel der Pilzzucht, schaltete die Taschenlampe an und stolperte ins Dunkel. Die ehemalige Kalkmine bestand aus einem acht Kilometer langen Labyrinth – ins Nichts führende Stollen, gewundene Tunnel, Irrwege und Sackgassen. Josuat-Vergès ging einen Tunnel entlang, bog ab, bog wieder ab. Die

Batterien seiner Taschenlampe wurden schwächer und gaben den Geist ganz auf; kurz danach stapfte er durch einen nassen Gang, wo seine Schuhe im Schlamm stecken blieben und darin verschwanden. Barfuß stolperte Josuat-Vergès durch das Labyrinth, tastete sich durch die völlige Dunkelheit und suchte vergebens nach dem Ausgang.

Am Nachmittag des 21. Januar 2005, genau vierunddreißig Tage nachdem Josuat-Vergès den Tunnel betreten hatte, beschlossen drei Halbwüchsige aus der Gegend, sich in der verlassenen Pilzzucht umzusehen. Schon nach wenigen Schritten stießen sie auf den leeren Land Rover, dessen Fahrertür immer noch offen stand. Die Jungs riefen die Polizei, die sofort eine Suchmannschaft auf die Beine stellte. Nach neunzig Minuten fanden sie Josuat-Vergès in einem nicht mehr als zweihundert Meter vom Eingang entfernten Tunnel. Er war gespenstisch blass, abgemagert bis aufs Gerippe und hatte einen langen, zotteligen Bart – aber er lebte.

In den folgenden Tagen kam die Story von Josuat-Vergès' Überleben in die Presse, und er wurde als *le miraculé des ténèbres* bekannt: »Das Wunder der Finsternis.«

Er unterhielt die Reporter mit Geschichten aus seinen Wochen in der Pilzzucht, die es mit den abenteuerlichsten Erzählungen von verschollenen Bergsteigern oder auf einsamen Inseln gestrandeten Schiffbrüchigen aufnehmen konnten: Er hatte Lehm und vermodertes Holz gegessen, das er fand, indem er auf allen vieren herumkroch und im Schlamm wühlte; er hatte von der Kalksteindecke tropfendes Wasser getrunken, es manchmal auch von der Wand geleckt. Zum Schlafen wickelte er sich in alte Plastikplanen, die von den Pilzzüchtern zurückgelassen worden waren. Was die Journalisten an Josuat-Vergès' Story verblüffte, waren die radikalen, unvorhersehbaren Gemütsschwankungen, die er im Tunnel erlebte hatte.

Wie zu erwarten, versank Josuat-Vergès zeitweise in abgrundtiefer Verzweiflung; aus einem Stück Schnur, das er gefunden hatte, fertigte er sogar eine Schlinge, »für den Fall, dass es unerträglich werden sollte«. Aber es gab andere Augenblicke, erklärte Josuat-Vergès, wo er beim ziellosen Wandern durchs Dunkel in eine meditative Ruhe verfiel, seine Gedanken durchlässig wurden, er sie kommen und gehen ließ; immer stärker akzeptierte er das Gefühl der Orientierungslosigkeit und schweifte in friedlicher Losgelöstheit durch die Tunnel. Bei seinen Wanderungen durch den Irrgarten sang er sich stundenlang etwas vor, wie er berichtete.

Als ich zum ersten Mal von Jean-Luc Josuat-Vergès und seiner rätselhaft ambivalenten Haltung zum Verlorensein las, musste ich an eine schlecht geplante Exkursion denken, die ich etliche Jahre zuvor in Paris unternommen hatte. Damals wollte ich zusammen mit zwei Freundinnen – Séléna und Åsa – in die Katakomben hinabsteigen, um den Schritten eines Mannes aus dem achtzehnten Jahrhundert zu folgen, der berühmt dafür wurde, dass er sich im Steinbruch unter Paris verlief. 1793 stieg Philibert Aspairt – ein Mann über sechzig, der als Wachmann im Val-de-Grâce-Spital arbeitete – in den Untergrund, um den Keller eines nahe gelegenen Klosters ausfindig zu machen, in dem sich angeblich ein Vorratslager von besonders edlem Chartreuse befand. Aspairt verlor die Orientierung, und sein Leichnam wurde erst elf Jahre später in einer Nische unterhalb des Boulevard Saint-Michel gefunden. An der Stelle, an der er starb, wurde ein Denkmal für ihn errichtet.

ZUM GEDENKEN AN PHILIBERT ASPAIRT,
DER SICH AM 3. NOVEMBER 1793
IN DIESEM STEINBRUCH VERLIEF.
ELF JAHRE SPÄTER GEFUNDEN UND
AM SELBEN ORT BEGRABEN.
30. APRIL 1804

In einer bitterkalten Dezembernacht kauerten Séléna, Åsa und ich an einem der Eingänge zu den Katakomben, um in den Untergrund zu kriechen. Ich erklärte den beiden, dass die Kataphilen Philibert Aspairt zu ihrem Schutzheiligen erklärt hatten. Bei jedem Besuch der unterirdischen

Steinbrüche war es Sitte, dem Grab von Philibert einen Besuch abzustatten und ihm etwas mitzubringen: Blumen, Grabkerzen, ein Glas Wein oder ein kleines Kunstwerk. Wir wollten es den einheimischen Urbexern nachtun, zum Grab von Philibert laufen, denselben Weg zurückgehen und ein paar Stunden später wieder zurück an der Oberfläche sein. Séléna und Åsa mussten am nächsten Morgen zum Unterricht – beide besuchten eine Schule, in der sie zu professionellen Clowns ausgebildet wurden. Gegen acht Uhr abends, nur mit einem kleinen Rucksack mit Verpflegung für einen kurzen Ausflug ausgerüstet – eine Flasche Wein, ein Brot und eine Flasche Wasser –, wanden wir uns durch das Einstiegsloch und ließen uns in das dreihundert Kilometer große Labyrinth fallen.

Ich war der Anführer unseres Grüppchens, allerdings ohne die dazu notwendige Befähigung, wie sich im Nachhinein herausstellen sollte. Ich war damals gerade erst in Paris angekommen – das war Jahre vor der Unterquerung der Stadt mit Steve Duncan – und hatte die alten Steinbrüche erst einmal besucht. Ich besaß eine Karte des Untergrunds, die mir ein Urban Explorer namens Hatchet überlassen hatte, war aber bisher noch nicht damit umhergewandert. Hatchet hatte kurz auf die wesentlichen Orientierungspunkte der Katakomben und auf die Einstiegsstelle gezeigt, die auf dem Plan aber nicht eingezeichnet war. Es war eine sehr oberflächliche Einführung gewesen, ich hätte mehr Fragen stellen müssen, aber ich ging damals einfach davon aus, dass ich mich schon zurechtfinden würde, sobald ich unter der Erde war.

Wir bogen im Dunkeln ab, bogen wieder ab und fädelten uns durch die Bienenwaben aus Kalkstein; das Licht unserer Stirnlampen wanderte über die Wände, Wasser spritzte unter unseren Stiefeln. Séléna und Åsa waren zum ersten Mal in den unterirdischen Steinbrüchen: Sie lauschten dem weit entfernten Wispern der U-Bahn und fuhren mit der Hand über das glatte Gestein. Wir waren vielleicht seit einer Stunde unterwegs, als wir zu einer engen Kammer mit niedriger Decke gelangten, in der der Schlamm auf dem Boden eingetrocknet war. Zu unseren Füßen war ein Muster aus Rissen zu sehen. Ich sah mir den Boden aus nächster Nähe an und sagte, die Sprünge im eingetrockneten Lehm ähnelten den Gängen in einem Irrgarten – als würden wir auf das Miniaturmodell des Labyrinths blicken, in dem wir uns gerade befanden – ein Irrgarten in einem Irrgarten.

Ungefähr in diesem Augenblick wurde mir auch klar, dass ich einen Fehler gemacht hatte. Ich schaute auf die Karte, wo wir zu Philiberts Grab abbiegen mussten, und merkte, wie sich mir der Magen umdrehte: Ich hatte mich bei der Position des Einstiegslochs auf der Karte geirrt. Was bedeutete, dass jede Wegbiegung seit dem Augenblick, in dem wir unter die Erde gekommen waren, die falsche gewesen war. Wir waren nicht ansatzweise in der Nähe von Philiberts Grab – genauer gesagt hatte ich keine Ahnung, wo wir waren. Ich hatte keinen Schimmer, wie weit wir gegangen waren, oder wie man zurück zum Ausgang kam, oder in welche Richtung wir uns gerade bewegten. Kleinlaut erklärte ich Séléna und Åsa, was passiert war. Wir schwiegen. Wir hatten nur begrenzte Vorräte. Die Batterien in unseren Stirnlampen wurden langsam, aber sicher schwächer. Wir hatten keinen Kompass.

Der *Homo sapiens* war schon immer ein hervorragender Navigator. In den primitiven Regionen unseres Gehirns haben wir ein stark ausgebildetes Organ, den Hippocampus. Dort werden bei jedem Schritt, den wir machen, von einer Million Neuronen Daten über unsere Position gesammelt und eine »kognitive Karte« erstellt, wie Neurowissenschaftler das nennen, anhand derer wir uns jederzeit im Raum orientieren können. Dieser robuste Apparat, der unsere heutigen Bedürfnisse weit übersteigt, ist das Erbe unserer nomadisch lebenden Vorfahren, deren Existenz als Jäger und Sammler ganz wesentlich von ihrer Orientierungsfähigkeit abhing. Über viele, viele Jahrtausende hinweg hätte es den sicheren Tod bedeutet, wenn man nicht in der Lage war, eine Wasserstelle oder eine Höhle als Unterschlupf zu finden oder einer Tierherde zu folgen und essbare Pflanzen aufzuspüren. Ohne die Fähigkeit, sich einen Weg durch unbekanntes Terrain zu suchen, hätte unsere Spezies nicht überlebt – diese Fähigkeit ist essenzieller Bestandteil unseres Menschseins.

Insofern ist es eigentlich keine Überraschung, dass kalte, übelkeitserregende Panik in uns aufsteigt, wenn wir tatsächlich die Orientierung verlieren. Viele unserer Urängste – von der Familie getrennt, aus dem schützenden Haus vertrieben, im Dunkel ausgesetzt zu werden – sind Spielarten der Angst vor dem Verirren. In unseren Märchen wird das unschuldige Mädchen im düsteren Wald erst von einem bedrohlichen Troll oder einer bösen Hexe behelligt, nachdem es sich verlaufen hat. Sogar die Hölle wird oft als Labyrinth dargestellt, zurückgehend auf John Miltons Buch *Das verlorene Paradies.* Die archetypische Horrorstory völliger Desorientierung ist natürlich die griechische Sage vom Minotauros. Der Minotauros haust in den gewundenen Gängen des Labyrinths von Knossos, eine Struktur, die Ovid zufolge Unsicherheit verbreiten sollte; wer sie betrat, besaß keinerlei Anhaltspunkt mehr.

Unsere Angst vor Orientierungslosigkeit sitzt so tief, dass es einen Zusammenbruch auslösen kann, wenn man sich verläuft: Unser Ich-Gefühl kollabiert. »Wenn ein Mensch, der nicht daran gewöhnt ist, sich in der Wildnis verläuft und den Weg nicht mehr findet«, schrieb Theodore Roosevelt 1888 in seinem Buch *Ranch Life and the Hunting Trail*, »verfällt er in einen Zustand der Panik und Angst, der fürchterlich mitanzusehen ist und ihn am Ende der Vernunft berauben wird … Wird er nicht nach drei oder vier Tagen gefunden, ist er dazu angetan, in Wahnsinn zu verfallen; dann flieht er vor denen, die ihn retten wollen, und muss gejagt und eingefangen werden, als sei er ein wildes Tier.«

Man kann sich in der ewigen Weite der arktischen Tundra verlaufen oder beim Versuch, sich mit der Machete einen Weg durch den Dschungel zu schlagen – aber die ultimative Arena der Orientierungslosigkeit ist der Untergrund. In einem Gewirr unterirdischer Hohlräume nicht mehr zu wissen, wo man ist, ist eine ganz andere Größenordnung. Mark Twain schrieb über McDougal's Cave, die Höhle, in der Tom Sawyer und Becky Thatcher drei Tage lang nach dem Ausgang suchen: »Man sagte, es könne jemand viele Tage und Nächte durch dies unglaubliche Gewirr von Gängen und Spalten irren, ohne jemals das Ende der Höhle zu finden; und dass er tiefer und immer tiefer, bis in den Mittelpunkt der Erde dringen könne, und es wäre doch immer dasselbe – Labyrinth unter Labyrinth, und nirgends ein Ende. Niemand ›kannte‹ die Höhle; das war unmöglich.« Vom ersten Schritt in die Dunkelheit unter der Erde startet unser Hippocampus, der uns in der Oberwelt so zuverlässig führt, einen Amoklauf, wie ein Radio, das keinen Sender mehr findet. Wir sind von der Orientierung mithilfe von Sternen, Sonne und Mond abgeschnitten. Sogar der Horizont ist verschwunden – gäbe es die Schwerkraft nicht, könnten wir kaum noch oben von unten unterscheiden. Alle unbewusst wahrgenommenen Hinweise, die uns überirdisch bei der Orientierung helfen – Wolkenformationen, Pflanzenwuchs, Tierspuren, Windrichtung – fallen weg. Unter der Erde verlieren wir sogar unseren eigenen Schatten als Anhaltspunkt.

Auch wenn wir einen Berg besteigen oder hinaussegeln aufs Meer, verlassen wir das vertraute Terrain: Wir schauen zurück, um zu sehen, wie weit wir schon gekommen sind, und blicken blinzelnd in die Ferne, was als Nächstes auf uns zukommt. Aber unten in einer schmalen Höhlenpassage oder den engen Begrenzungen einer Katakombe haben wir Scheuklappen auf, unser Blickfeld reicht nie weiter als bis zur nächsten Biegung. Der Höhlenhistoriker William White merkte an, dass man nie eine ganze Höhle zu sehen bekommt – man sieht immer nur ein Scheibchen nach dem anderen. Wenn wir uns in einer Landschaft zurechtfinden wollen, schrieb Rebecca Solnit in *Die Kunst, sich zu verlieren. Ein Wegweiser*, dann lesen wir die Umgebung wie einen Text und entziffern »die Sprache der Erde selbst«; der Untergrund hingegen ist ein unbeschriebenes Blatt – oder ein Blatt, das mit einer Sprache vollgekritzelt ist, die wir nicht lesen können.

Aber diese Sprache ist natürlich nicht für jeden unverständlich: Es gibt viele unterirdisch lebende Wesen, die hervorragend an die Navigation im Dunkeln angepasst sind. Jeder kennt die Fledermaus, die mithilfe von Echoortung problemlos durch die Höhlendunkelheit fliegt, aber der Champion der unterirdischen Navigation ist vermutlich der afrikanische Graumull: ein hautfarbenes, faltiges, hasenzähniges Tierchen – man stelle sich einen haarigen neunzigjährigen Daumen mit langen Schneidezähnen vor –, das sein Leben in ausgedehnten, labyrinthischen Nestern unter der Erde verbringt. Zur Orientierung klopft der Graumull in regelmäßigen Abständen mit dem Kopf auf den Boden, um anhand der Art der entstehenden Vibrationen herauszufinden, wie der Gang beschaffen ist. Im Gehirn hat der Graumull sogar ein winziges bisschen Eisen – einen eingebauten Kompass, mit dem er das Magnetfeld der Erde wahrnimmt. Die natürliche Auslese hat uns Oberflächenbewohner nicht mit solchen Tricks ausgestattet. Für uns ist ein Schritt in den Untergrund immer ein Schritt in ein navigatorisches Vakuum, ein Schritt in die falsche Richtung – beziehungsweise in gar keine Richtung.

Unten in den Katakomben murmelte ich eine Entschuldigung nach der anderen, aber Séléna und Åsa brachten mich zum Schweigen. Unsere Energie auf Panik zu verschwenden bringe nichts, sagten sie. (Fairerweise muss angemerkt werden, dass Séléna mir einen Blick zuwarf, der nicht ausschloss, dass sie mir später noch gehörig die Meinung sagen würde.) Unser Ziel war klar: Der einzige Ausgang aus dem Irrgarten war das Loch, durch das wir eingestiegen waren – wir mussten denselben Weg zurück finden.

Séléna und Åsa, deren jahrelange Erfahrung in Clownstruppen sie mit außergewöhnlichen Fähigkeiten in Teamkommunikation ausgestattet hatte, entwickelten einen präzisen, demokratischen Plan. Wir würden uns systematisch durch die Tunnel zurückbewegen und nach besonderen Merkmalen im Gestein, bei Graffiti oder auffälligen Fußabdrücken im Schlamm suchen. An jeder Kreuzung würden wir nacheinander jeden möglichen Gang absuchen: Wenn wir uns sicher waren, dass wir nichts wiedererkannten, würden wir umkehren und die nächste Abzweigung nehmen. Wir würden einem Tunnel nur dann folgen, wenn wir uns alle einig waren, dass er uns bekannt vorkam.

Es stellte sich als eine unerquickliche, mühevolle Vorgehensweise heraus. Jede Passage ähnelte der anderen, alle waren aus demselben Stein gehauen, alle besaßen dieselbe verworrene Geometrie. Ein Großteil der Graffiti an den Kreuzungen war von früheren Besuchern als Wegzeichen gesprüht worden – Pfeile, Sterne, geometrische Figuren –, damit sie den Rückweg zum Einstiegsloch fanden. Wir versuchten, uns ein Wegzeichen herauszupicken und dem zu folgen, in der Hoffnung, dass uns vielleicht die blauen Dreiecke oder die roten Kreise zum Ausgang führen würden. Aber die Methode gaben wir schnell auf, weil alle Wegzeichen in einem chaotischen Wirrwarr verschwammen. Es war, als würde man im Märchen durch den Wald laufen, und zwischen den Bäumen wären Hunderte Brotkrumenpfade ausgestreut worden.

Wir folgten einem Tunnel und meinten, aus einer angrenzenden Galerie das leise Zischen der Karbidlampe eines Kataphilen zu hören, doch als wir riefen, kam keine Antwort. Wir bogen um eine andere Ecke und entdeckten eine steinerne Wendeltreppe, die nach oben im Dunkel verschwand. Séléna und ich gingen sie hinauf, bis wir unmittelbar unter einem Gullydeckel kauerten, der auf die Straße führte. Ich versuchte, ihn mit der Schulter aufzudrücken, aber ich war entweder nicht stark genug, oder der Einstieg war von oben versiegelt worden. So nah an der Oberfläche fiel uns ein, dass wir möglicherweise genug Empfang haben könnten, um jemanden anzurufen und um Hilfe zu bitten. Aber während ich noch darüber nachgrübelte, wen ich anrufen und wie ich unsere Lage erklären könnte und wie derjenige uns um Gottes willen helfen sollte, stellte sich heraus, dass unsere drei Handys sowieso keinen Saft mehr hatten. Åsa bemühte sich um gute Laune. Wenn wir mal wieder an eine Kreuzung kamen, an der wir schon sieben oder acht Mal gewesen waren, blieb sie stehen und rief: »Hey, Leute!« Séléna und ich drehten uns zu ihr um, und Åsa flüsterte mit aufgerissenen Augen: »Ich glaube, hier waren wir schon mal.«

Nach außen hin blieben wir ruhig, aber je mehr Stunden vergingen, in denen wir erfolglos im Dunkeln herumstolperten, umso öfter stellte jeder von uns im Kopf beunruhigende Berechnungen an. Wir fingen an, die Batterien in den Stirnlampen einzuteilen; nur einer von uns beleuchtete den Weg, die anderen zwei schalteten ihre Lampen aus. In den Verschnaufpausen warfen wir ängstliche Blicke auf die Wassermenge in der Flasche und tranken nur kleine Schlucke. Von dem Brot aßen wir gar nichts, weil wir es aufsparen wollten, falls wir in den vor uns liegenden Stunden Energie bräuchten. Jedes Mal, wenn wir uns heillos in den Gängen verfranzt hatten und wieder von vorn anfangen mussten, gingen wir zurück zu einem kleinen, engen Raum, in dem eine von einem kataphilen Künstler geschaffene Statue stand: die Gipsfigur eines Mannes, der aus der Wand herauskommt – nur die Hälfte ist sichtbar, als sei er für immer im Fels gefangen.

In jeder anderen Landschaft schauen wir auf eine Karte, wenn unsere angeborene Orientierungsfähigkeit versagt; die Landkarte verankert uns im Raum und sorgt dafür, dass wir auf dem rechten Weg bleiben. Aber in der Unterwelt ist jede Art von Kartografie immer ein einzigartig schwieriges Unterfangen gewesen. Lange nachdem Entdecker und Kartografen jede andere Landfläche der Erde kartiert und ein sauberes Gitter aus Längen- und Breitengraden über einsame Inselgruppen und schroffe Bergzüge gelegt hatten, blieb das, was direkt unter unseren Füßen liegt, immer noch schwer zu fassen.

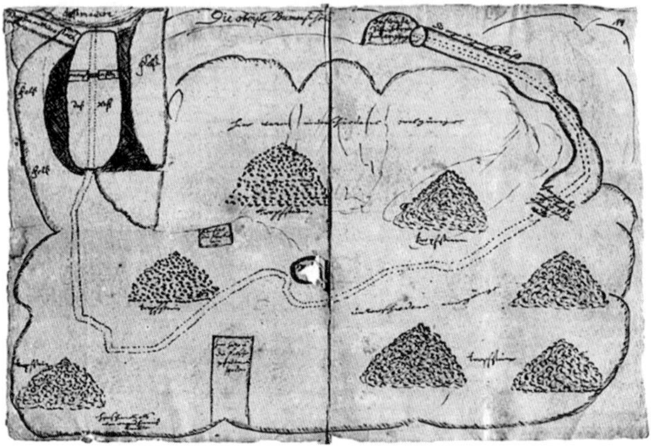

Die älteste bekannte Karte einer Höhle wurde im Jahr 1665 gezeichnet und stellte die Baumannshöhle im Rübeland im dicht bewaldeten Harz dar. Nach der eher unbeholfenen Stiftführung zu urteilen, war der Kartograf, ein Herr von Alvensleben, vermutlich kein sonderlich begabter oder erfahrener Kartenzeichner, aber die Mängel des Höhlenplans sind trotzdem relativ beeindruckend. Er schaffte es nicht, irgendeine Art von Perspektive oder räumliche Tiefe zu vermitteln – er konnte nicht einmal vermitteln, dass sich die dargestellte Gegend unter der Erde befand. Von Alvensleben machte den Versuch, einen Raum zu vermessen, den er nicht sehen konnte, der sich buchstäblich jenseits seiner Wahrnehmungsfähigkeiten befand – mit unterirdisch schlechtem Ergebnis. Offensichtlich handelte es sich um epistemologischen Wahnsinn, als versuche man, das Porträt eines Gespensts zu malen oder eine Wolke mit dem Kescher einzufangen.

Der Plan der Baumannshöhle war der erste in einer langen Abfolge kurioser Misserfolge in der Kartografie des Untergrunds. Eine Generation von Höhlenforschern nach der anderen – unerschrockene, schwärmerisch veranlagte Männer – untersuchte die europäischen Grotten; sie wollten sich in der Finsternis orientieren und die Unterwelt vermessen, versagten aber immer wieder, oft auf eigentümlichste Art und Weise. Sie ließen sich an faserigen Seilen hinab in die Tiefe, wo sie stundenlang herumirrten, über Felsbrocken kletterten und unterirdische Flüsse durchschwammen. Sie beleuchteten ihren Weg mit Wachskerzen, die einen schwachen, nur wenige Zentimeter in jede Richtung reichenden Lichtschein verbreiteten. Im siebzehnten Jahrhundert versuchte ein Höhlenforscher in England, die Dimensionen einer unterirdischen Kammer zu vermessen, nur um dort unten festzustellen, dass er die Begrenzungen des Hohlraums nicht einmal sehen und erst recht nicht vermessen konnte: »Im Licht der Kerzen konnten wir Decke, Boden oder Seitenwände nicht vollständig erkennen.« Höhlenvermesser verfielen oft auf absurde Ideen, wie der Österreicher Joseph Nagel, der Kerzen an

die Füße von zwei Gänsen band und dann mit Steinchen nach den Tieren warf, in der Hoffnung, dass sie auffliegen und dabei den Höhlenraum erleuchten würden. (Es funktionierte nicht: Die Gänse flatterten schwächlich herum und taumelten dann zu Boden.) Sogar wenn die damaligen Forscher es schafften, Messungen vorzunehmen, war ihre Wahrnehmung so von der unsteten sie umgebenden Natur beeinflusst, dass völlig falsche Ergebnisse dabei herauskamen. Bei einer Expedition 1672 in Slowenien zum Beispiel wurde ein windungsreicher Höhlengang vermessen und als 9,6 Kilometer lang verzeichnet, dabei maß er gerade einmal vierhundert Meter. Die Vermessungen und Landkarten, die bei diesen frühen Expeditionen entstanden, wichen oft so dramatisch von der Realität ab, dass einige Höhlen überhaupt nicht wiederzuerkennen sind. Heute können wir diese alten Berichte nur noch als poetische Annäherungen an imaginäre Orte lesen.

Der bekannteste der frühen Höhlenvermesser war der Franzose Édouard Alfred Martel, der 1938 starb und als »Vater der Höhlenforschung« in die Geschichte einging. Martel führte um die fünfzehnhundert Expeditionen in fünfzehn Ländern auf der ganzen Welt an, Hunderte davon in nie zuvor betretene Höhlen. Martel, von Beruf her Jurist, verbrachte seine Jugend damit, sich mit Melone und Oberhemd in Grotten abzuseilen, bis er schließlich bessere Ausrüstungsgegenstände für Höhlenforscher entwickelte. Neben einem Faltboot aus Zelttuch, *Alligator* genannt, und einem massiven Feldtelefon zur Verständigung mit den Gepäckträgern oben am Eingang erfand er eine ganze Batterie unterirdischer Vermessungsinstrumente, wie zum Beispiel eine Vorrichtung, um eine Höhle vom Boden bis zur Decke zu vermessen: Er befestigte an einem Papierballon einen alkoholgetränkten Schwamm mit einem langen Faden daran; dann hielt er ein Streichholz an den Schwamm, der Ballon stieg bis zur Höhlendecke auf und gleichzeitig wurde der Faden abgerollt. Martels Höhlenkarten waren vielleicht etwas präziser als die seiner Vorgänger, aber verglichen mit den Landkarten, die zur selben Zeit von oberirdischen Entdeckern angefertigt wurden, waren sie trotzdem kaum mehr als Skizzen. Dennoch wurde Martel für die kartografische Neuerung gefeiert, eine Höhle in verschiedenen Querschnitten abzubilden, was sich später zum Standard in der Höhlenkartografie entwickelte. Für meinen Blick sind diese Karten im Grunde aber doch nur ein weiteres Zeugnis für die schwere Fassbarkeit des unterirdischen Terrains – als sei jeder Plan ein Verzeichnis all dessen, was nicht kartografiert werden kann. Sie vermitteln uns, dass die einzige Methode, einen unterirdischen Raum wirklich zu verstehen, seine Zerlegung in Einzelteile ist, dass er wie die Knochen eines Stück für Stück auseinandergenommenen Skeletts dargestellt werden muss.

Martel und seine Mitstreiter, die über Jahre hinweg immer wieder versuchten, sich im Untergrund zu orientieren, und immer wieder versagten, waren Jünger des Verlorenseins. Niemand kannte den Sinnesrausch der Orientierungslosigkeit so gut wie sie: Stundenlang ließen sie sich durch die Dunkelheit treiben, gefangen in einem anhaltenden Schwindelgefühl, wenn sie erfolglos versuchten, einen Fixpunkt zu finden. Durch ihren Verstoß gegen alle evolutionäre Logik, der zufolge unser Gehirn so verdrahtet ist, dass Orientierungslosigkeit unter allen Umständen vermieden werden muss, weil das Verlorensein unsere primitivsten Angstrezeptoren aktiviert, müssen sie enorme Ängste ausgestanden haben: den »Zustand der Panik und Angst, der fürchterlich mitanzusehen ist«, wie Roosevelt ihn beschrieb. Und dennoch gingen sie immer wieder in den Untergrund. Sie ließen sich in Öffnungen hinab, die kein Mensch vor ihnen je betreten hatte, über deren schartige Kanten die Dorfbewohner aus der Gegend nicht einmal hinunterschauen mochten, weil sie so viel Angst vor den in der Tiefe hausenden Geistern hatten. Sich in der Dunkelheit zu verlieren schien ihnen eine Art Macht zu verleihen.

1889 stellte Martel eine Expedition auf die Beine, bei der eine riesige Höhle in Südwestfrankreich erforscht werden sollte, der *Gouffre de Padirac* – der Schlund von Padirac. An einem Julinachmittag legten Martel und seine Mannschaft ihre Bergsteigerausrüstung an und ließen sich langsam in den fünfundsiebzig Meter tiefen Schlund hinab, vorbei an grüner, an den Schluchtwänden wachsender Vegetation. Auf dem Felsengrund war die Luft kühl und feucht, die Steine waren mit weichen Moosplacken bedeckt, und die Höhlenforscher stießen auf einen unterirdischen Fluss, der in einer Spalte im Fels verschwand. Sie zündeten ihre Kerzen an, stiegen in den *Alligator* und paddelten langsam los in die Dunkelheit, wo sie durch majestätische Hallen trieben und sich unter schweren Stalaktitenvorhängen hindurchduckten. Das überall heruntertropfende Wasser ließ »ein melodiöses Lied« in der Dunkelheit aufsteigen, schrieb Martel, »lieblicher und harmonischer als die schönsten Klänge der Oberwelt«. Sie folgten einem Arm des Flusses, dann einem anderen, bis sie sich vollständig von jeglicher Art bekannter Geografie abgeschnitten fühlten. Dreiundzwanzig Stunden lang trieben sie in einem perfekten Vakuum dahin.

»Unwiderstehlich zieht uns das Unbekannte voran!«, schrieb Martel über die Expedition. »Kein Mensch hat diese Tiefen vor uns betreten. Niemand weiß, wohin wir uns bewegen und was wir dort finden werden. Noch nie haben wir etwas so fremdartig Schönes gesehen, und wir stellen einander immer wieder dieselbe Frage: Träumen wir auch nicht?« Das klingt nach einem Mann, der eine Art Rauschzustand erlebt hat. Wenn ich mir vorstelle, wie der Forscher im Boot durch die Tiefen der Grotte von Padirac glitt und seine Wachskerze hochhielt, kann ich fast hören, wie er im Dunkeln leise vor sich hin sang; vielleicht war es dasselbe Lied, das Jean-Luc Josuat-Vergès sang, als er durch die Tunnel der Pilzzucht in Madiran geisterte.

Das Verlorensein ist ein enigmatischer, vielgestaltiger Zustand, der ungeahnte Kräfte in sich birgt. Viele Künstler, Philosophen und Wissenschaftler haben im Lauf der Geschichte die Orientierungslosigkeit als Zugmaschine für Neuentdeckungen und Kreativität gefeiert – sowohl im Sinne des in der echten Welt vom Weg Abkommens als auch in der Abwendung vom Vertrauten und der Hinwendung zum Unbekannten. »Sich in einer Stadt nicht zurechtfinden heißt nicht viel«, schrieb Walter Benjamin. »In einer Stadt sich aber zu verirren, wie man in einem Walde sich verirrt, braucht Schulung.« Um große Kunstwerke zu schaffen, sagte der romantische Dichter John Keats, sei es notwendig, sich der Desorientierung zu öffnen und allen Sicherheiten den Rücken zuzukehren. Er nannte das *negative capability*, negative Fähigkeit: »dass ein Mensch also fähig ist, sich in einem Zustand voller Unsicherheiten, Geheimnisse und Zweifel zu befinden, ohne sich nervös nach Tatsachen und Vernunft umzusehen«. Auch Thoreau beschrieb das Verirrtsein als Tür, und wenn sie sich öffnet, versteht man seinen Platz in der Welt: »Erst dann, wenn wir völlig verloren oder herumgedreht sind«, schrieb er, »lernen wir die Unermesslichkeit und das Wunderbare der Natur schätzen … Erst wenn wir verloren sind, mit anderen Worten, wenn wir die Welt verloren haben, fangen wir an, uns selbst zu finden und einzusehen, wo wir sind und wie endlos weit unsere Verwandtschaft reicht.« Für Solnit hingegen bedeutet »sich verirrt zu haben, völlig gegenwärtig zu sein«. Sie schrieb: »Man wird nicht in die Irre geführt, sondern man geht in die Irre, man verirrt sich, was bedeutet, dass es eine bewusste Wahl ist, ein selbst gewähltes Sichaufgeben, ein psychischer, mithilfe der Geografie erreichbarer Zustand.«

Neurologisch gesprochen leuchtet das alles unmittelbar ein: Wenn wir nicht mehr wissen, wo wir sind, ist unser Gehirn besonders offen und aufnahmefähig. Wenn wir uns nicht mehr orientieren können, saugen die Nervenzellen in unserem Hippocampus begierig jedes Geräusch, jeden Geruch, jeden visuellen Eindruck in der Umgebung auf und suchen panisch nach Informationen jeder Art, die uns dabei helfen werden, die Orientierung wiederzuerlangen. Natürlich haben wir Angst, aber zugleich wird unsere Fantasie unglaublich aktiv und konstruiert Bilder aus der Umwelt. Wenn wir im Wald vom Weg abkommen und den Pfad nicht mehr sehen, verwandelt unser Gehirn jedes Rascheln im Laub und jedes knackende Stöckchen in einen angriffslustigen Schwarzbär, eine Rotte Warzenschweine oder einen Schwerverbrecher auf der Flucht. So, wie unsere Pupillen sich nachts weiten, um mehr Licht aufnehmen zu können, so öffnet sich auch unser Gehirn weiter für die Welt, wenn wir uns verirrt haben.

Einmal war ich unter den Straßen von Neapel unterwegs und erlebte für einen kurzen Augenblick ein alle Grenzen sprengendes Verlorensein. An einem Herbstmorgen führten mich zwei Urban Explorer – die Brüder Luca und Dani – ganz in der Nähe des Altstadtzentrums in die Krypta einer alten Basilika, wo sich ein riesiges Loch im Boden befand. Wir hakten uns mit den Karabinern an Seilen fest, stiegen eine lange Leiter hinunter und seilten uns dann ab bis zum Boden einer antiken griechischen Zisterne, einem großen, flaschenförmigen Hohlraum, über dreißig Meter unter Neapel. Diese Zisterne, erklärten mir Luca und Dani, war nur einer von unzähligen unterirdischen Verbindungspunkten, ein Labyrinth, das sich seit dem achten Jahrhundert v. Chr. immer weiter unter der Stadt ausgedehnt hatte. Das Netzwerk bestand aus einem Gewirr von Krypten, Katakomben, Grüften und Zisternen, so riesig und labyrinthisch, dass niemand seine wahren Ausmaße kannte.

Der Morgen wurde zum Nachmittag, während wir von einer Zisterne in die nächste kletterten, uns durch enge Gänge schlängelten und immer tiefer in das Labyrinth hineingerieten. Irgendwann sah jeder Hohlraum aus wie der nächste, und für mich war es, als bewegten wir uns durch ein dreidimensionales Spiegelkabinett, wie durch die Kulisse einer Borges-Geschichte. Manche Zisternen verzweigten sich in zahlreiche Kanäle, die sich wiederum verzweigten, bis man das Gefühl hatte, in endlosen fraktalen Strukturen unterwegs zu sein.

Irgendwann hatten wir uns in unbekannte Abschnitte des Netzwerks vorgearbeitet und ließen uns in Kammern hinab, die Luca und Dani noch nie gesehen hatten; bei jeder Neuentdeckung brüllten sie begeistert, wie Seefahrer in der Südsee, die eine auf keiner Karte verzeichnete Insel am Horizont auftauchen sehen. Und plötzlich war ich allein im Dunkeln, ohne dass ich etwas davon mitbekommen hatte – ein Ereignis, bei dem die Vergangenheit direkt in die Zukunft übergegangen zu sein schien, ohne dass es eine Gegenwart gegeben hätte. Im einen Augenblick waren wir alle zusammen in einer Zisterne gewesen, ich drehte mich um, um ein Foto zu machen, und als ich mich wieder zurückdrehte, waren Luca und Dani weg. Ich kroch durch den niedrigen Tunnel, durch den sie, wie ich glaubte, verschwunden waren, landete aber in einer leeren Kammer. Urplötzlich war das metallische Klirren der Karabinerhaken an meiner Hüfte das einzige Geräusch, und jenseits des Scheins meiner Stirnlampe war nichts zu sehen. Ich rief nach ihnen, bekam aber keine Antwort, und meine Stimme verhallte in den Gängen des Labyrinths.

Sehr lang waren wir nicht voneinander getrennt – nicht mehr als ein paar Minuten. Doch selbst in diesen paar Augenblicken, in denen mir klar wurde, dass ich keine Ahnung hatte, wie weit wir gegangen waren und wo ich mich im Verhältnis zu den bisherigen Punkten befand, erlebte ich eine vollkommene Haltlosigkeit. Es war ein Gefühl, als wäre ich abgeschnitten worden, als hätten sich meine Füße vom Boden gelöst und ich fiele durch den Weltraum. Es war nicht unbedingt Panik, die mich überfiel, eher eine schneidende Klarheit, eine Konzentration wie auf Amphetamin, alle meine Sinne waren mit einem Schlag hellwach, ich war hundertprozentig im gegenwärtigen Augenblick und nahm die schwächsten Gerüche, Geräusche und Luftbewegungen wahr, die mir vorher nicht bewusst gewesen waren. Sogar meine Haut wachte auf, als würde ich die Welt durch die Poren wahrnehmen.

»Sich dergestalt zu verlieren scheint mir der Beginn eines Prozesses zu sein«, schreibt Solnit, »bei dem man seinen eigenen oder einen anderen Weg findet.« Wenn wir vom Weg abkommen und unsere Nerven blank liegen, wird unser Verhältnis zur Welt durchlässig. Selbst unsere tief verankerten Überzeugungen und Gedankengänge können aufgerüttelt werden, weil wir uns neuen Interpretationsmöglichkeiten der Welt öffnen. In religiösen Texten geschehen große Offenbarungen oft in dem Augenblick, in dem sich jemand heillos verirrt hat – es folgt die Bekehrung oder das mystische Erwachen. Im Alten Testament irren die Propheten in der Wüste umher, bevor sie Gott finden. Siddharta Gautama verbringt sechs Jahre auf der Wanderschaft ohne geografische Verankerung, bevor er zum Buddha wird. Dantes spirituelle Suche in der *Hölle* beginnt damit, dass er sich völlig verlaufen hat: »Auf halbem Weg des Menschenlebens fand / ich mich in einen finstern Wald verschlagen, / weil ich vom rechten Weg mich abgewandt.« Der Schriftsteller Jim Harrison sagte einmal zu dem Dichter Gary Snyder: »Wenn wir uns verlaufen haben, wird auf einmal alles infrage gestellt, sogar die eigene Persönlichkeit. Es ist ziemlich dramatisch … Ich habe oft gedacht, wenn man sich verirrt hat, ist es wie ein *sesshin* (eine Meditationsperiode), bei dem man sehr lange sitzt, dann ertönt der Gong, du stehst auf, und die Welt sieht völlig anders aus.« Worauf Snyder antwortete: »Das klingt doch wie Erleuchtung.«

Ende der 1990er-Jahre verfolgte ein Team von Neurowissenschaftlern die Auswirkungen von Orientierungslosigkeit bis in die Windungen unseres Gehirns. In einem Labor der Universität von Pennsylvania wurden Experimente mit buddhistischen Mönchen und franziskanischen Nonnen durchgeführt, deren Gehirne während der Meditation beziehungsweise des Gebets gescannt wurden. Die Wissenschaftler stellten sofort ein Muster fest: Im meditativen Zustand gab es eine kleine Region im vorderen Teil des Gehirns, den hinteren oberen Scheitellappen, in dem die Aktivität sichtbar abnahm. Wie sich herausstellte, arbeitet dieser Lappen bei der Erstellung der kognitiven Karte eng mit dem Hippocampus zusammen. Die Forscherinnen und Forscher fanden heraus, dass die Erfahrung des spirituellen Zur-Ruhe-Kommens wesentlich mit der Dämpfung der räumlichen Wahrnehmung verbunden war.

Es kann insofern nicht überraschen, dass die Anthropologie in vielen religiösen Ritualen auf der ganzen Welt eine Art »Kult des Verlorenseins« ausgemacht hat. Der schottische Wissenschaftler Victor Turner schrieb, jeder Übergangs- oder Initiationsritus gehe in drei Phasen vor sich: die Trennungsphase (der oder die Initiierte verlässt die Gesellschaft und nimmt Abschied von seinem beziehungsweise ihrem bisherigen sozialen Status), die Schwellenphase (der oder die Initiierte befindet sich inmitten des Wandels) und die Angliederungsphase (der oder die Initiierte kehrt mit einem neuen Status zurück zur Gesellschaft). Die Verwandlung geschieht in der Mittelphase, die von Turner als »Liminalität« bezeichnet wurde, von lateinisch *limen*, Schwelle. In der Schwellenphase wird »die grundlegende Struktur der Gesellschaft vorübergehend außer Kraft gesetzt«: Wir lassen uns treiben, es herrschen Unsicherheit und Vergänglichkeit, wir sind nicht mehr das eine und noch nicht das andere, wir sind dazwischen. Der ultimative Auslöser für den Schwellenzustand ist laut Turner die Orientierungslosigkeit.

Kulturen auf der ganzen Welt praktizieren Rituale des Verlorenseins; besonders eindrückliche Riten werden von den Pit-River-Indianern in Kalifornien vollzogen, wo sich von Zeit zu Zeit ein Mitglied des Stamms »auf Wanderschaft« begibt. Der Anthropologe Jaime de Angulo schreibt dazu: »Der Wanderer, Mann oder Frau, meidet Dörfer und Camps, bleibt in der Wildnis, an einsamen Orten, auf Bergspitzen oder am Grund von Canyons.« Wenn sich der Wanderer ganz dem Verlust der Orientierung unterwirft, »verliert er seinen Schatten«, wie es genannt wird. Es ist ein unvorhersehbares Wagnis, sich auf eine solch ziellose Wanderschaft zu begeben – sie kann zu rettungsloser Verzweiflung oder sogar Wahnsinn führen, aber sie kann auch große Macht bringen, wenn der Wanderer mit einer heiligen Berufung aus der Verlorenheit zurückkehrt und zum Schamanen oder zur Schamanin des Stammes wird.

Das am weitesten verbreitete Vehikel ritueller Verirrung – die Verkörperung der Orientierungslosigkeit schlechthin – ist das Labyrinth oder der Irrgarten. In jeder Ecke der Welt finden sich Labyrinthe, von den Waliser Hügeln über sibirische Inseln bis zu Feldern in Südindien. Das Labyrinth funktioniert als »Liminalitätsmaschine«: Es ist eine Struktur, die extra dafür angelegt ist, ein konzentriertes Erlebnis des Verirrtseins herbeizuführen. Sobald wir einen gewundenen Durchgang zwischen hohen Steinen betreten und uns auf den umgrenzten Pfad konzentrieren, sagen wir uns los von der umgebenden Geografie und verfallen in eine Art räumliche Hypnose, in der plötzlich alle Orientierungspunkte fehlen. In diesem Zustand sind wir innerlich darauf vorbereitet, eine Transformation zu erleben, einen Wechsel zwischen sozialen Stellungen, Lebensabschnitten oder seelischen Zuständen. In Afghanistan zum Beispiel standen Labyrinthe im Zentrum der Hochzeitsrituale; das Ehepaar besiegelte seinen Bund, indem es einen gewundenen Steinpfad beschritt. In Südostasien dienten Irrgärten der Meditation; die Meditierenden schritten langsam den Pfad ab, um ihre Aufmerksamkeit so noch stärker nach innen zu lenken. Und die klassische Sage von Theseus, der auf Kreta den Minotaurus erschlägt, ist letztendlich ebenfalls die Geschichte einer Transformation: Theseus betritt das Labyrinth als Junge und taucht als Mann und Held wieder daraus auf.

In ihren modernen Spielarten sind Labyrinthe meist zweidimensional, die Pfade werden nur von niedrigen Mäuerchen oder Mosaikmustern im Boden begrenzt. Doch wenn wir die Tradition des Labyrinths weiter in die Vergangenheit verfolgen und nach immer früheren Beispielen suchen, stellen wir fest, dass die Mauern allmählich höher und die Pfade immer dunkler und allbeherrschender werden – und tatsächlich waren die allerersten Labyrinthe zumeist unterirdische Anlagen. Herodot zufolge bauten die alten Ägypter ein ausgedehntes unterirdisches Labyrinth, genau wie die Etrusker in Norditalien. Die altperuanische Chavín-Kultur, die lange vor den Inka hoch in den Anden Perus existierte, baute ein enormes unterirdisches Labyrinth, wo sie in dunklen, gewundenen Tunneln heilige Riten vollzogen; bei den Maya gab es etwas Vergleichbares mit dem dunklen Labyrinth in der Ruinenstadt Oxkintok auf Yucatán. In der Sonora-Wüste in Arizona verehrt die Tohono O'odham Nation seit langer Zeit einen

I'itoi genannten Gott, der in der Mitte eines Labyrinths wohnt, auch als »Der Mann im Labyrinth« bekannt. Der Zugang zu I'itois Labyrinth, ein Muster, das häufig in die traditionellen Korbwaren des Stammes geflochten wird, befindet sich angeblich an einem Höhleneingang.

Die weltweit allererste Darstellung eines Labyrinths ist laut einer archäologischen Studie von 1998 eine fünftausend Jahre alte Felsmalerei, die tief im lichtlosen Bereich einer Höhle entdeckt wurde. Die Archäologen stellten die Vermutung auf, dass sich unterhalb der Felsmalerei früher einmal ein Labyrinth auf dem lehmigen Höhlenboden befand, das als zeremonieller Pfad bei einem sehr alten Übergangsritus diente. Das ist sicherlich eine plausible Erklärung. Aber ich frage mich, ob nicht vielleicht die Höhle selbst das Labyrinth war. Ich könnte mir vorstellen, dass die Höhlenmalerei nicht auf ein separates Labyrinth verwies, sondern eine Illustration dessen war, was man erlebte, wenn man die Höhle betrat, sich im Dunkeln verlor und durch steinerne Gänge irrte.

Als Jean-Luc Josuat-Vergès die Tunnel der Pilzzucht in Madiran mit seinem Whiskey und den Schlaftabletten betrat, dachte er an Selbstmord. »Es ging mir schlecht und ich hatte sehr düstere Gedanken«, so drückte er es aus. Nachdem er wieder aus dem Labyrinth aufgetaucht war, merkte er, dass er seine Lebensfreude zurückgewonnen hatte. Er kehrte zu seiner Familie zurück, wo er sich nun viel wohler fühlte. Er besuchte die Abendschule, erwarb einen Abschluss und fand eine bessere Stelle im Nachbarort. Von Reportern nach seiner Verwandlung gefragt, antwortete er, in der Dunkelheit habe ein »Selbsterhaltungstrieb« in ihm die Oberhand gewonnen und ihm einen neuen Lebenswillen geschenkt. In seiner dunkelsten Stunde, in der er verzweifelt nach einer Veränderung seines Lebens suchte, ging er in die Finsternis, gab sich der Orientierungslosigkeit anheim und tauchte danach als neuer Mensch wieder auf.

Was Séléna, Åsa und mich am Ende rettete, unser Ariadnefaden, war die Winterluft. In den Katakomben herrscht das ganze Jahr über eine konstante Temperatur von circa vierzehn Grad Celsius, was in jener Dezembernacht ungefähr zehn Grad wärmer war als über der Erde. Während wir in den Gängen herumirrten und verzweifelt nach irgendwelchen Landmarken oder Orientierungspunkten suchten, spürten wir plötzlich etwas Unerwartetes: einen schwachen Hauch kalter Luft. Ganz leicht spürten wir sie auf der Haut, dann legte sie sich, dann kehrte sie zurück und verschwand wieder. Nach und nach reimten wir uns zusammen, dass die frische Luft aus dem Einstiegsloch kommen musste. Und deswegen folgten wir der Kälte. Wenn wir durch einen Tunnel krochen und die Luft wärmer wurde, machten wir kehrt, weil wir wussten, dass es die falsche Richtung sein musste. Wären wir ein paar Monate später unterwegs gewesen – zum Beispiel in einer milden Frühlingsnacht mit einer weniger ausgeprägten Temperaturdifferenz über und unter der Erde –, hätten wir vielleicht nie herausgefunden.

Als wir an dem schartigen Einstiegsloch ankamen, zogen wir uns aus dem Tunnel nach oben und atmeten die kalte Nachtluft gierig ein. Vier Uhr morgens war vorbei – wir hatten uns acht Stunden lang verlaufen. Wir kletterten zurück aufs Straßenniveau und rannten lachend und johlend über den leeren Boulevard. Die Metro fuhr noch nicht und wir hielten ein Taxi an, mit dem wir zu Sélénas Wohnung fuhren. Der Taxifahrer beäugte uns drei glückliche, dreckige, verschlammte Gestalten misstrauisch im Rückspiegel. Wir saßen auf Decken auf dem Boden von Sélénas winzigem Apartment unter einem Fenster in der Dachschräge und stießen darauf an, dass wir es geschafft hatten. Während das erste fahle Licht ins Zimmer drang, redeten wir endlos darüber, wie merkwürdig es gewesen war, im Dunkeln herumzuirren, spielten die Ereignisse der Nacht immer wieder durch und erzählten uns gegenseitig, was uns in bestimmten Situationen durch den Kopf gegangen war. Wir waren alle drei immer wieder von schleichender Angst und sogar Verzweiflung befallen worden. Aber darunter, in einer verborgenen Schicht des Gehirns, hatten wir alle auch immer wieder Momente großer Klarheit und Gelassenheit erlebt, in denen wir ruhig über dem Ganzen schwebten.

7. Kapitel

BISONS IM VERBORGENEN

Alle heiligen Dinge brauchen ihren Platz.
Man könnte sogar sagen, dass sie heilig sind,
weil sie sich an diesem Platz befinden.
CLAUDE LÉVI-STRAUSS, *Das wilde Denken*

In der allerersten Zeit, als ich in New York zum Explorer wurde, ganze Nachmittage mit U-Bahn-Fahrten verbrachte und auf der Suche nach Zugängen zu Geisterstationen aus dem Fenster starrte, fielen mir hin und wieder geheimnisvolle Botschaften auf, die jemand in den U-Bahn-Tunneln an die Wände geschrieben hatte. Es waren rechteckige weiße oder gelbe Flächen, circa 1,50 Meter hoch und drei Meter breit, die mit schwarzen Buchstaben bedeckt waren. Sie tauchten immer in den dunklen Teilen des Tunnels auf, im leeren, rußbedeckten Niemandsland zwischen den Stationen. Aber als ich erst einmal auf die Texte achtete, fing ich an, sie überall zu sehen; sie blitzten im Rahmen des U-Bahn-Fensters auf, wenn ich unter ruhigen Gegenden in Brooklyn oder unter den vor Menschen wimmelnden Avenues in Midtown Manhattan hin- und herfuhr. Vom Text selbst konnte ich so schnell nichts lesen – nur ein paar Buchstaben waren von der vorbeijagenden Bahn aus zu erkennen –, aber ich war trotzdem fasziniert von den unterschwellig im Innern der Stadt aufflackernden Botschaften.

Irgendwann bekam ich heraus, dass die Texte alle zu einem geheimnisvollen Kunstprojekt des Graffitiwriters REVS gehörten. Jeder Text war eine »Seite« aus einem Tagebuch, das über sechs Jahre hinweg entstanden und über das unterirdische Tunnelsystem New Yorks verteilt worden war. Insgesamt gab es zweihundertfünfunddreißig Seiten, praktisch zwischen sämtlichen U-Bahns-Stationen der Stadt eine. Spätnachts setzte REVS einen Helm auf und zog eine Leuchtweste an, damit er wie ein Bahnarbeiter der Metropolitan Transportation Authority (MTA) aussah, und ließ sich durch einen Notausstieg in der Straße hinab in den Tunnel. Im Dunkeln weißelte er ein großes Rechteck mit Wandfarbe und Farbrolle, dann sprühte er in Schwarz einen Tagebucheintrag darauf, eine Kindheitserinnerung oder eine kurze philosophische Betrachtung.

Wie sich herausstellte, war REVS einer der berühmtesten Graffitiwriter New Yorks. In einer Subkultur, in der die

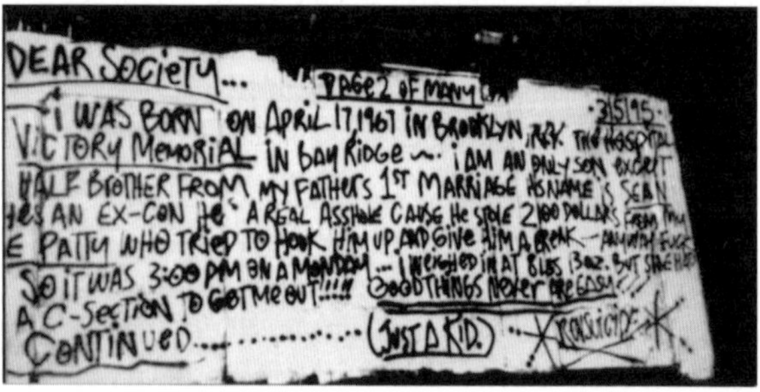

Sichtbarkeit des Werks von eminenter Bedeutung ist und jeder versucht, seinen Namen so oft wie irgend möglich in der Stadt zu verewigen, vorzugsweise an den öffentlichsten Orten, ohne dabei erwischt zu werden, war niemand so allgegenwärtig wie REVS. Seit Anfang der Achtzigerjahre hatte er seinen Namen Zehntausende Male in der Stadt hinterlassen. Mit Sprühdosen und Markern taggte er Telefonzellen, Zeitungsautomaten und Briefkästen; er malte plakatwandgroße Murals auf Backsteinfassaden, er befestigte Leinwände mit Schrauben und Muttern an Gebäuden und schweißte sogar Metallskulpturen seiner Tags an Straßenschilder und Eisenzäune. In den späten 1980ern und frühen 1990ern, als REVS besonders produktiv war, konnte man kaum mehr als ein paar Schritte in New York gehen, ohne die vier Buchstaben seines Namens zu sehen – als flüstere er der Stadt ein stilles Lied in die Ohren. Das war ungefähr der Zeitpunkt, zu dem Bürgermeister Rudolph Giuliani eine Einheit der Metropolitan Transportation Authority, »Vandal Squad« genannt, dazu abstellte, die Stadt von jeder Art Graffiti zu befreien. REVS wurde zum *Public Enemy Number One*. Der »dicke Fisch« wurde er genannt. Als er auf den Straßen immer berüchtigter wurde, verzog sich REVS in den Untergrund und sprayte seine Lebensgeschichte in die Dunkelheit.

In einem alten Buch über New Yorker Graffiti fand ich Bilder der frühesten Tagebucheinträge, die er in den U-Bahn-Tunneln von Brooklyn an die Wände gesprüht hatte. Mit einer auf den 5. März 1995 datierten Seite begann die Geschichte – die Geburt des Autors.

LIEBE STADT,
ICH KAM AM 17. APRIL 1967 IN BROOKLYN, N.Y., ZUR WELT, IM VICTORY MEMORIAL KRANKENHAUS – ICH BIN EIN EINZELKIND, ABGESEHEN VON EINEM HALBBRUDER AUS DER 1. EHE MEINES VATERS ER HEISST JEAN UND IST EIN EX-KNACKI. ER IST EIN ECHTES ARSCHLOCH WEIL ER MEINEM ONKEL PATTY 210 DOLLAR GEKLAUT HAT, DABEI WOLLTE ER IHM HELFEN UND EINEN JOB VERSCHAFFEN – FUCK HIM!!! JEDENFALLS WAR ES 15 UHR AN EINEM MONTAG … ICH WAR EIN ZIEMLICHER BROCKEN MIT 4,0 KILO UND ICH MUSSTE MIT EINEM KAISERSCHNITT GEHOLT WERDEN!! GUTES KOMMT NIE LEICHT AUF DIE WELT!! FORTSETZUNG FOLGT …

Davor gab es noch einen Prolog, der mit »1 von vielen« überschrieben war:

AN OTTO NORMALO … VIELLEICHT FRAGST DU DICH GERADE: WAS SOLL DAS DENN? ES GEHT UM EINEN JUNGEN, DER EINFACH NUR SEIN LEBEN LEBT UND SEINE GESCHICHTE AUF DIE EINZIGE ART ERZÄHLT DIE ER KENNT. DIE SACHE IST: SEINE GESCHICHTE IST GAR NICHT ANDERS ALS DEINE – AM ENDE SIND WIR ALLE TEILE VON EINEM PUZZLE, DAS NUR EINEN ALLMÄCHTIGEN SCHÖPFER KENNT. GOTT

Ich fing an zu grübeln. Was mochte das für ein Mensch sein, der seine Lebensgeschichte nur in Form von Schrifttafeln an Tunnelwänden erzählen konnte? Wer war REVS?

Alle Sprayer leben im Untergrund, aber niemand war, wie ich herausfinden sollte, so unsichtbar wie REVS. Die jüngeren Writer verehrten REVS, hatten ihn aber nie kennengelernt; Ältere aus der Szene kannten ihn, hatten aber seit Jahren nichts mehr von ihm gehört. Die wenigen Writer, die mit REVS in Kontakt standen, spotteten nur, wenn ich fragte, ob sie mich mit ihm zusammenbringen könnten. »Vergiss es«, sagte Writer ESPO. »REVS redet mit niemandem«, entgegnete SMITH. Ein Fotograf, der einmal ein Porträt von REVS (mit seinem Gesicht im Schatten) gemacht hatte, sagte mir: »Selbst wenn ich wüsste, wo er ist, was nicht der Fall ist, würde ich's dir nicht sagen.« Jahrelang tauchte REVS immer wieder in meinem Kopf auf. Über mehrere Monate hinweg vergaß ich ihn, aber dann sah ich wieder eine Tagebuchseite vor dem U-Bahn-Fenster vorbeihuschen und stellte mir den Mann vor, der im Schutz der Dunkelheit Kunst schuf, und war von Neuem auf der Jagd nach ihm.

Ich durchkreuzte die ganze Stadt und verfolgte auch die schwächste Spur. Ich trieb mich auf der Straße herum, wo er irgendwann angeblich mal eine Schweißerwerkstatt besessen hatte, und besuchte seine alte Nachbarschaft Bay Ridge, wo ich dem Besitzer einer Süßwarenhandlung Fragen stellte, in der REVS angeblich als Kind Bonbons gekauft hatte. Ich ging dem Tipp nach, er habe mal als Brückenbauer gearbeitet, und telefonierte Stahlarbeitergewerkschaften durch. Ich bat den Polizisten Steve Mona um Hilfe, der als Leiter der Vandalismustruppe fast ein Jahrzehnt mit der Jagd auf REVS verbracht hatte. Weder Mona noch sonst irgendjemand konnte mir weiterhelfen. Ein Fotograf, der sich seit zwanzig Jahren mit REVS' Werk beschäftigte, riet mir, die Suche aufzugeben: »Du machst dich nur verrückt. Der Mann ist ein Phantom.« Und schließlich gab ich tatsächlich auf und akzeptierte die Tatsache, dass REVS im Schatten verborgen bleiben würde. Es war idiotisch zu glauben, sagte ich mir, dass ein Mann, der in der Finsternis schrieb, hinter dem Vorhang heraustreten und mir die Hand geben würde. Es gab nur eine Art, mehr über den Autor zu erfahren: Ich musste sein Untergrund-Tagebuch lesen.

In einer drückend heißen Sommernacht warteten Russell und ich, bis die U-Bahn abfuhr und die letzten Fahrgäste hinter dem Drehkreuz verschwunden waren, dann gingen wir zielstrebig zum Ende des Bahnsteigs, stiegen über das *DO NOT CROSS*-Schild und zogen los ins Dunkel. Die Luft war schwer und abgestanden, und überall hallte das Echo von Tropfen, die von der Tunneldecke fielen. Wir brauchten nicht lang zu gehen, bis wir REVS' Spuren fanden. Unsere Augen gewöhnten sich an die Dunkelheit, und wir sahen vertikale Tags auf der Metallbrüstung zwischen dem Gleis der Express- und der Regionalzüge: R-E-V-S. Und dann, auf der anderen Seite der Brüstung, hatten wir auf einmal eine Tagebuchseite vor uns. Die Schrift war so verblasst und mit schwarzem Stahlstaub verschmiert, dass es aussah, als befände sie sich schon seit Jahrhunderten an dieser Wand. Es war eine Beschreibung von zwei Brüdern – Chris und Danny – aus REVS' alter Nachbarschaft, mit denen er zusammen KISS hörte und *Saturday Night Live* guckte. Insgesamt gesehen eine ziemlich unaufregende Story. Und dennoch, unten in der Dunkelheit des Tunnels, mit der Stadt weit über uns, lasen wir sie so atemlos, als hätten wir ein uraltes Runengedicht entdeckt.

Manchmal machte ich mich spontan auf, um das Tagebuch weiterzulesen, manchmal war der Trip geplant. Ich ging allein oder mit Russell oder anderen Freunden, die es leid waren, mich ständig von REVS reden zu hören, und einen Text mit eigenen Augen sehen wollten. Steve und andere Urbexer erzählten oft von einer Art Seelenfrieden, wenn sie in den U-Bahn-Tunneln herumrannten. Bei mir war das anders; ich wurde von Ängsten geplagt, von dem Augenblick, in dem ich am Ende eines Bahnsteigs heruntersprang, bis zu dem Augenblick, in dem ich wieder sicher auf dem nächsten stand. Ich fürchtete die gekrümmten Tunnelabschnitte, weil man weniger Vorwarnzeit hatte, bis man den Zug kommen sah. Nervenzermürbend fand ich auch die schmalen Passagen, in denen es keinen Platz neben dem Gleis gab: Sie waren zur Warnung mit schrägen rot-weißen Streifen markiert, bei Sprayern als *Blood and Bones* bekannt. In regnerischen Nächten war ich nervös, weil ich das Prasseln der Regentropfen nicht von den klackenden Geräuschen eines nahenden Zuges unterscheiden konnte. Eine auf den Eingang eines Tunnels gerichtete Überwachungskamera schreckte mich immer ab, und ich war in Null Komma nichts zurück auf dem Bahnsteig. (Steve meinte, eine Kamera hieße nur, dass kein Schwein auf die Monitore guckte, aber mich überzeugte diese Theorie nicht recht.) Dann gab es noch die Stromschiene, und die Ratten, und die Gefahr, von einem Schienenarbeiter erwischt zu werden, und natürlich immer das

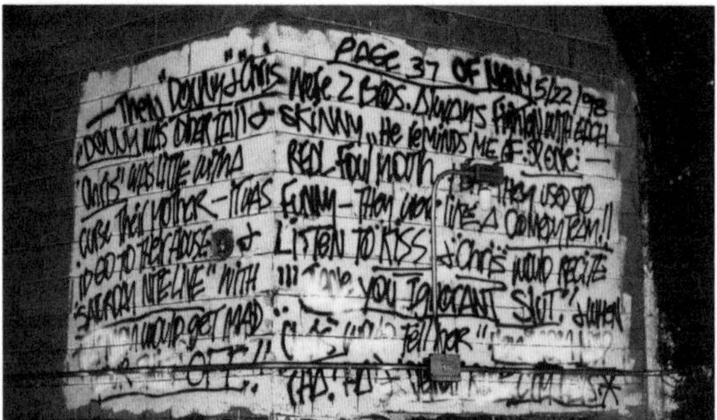

Grauen der passagierlosen, schwarz-gelben Versorgungszüge, die nicht nach Fahrplan fuhren und ohne jede Warnung um die Ecke brettern konnten. Aber auf jedem Trip in den Untergrund fand ich auf halber Strecke zwischen zwei Bahnhöfen am dunkelsten Punkt des Tunnels eine Seite aus REVS' Tagebuch, und jedes Mal war ich beeindruckt, wenn ich sie auf der Suche nach Hinweisen zur Identität des Autors las und wieder las.

Ich liebte das Tagebuch. Ich fertigte sorgfältige Transkriptionen aller Seiten an, die ich selbst fand, und solcher, die auf Fotos anderer Explorer auftauchten. Ich las, wie REVS als Junge in Bay Ridge für Aufregung sorgte (»tagein, tagaus, immer dasselbe, Stickball, Whiffleball, Stoopball, *off the wall*, Football, Skully, Kings, Skateboard fahren, Verstecken spielen, auf Dächer oder Feuerleitern klettern, jeder Tag ein Kampf«); REVS' Streitigkeiten mit seinem Alkoholiker-Vater (»mehrere Male wurde er von den Bullen oder dem Krankenwagen heimgebracht, ich habe ihn sogar schon komatös auf dem Bürgersteig liegen sehen«); REVS, wie er seinen ersten komplett besprühten U-Bahn-Waggon sah (»Es war abgefahren – das erste Piece, das ich je gesehen habe, und es war der Hammer! Die ganze Nacht habe ich dran gedacht – ich weiß immer noch nicht, von wem es war, aber derjenige kriegt den *credit* dafür, dass er den Funken bei mir gezündet hat!«). Genau wie alle Neu-New-Yorker sehnte ich mich nach der Stadt von früher, war voller Nostalgie für das New York, das ich in Büchern und Filmen lieben gelernt hatte, das aber schon nicht mehr existierte, als ich dort eintraf. REVS' Tagebuch war ein Relikt jenes für immer verschwundenen New Yorks: ein langes, ungeschliffenes Punkrock-Gedicht aus einer längst vergangenen Zeit.

Aber was mich am meisten an dem Tagebuch faszinierte, was mich einfach sprachlos machte, waren die *Orte*, an denen REVS schrieb. Bei einem Ausflug in die Brooklyner Unterwelt kauerte ich in einer Notausgangsnische, mein Gesicht war schwarz verschmiert vom Stahlstaub, das T-Shirt hing schweißgetränkt und schlabberig an mir, da sah ich eine Seite auf der gegenüberliegenden Wand. Es war ein kurzer Tagebucheintrag über einen älteren Graffitiwriter namens ENO, der REVS unter die Fittiche genommen hatte, als er in der Szene aufstieg. Eine über dem Gleis angebrachte Lampe warf einen hellen Heiligenschein auf die Betonwand: Andere Sprayer hatten ihre Tags innerhalb des Lichtradius angebracht, damit die Passagiere im Zug ihre Namen beim Vorbeifahren sehen würden. Nicht so REVS. Er hatte die Seite gut einen Meter außerhalb des Lichtscheins in die Dunkelheit gesprüht, wo sie praktisch nicht zu erkennen war. Es war, als würde ein Dichter Sonette in unsichtbarer Tinte oder ein Komponist Symphonien in Unterschalltönen schreiben. Wozu machte man ein Kunstwerk an einer derart versteckten Stelle, fragte ich mich, im dunkelsten Teil der ganzen Stadt, wo es von fast niemandem gesehen wurde?

Ich dachte über REVS nach, als ich an einem Novembermorgen, an dem immer wieder die Sonne zwischen den

Wolken herauskam, auf einer engen, kurvenreichen Straße im Südwesten Frankreichs in die Pyrenäen fuhr. Die Pyrenäen spannen sich von der Biskaya bis zum Mittelmeer, bilden die Grenze zwischen Frankreich und Spanien und sind komplett von Höhlen durchlöchert. Im Lauf der letzten hundertfünfzig Jahre wurden viele Höhlen mit steinzeitlichen Kunstwerken entdeckt, die vor grob fünfzig- bis elftausend Jahren von Jägern und Sammlern aus dieser Gegend geschaffen wurden. Die erste große Entdeckung geschah 1879, als der spanische Adlige Marcelino Sanz de Sautuola sich zusammen mit seiner achtjährigen Tochter Maria in einer Höhle auf seinem Gut in Kantabrien umsah. Sautuola kratzte am Höhlenboden herum, und Maria sah hoch an die Decke und erblickte unglaublicherweise eine gemalte Herde roter und goldener Bisons. In den darauffolgenden Jahren war immer wieder dieselbe Geschichte aus dem Kalksteingebirge Westeuropas zu hören: Ein Bauer, ein Hirte oder eine Gruppe von Jungen entdeckte einen Spalt in einem felsigen Berghang, stieg mit einer Kerze hinein und stand dann im schwachen Licht da und sah mit ungläubigem Blinzeln prähistorische Abbildungen von Mammuts, Bisons, Auerochsen, Steinböcken und Pferden vor sich, allesamt anmutig und verblüffend lebensecht.

Diese fantastischen Kunstwerke, die mittlerweile in dreihundertfünfzig europäischen Höhlen entdeckt wurden, stellten die Archäologie und Anthropologie lange vor unlösbar scheinende Fragen. Zu Beginn des zwanzigsten Jahrhunderts gingen die Forscher noch davon aus, die Steinzeitmenschen hätten die Bilder sozusagen in der »Freizeit« gemalt, als »Kunst um der Kunst willen«. Später wurde die Hypothese aufgestellt, sie seien die Überreste eines »Jagdzaubers«, was heißen soll, dass die Künstler Bilder ihrer Beutetiere malten, um sie zu beschwören und dadurch leichter zu fangen. Heute gehen die meisten Archäologen und Archäologinnen davon aus, dass die Felsmalereien mit religiösen Ritualen in Zusammenhang standen. Das größte ungeklärte Rätsel, das die Forscher von Anfang an verwirrt hat, ist jedoch, warum die Kunstwerke immer an so versteckten Orten angefertigt wurden: in den am schwierigsten zu erreichenden Nischen ganz weit hinten in einer Höhle.

Ich hatte die Reise in die Pyrenäen angetreten, um das vielleicht spektakulärste, unglaublichste und am tiefsten versteckte Kunstwerk der Welt zu besuchen: *les bisons d'argile*, die »Lehmbisons«. Diese zwei aus Lehm gefertigten Skulpturen befinden sich über achthundert Meter tief in einer sehr großen Höhle, am Ende langer, quälend enger Passagen, in der tiefsten und am schwierigsten zu erreichenden Kammer. Gestaltet wurden sie vor vierzehntausend Jahren, von einer Kulturstufe, die das Magdalénien genannt wird. Die Höhle Le Tuc d'Audoubert ist Teil eines Systems aus drei Höhlen, das vom Fluss Volp ausgeschwemmt wurde. Le Tuc d'Audoubert liegt außerhalb der Gemeinde Montesquieu-Avantès im Département Ariège auf dem Anwesen Pujol; es befindet sich im Besitz der Bégouëns, einer adligen Familie, die seit vielen Generationen in dieser Gegend lebt. Der gegenwärtige Schlossherr und begeisterte Hüter der Höhlen ist Graf Robert Bégouën.

Dass ich zu einem Besuch der Höhle eingeladen worden war, grenzte bereits an ein Wunder. Jeder Archäologe und jede Archäologin, die ich auf Le Tuc angesprochen hatte, teilte mir mit, dass sie von allen für die Forschung interessanten Höhlen Europas vermutlich die am wenigsten zugängliche war. Die Kronjuwelen der prähistorischen Höhlenmalerei – Lascaux, Altamira und Chauvet – unterlagen der Regierungsaufsicht und wurden in regelmäßigen Abständen für Forscherinnen, Forscher und spezielle Besucher geöffnet. Le Tuc hingegen war im Privatbesitz: Die Bégouëns öffneten die Höhle nur nach eigenem Gutdünken, und das nie häufiger als einmal im Jahr, und dann auch nur für prominente Archäologen und Freunde der Familie. Manche der weltweit anerkanntesten Forschergrößen prähistorischer Kunst hatten ihr Leben lang auf eine Einladung nach Le Tuc gewartet und sie nie erhalten. Trotzdem war eine Archäologin der University of California in Berkeley, Meg Conkey, die in Le Tuc gearbeitet hatte, bereit, mir die Anschrift von Chateau Pujol zu geben, damit ich Graf Bégouën wenigstens einen Brief schreiben konnte.

In gebrochenem Französisch beschrieb ich meine bisherigen Jahre unterirdischer Forschungen, erzählte von REVS und meinem großen Interesse an versteckten Kunstwerken und dem Wunsch, die Höhle auf dem Anwesen seiner Familie zu besuchen. Als ich keine Antwort erhielt, war ich nicht überrascht – es war ja nur ein Versuch gewesen –, und nach einigen Wochen dachte ich nicht mehr daran. Aber dann kam, aus dem Nichts, eine E-Mail von Graf Bégouën. Wenn ich mich an einem bestimmten

Sonntag Ende November um vierzehn Uhr in Pujol einfinden könne, würde er die Höhle für *une visite exceptionelle* öffnen.

Ich fuhr durch das Tor von Pujol und das Schloss tauchte vor mir auf: Es war ein riesiges Steingebäude mit zinnenbewehrten Burgtürmen auf der Spitze eines grünen Hügels, die Wiesen leuchteten in einem Licht wie bei van Gogh. Unweit des Schlosses gab es ein rustikales Steinhaus, in dem die Bibliothek der Familie, ein kleines archäologisches Labor und ein Privatmuseum für die auf dem Anwesen gefundenen Artefakte untergebracht waren.

Graf Bégouën kam aus dem Labor und begrüßte mich mit einem lauten, lebhaften Lachen. Er war sechsundsiebzig, hätte aber auch als wesentlich jünger durchgehen können: ein großer, schlanker Mann mit fein gemeißeltem, schmalem Gesicht und kurz geschnittenem, dunklem Haar. Er hielt sich sehr gerade und würdevoll und hatte ausgezeichnete Manieren, wirkte aber sehr ehrlich, fast jungenhaft in seiner Warmherzigkeit – ein Mann, der Eleganz trug wie eine Farbe. Ich sprach nur rudimentäres Französisch und er kein Englisch, aber wir verstanden uns trotzdem.

»In der Höhle sind es nur zwölf Grad«, sagte er und zeigte mir einen Schrank mit Ausrüstung für Höhlenkletterer. Ich zog einen blaubeerfarbenen Overall und Gummistiefel über: »*Très chic*«, sagte der Graf zwinkernd.

Nach dem Graf hieß mich Andreas Pastoors willkommen, ein deutscher Archäologe, der seit seiner Jugend in den Höhlen auf dem Land der Bégouëns arbeitete. Der ernst und sehr intelligent wirkende Mann war Mitte fünfzig und hatte eine kleine Knubbelnase. Die Höhlen beschützte er wie eine zähnefletschende Bulldogge und schien verblüfft darüber, dass der Graf mich zu einem Besuch eingeladen hatte. Als wir den Hügel hinab zum Grotteneingang gingen, nahm er mich beiseite. »Das hier ist keine öffentlich zugängliche Höhle«, schärfte er mir ein. »Jeder Besuch stellt eine Gefährdung für die Skulpturen dar. Sie können in Ihrem Buch schreiben, was Sie wollen, Hauptsache, es wird klar, dass die Allgemeinheit hier nicht willkommen ist.«

Le Tuc wurde 1912 vom Vater des Grafen, Comte Louis Bégouën, und dessen Brüdern Max und Jacques entdeckt. Die Teenager streiften auf dem Land umher und folgten dem Flüsschen Volp flussaufwärts, bis sie zum Höhleneingang kamen. Mit einem kleinen Kahn paddelten sie in die Höhle hinein und verbrachten den Nachmittag mit der Erforschung der ersten paar Höhlenräume. Im Lauf der nächsten zwei Jahre starteten sie alle paar Monate eine neue Expedition und arbeiteten sich jedes Mal ein Stück weiter vor; die Beleuchtung hatten sie sich aus Fahrradlampen selbst zusammengebastelt. Bei einem Ausflug räumte der jüngste Bégouën, Max, einen Haufen abgebrochener Stalaktiten beiseite, hinter dem ein neuer Durchgang zutage kam. Die Brüder schoben sich hindurch, folgten einem Gang, dann dem nächsten, tiefer und tiefer, bis sie in den hintersten Höhlenraum gelangten, in dem sie die Bisons (europäische Wisente) entdeckten. Zurück am Tageslicht verständigten sie die beiden wichtigsten Prähistoriker der

Zeit, Abbé Henri Breuil und Émile Cartailhac, die aus Toulouse herbeieilten, um sich die Skulpturen selbst anzusehen. An jenem Tag entstand ein Foto, auf dem die Bégouën-Brüder, ihr Vater und die beiden Altertumswissenschaftler zu sehen sind; es hängt in der Familienbibliothek.

Heutzutage dreht sich alles im Kosmos der Familie Bégouën um die Bisons. Im Oktober 2012, zum hundertsten Jahrestag der Entdeckung, lud Graf Bégouën die gesamte Verwandtschaft zu einem großen Familienfest nach Pujol ein. Er brachte den jungen Bégouëns bei, wie man Speere wirft, Werkzeug aus Steinen herstellt und Feuer mit einem drehenden Hölzchen macht, genau wie zur Zeit des Magdalénien, und dann erzählte er ihnen, wie ihre Vorfahren die Lehmskulpturen entdeckt hatten. Am Abend kam die Familie zu einem Festmahl zusammen – der Hauptgang war Bison, das Wappentier der Bégouëns.

»Alles sieht noch genauso aus wie 1912«, sagte Graf Bégouën, als er auf einem moosbewachsenen, vom Volp umflossenen Felsen am Grotteneingang von Le Tuc stand. Er trug einen blauen Overall, einen weißen Helm mit Grubenlampe und über der Schulter einen Ledertornister, in den der Name seines Vaters eingraviert war: Er sah wie die Hauptfigur eines alten Stummfilms aus.

»Sogar das Boot ist dasselbe«, sagte er und zeigte auf den kleinen Kahn im Wasser, ein quasi perfekter Nachbau des Kahns, den sein Vater und seine Onkel benutzt hatten.

Wir waren zu sechst, davon drei Leute aus Andreas' archäologischem Forschungsteam: Hubert, ein älterer Archäozoologe von der Uni Köln, der Knochen prähistorischer Tiere erforschte, Julia, eine von Huberts Studentinnen, und Yvonne, die zusammen mit Andreas im Neanderthal Museum arbeitete. Sie waren schon seit zwei Wochen in Pujol und untersuchten Artefakte aus einer anderen Höhle des-Volp namens Enlène. Für alle drei sollte es der erste Besuch in Le Tuc sein. Immer zu zweit setzten wir uns in den Kahn, paddelten in der Dunkelheit kippelnd stromaufwärts und landeten auf einem kleinen Schotterstrand. Dort rückten wir unsere Lampen zurecht und wandten uns der Höhle zu.

Le Tuc windet sich im Kalksteinberg nach oben, dem früheren Verlauf des Volp folgend. In seinem Gedicht »*Notes on a Visit to le Tuc d'Audoubert*« nannte der amerikanische Dichter Clayton Eshleman 1982 die Höhle »das Skelett der Flut«. Im Lauf unseres, den ganzen Nachmittag dauernden Trecks zu den Wisentskulpturen erstiegen wir drei klar unterscheidbare Ebenen. Vom Flussbett aus kletterten wir hoch in eine Halle, die von den Bégouëns *La*

Salle Nuptiale genannt wird, »das Hochzeitszimmer«: ein großer, gewölbter Höhlenraum, in dem lange Stalaktiten wie Orgelpfeifen von der Decke hängen.

Andreas sprach auf Englisch mit der Gruppe, die *lingua franca* dieser Expedition. Le Tuc ist eine unberührte Höhle, erläuterte er. Anders als an den meisten archäologischen Fundstellen, in denen der Boden bei den Ausgrabungsarbeiten völlig auseinandergenommen wird und Artefakte ins Labor oder in Museumsvitrinen wandern, ist Le Tuc im Wesentlichen unverändert. Praktisch jede Spur der prähistorischen Besucher befindet sich noch *in situ.* »Bitte versuchen Sie unbedingt, mit Ihren Füßen in meine Fußstapfen zu treten«, sagte Andreas. »Und berühren Sie unter gar keinen Umständen die Wände.«

Wir begannen unsere unterirdische Wanderung, duckten uns unter Stalaktiten hindurch, traten leise und vorsichtig auf den weichen Lehmboden, als würden wir uns von hinten an jemanden anschleichen. Was in gewisser Weise ja auch der Fall war. Wir folgten der Spur der Steinzeitmenschen, die diese Höhle vor vierzehntausend Jahren zum letzten Mal betreten hatten. Die Kultur des Magdalénien, die von 17.000 bis 12.000 v. Chr. reichte, ist der Liebling der europäischen Prähistorie. Die zwei vorangehenden Kulturstufen – Solutréen (ca. 22.000 v. Chr. bis ca. 17.000 v. Chr.) und Gravettien (ca. 32.000 v. Chr. bis ca. 22.000 v. Chr.) – hatten natürlich auch ihre brillanten Momente: Sie fertigten elegante Steinwerkzeuge, schnitzten wunderschöne kleine Statuen wie die *Venus von Willendorf* mit dem voluminösen Gesäß und malten die atemberaubenden Bilder in der berühmten Höhle von Chauvet. Aber die Menschen des Magdalénien waren die größten Virtuosen der Höhlenmalerei, das Renaissance-Florenz des Paläolithikums. Sie malten die Rentiere und Bisons von Lascaux und Altamira, von denen frühe Archäologen schworen, es müsse sich um Fälschungen handeln, weil sie einfach viel zu kunstvoll gestaltet waren, um so alt sein zu können. In die Rückwände von Felsgrotten meißelten sie Halbreliefs galoppierender Pferde und schnitzten Musikinstrumente aus Knochen, die genau dieselbe Fünftonskala verwendeten wie heutige Instrumente vieler indigener Völker. Sie nähten sich Kleidung mit Knochennadeln und schmückten sich mit eleganten Muschelketten. Selbst reine Nutzwerkzeuge wurden fein verziert, so zum Beispiel eine aus Rengeweih geschnitzte Speerschleuder, in die kunstfertig die Form eines Bisons eingeritzt war.

Relativ früh auf unserem Treck, als wir uns gerade ge-

bückt unter einem Stalaktitenvorhang hindurchfädelten, gab Andreas uns ein Zeichen, wir sollten stehen bleiben. Er richtete sein Licht auf den weichen Boden, in dem ein prähistorischer Fußabdruck zurückgeblieben war. Jeder einzelne Zeh war im Relief zu sehen, die weiche Wölbung des Spanns, der runde Hacken. Es war bewegend, daran erinnert zu werden, dass uns eine Menge Zeit von den Menschen des Jungpaläolithikums trennte, wir aber physiologisch ganz gleich waren: Wir hatten den gleichen Körper, das gleiche Gehirn, das gleiche Nervensystem, im Grunde die gleiche Seinsweise in der Welt.

Als wir immer tiefer vordrangen, wurde mir sehr unmittelbar bewusst, wie viel gefährlicher derselbe Weg durch Le Tuc damals in der Steinzeit gewesen sein musste. Wir konnten eine steil aufragende Felswand auf einer von den Bégouëns installierten Eisenleiter hochklettern, aber unsere Vorfahren mussten sie barfuß ohne Leiter hochkraxeln und, einer als Abdruck eines nackten Knies identifizierten Stelle zufolge, ohne Hosen.

Ein Stück weiter ließ Andreas sein Licht auf einen riesigen Tatzenabdruck im Lehm scheinen: die Klauen eines Höhlenbären. Es war zwar ein faszinierender Anblick für uns, blieb aber doch abstrakt, da Höhlenbären vor vielen Jahrtausenden ausgestorben sind. Im Magdalénien hingegen lebten die Höhlenbären noch: Wenn die Menschen einen solchen Abdruck im Schlamm gesehen hätten, wären sie vor Todesangst erstarrt.

Schon bald hatten wir die Stelle erreicht, an der Max Bégouën 1912 die abgebrochenen Stalaktiten beiseitegeräumt und eine Passage in den tieferen Teil der Höhle freigelegt hatte. An dieser *chatière*, wie sie von der Familie genannt wurde, war die Höhle so eng, als würde sie von einem Gürtel zusammengeschnürt, und bildete einen langen, schmalen Schlauch, durch den man nur durch längeres Kriechen auf dem Bauch kam. Wir vier, die zum ersten Mal hier waren, zögerten einen Augenblick, als wir den Schlauch sahen. Ich hatte gehört, dass manch vollschlanker Besucher angesichts der *chatière* wieder umkehren musste. »Achten Sie einfach darauf, dass Sie gleichmäßig atmen«, wurden wir von Andreas instruiert. »Und wenn Sie Beklemmungen kriegen, versuchen Sie unter gar keinen Umständen sich aufzurichten. Bleiben Sie am Boden.«

Der Graf machte den Anfang: Ein Mann, der gerade noch diesseits der achtzig war, zog sich auf den Ellbogen durch eine enge Felsenöffnung. (»*C'est un bon exercice, cette cave*«, sagte er nur bescheiden.) Nachdem ich die Profilsohlen von Julias Stiefeln um die Ecke verschwinden sah, begab ich mich in den Kriechgang. Die Passage war sehr eng und mit kleinen Stalaktiten bewehrt. Ich machte Schlängelbewegungen mit den Hüften und zog mich auf den Ellbogen vorwärts. Einer der frühesten Forscher in der Höhle, der deutsche Anthropologe Dr. Robert Kuhn, hatte in der *chatière* das Gefühl, er krieche »durch einen Sarg«. Eshleman beschrieb »die Angst, an dieser Stelle einzugehen«. Eine Abfolge in der Wand eingeritzter phantasmagorischer Figuren – von den Bégouëns als *les monstres* bezeichnet – schien diese Passage zu bewachen.

Als wir uns aus dem Schlauch herausgewunden hatten,

standen wir in einem Saal unermesslich zerbrechlicher Kalzitwucherungen – alles sah so rein aus, als sei ein Wintersturm hindurchgefegt und hätte alles mit perlweißem Frost überzogen. Als Louis Bégouën und seine Brüder den Raum betraten, in den vierzehntausend Jahre lang kein Mensch seinen Fuß gesetzt hatte, hatte der Klang ihrer Stimmen gereicht, und die hauchdünnen Stalaktiten um sie herum waren zersprungen und klingelnd wie geplatztes Glas zu Boden geregnet.

Wir kamen durch einen weiteren Wald aus Stalaktiten, umrundeten eine große, vom Boden bis zur Decke reichende Säule, gingen gebeugt eine leichte Steigung erst hoch, dann wieder hinunter. Wir waren jetzt seit zweieinhalb Stunden unterwegs: Alle waren still geworden und ließen sich in einer Art Trance treiben. Urplötzlich ging Andreas auf die Knie und bedeutete uns, es ihm gleichzutun. Sein Körper war reglos.

»Und jetzt möchte ich Sie bitten« – er sagte das ganz langsam und leise, als stehe er auf einer schlecht ausgeleuchteten Bühne –, »Ihre Lampen auszuschalten.« Mein Herzschlag beschleunigte sich, als mir klar wurde, was gleich geschehen würde. Vollständige Finsternis breitete sich aus, alle schwiegen. Dann ging Graf Bégouëns Lampe flackernd an, und er richtete den Strahl in die Dunkelheit hinter uns. Wie Marionetten an einem Faden drehten wir uns alle gleichzeitig zum Licht um und erstarrten.

Hinter uns befand sich ein kleiner Höhlenraum mit einer gewölbten Decke, der Boden war glatt und leer: In seiner Mitte, vielleicht drei Meter von uns entfernt, lag ein

großer Stein. An den Stein gelehnt, leicht von uns weggeneigt, im weichen Lampenlicht leuchtend, standen die Lehmbisons. Meine Gefährten und ich atmeten gleichzeitig hörbar aus. Mein gesamter Körper verkrampfte sich, eine Sehne nach der anderen, ich zog die Schultern hoch, jeder Muskel spannte sich. Und dann löste sich wie in einer großen Welle alles in mir, Wärme stieg aus meinem Innern auf, durch meinen Rumpf, in die Schultern, in meinen Kopf, bis ich nur noch abgehackt atmete. Beim Betrachten der Bisons fing ich an zu schluchzen, und die Tränen liefen mir über das Gesicht.

Das vordere Tier war eine Bisonkuh, das hintere ein Bulle. Die Detailgenauigkeit war erstaunlich: der Schwung der Hörner, das schräge Kinn, der zottelige Bart, die sanfte Erhebung des Buckels, der runde Bauch, die kräftigen Schultern. Fast konnte man sehen, wie sich die Muskeln spannten und unter dem Fell spielten. Der Lehm glänzte, als sei er immer noch feucht. Die Skulpturen wirkten wie aus einem Kindermärchen entsprungen, in dem Puppen und Stofftiere zum Leben erwachen, sobald das Licht ausgeht.

Graf Bégouën kroch voran, und wir versammelten uns langsam in einem Kreis um die Skulpturen. Ruhig lenkte er unsere Aufmerksamkeit auf die Details der Tierfiguren, mit einem liebevollen Tonfall, als stelle er uns Mitglieder seiner Familie vor. Anfangs sprach er noch langsam und in einfachen französischen Sätzen, denen ich recht gut folgen konnte, aber dann ließ er sich über kleinere Einzelheiten in der Lehmoberfläche aus, sprach immer schneller, bis ich irgendwann den Anschluss verlor und dem Gespräch nicht mehr folgen konnte. Ich ließ meinen Blick weich werden, die Details der Bisons verschwammen, die Stimme des Grafen war immer weiter weg, und ich war in meiner eigenen Welt. Bald hatte ich das Gefühl, allein in dem Höhlenraum zu sein, und hörte nichts mehr außer dem Rauschen des Bluts in meinen Ohren.

Die Bégouëns führten ein ledergebundenes *livre d'or*, ein Gästebuch, in dem die Höhlenbesucherinnen und -besucher eines ganzen Jahrhunderts ihren Dank an die Familie verzeichnet und ihre Erfahrungen beim Anblick der Bisons beschrieben hatten. Praktisch jeder war in eine ähnliche Trance verfallen wie ich. Louis Bégouën beschrieb, er sei wie »festgenagelt« gewesen und habe kein Wort herausgebracht. Conkey beschrieb ein ähnliches Erlebnis der Lähmung. Als Dr. Kuhn hinten in der Höhle angelangt war, hatte er das Gefühl, dass sich eine »Welle der Erlösung« seiner bemächtigte. Der Dichter Clayton Eshleman schrieb: »In Le Tuc d'Audoubert hörte ich etwas in mir flüstern: Du kannst an Gott glauben.« Überall im *livre d'or* fand sich die Sprache und der Überschwang eines starken spirituellen Erlebnisses. Jeder Besucher dieses Höhlenraums hatte das *mysterium tremendum et fascinans* verspürt, »das zutiefst Furcht einflößende und zugleich faszinierende Geheimnis«, laut Religionswissenschaftler Rudolf Otto wesentliches Merkmal der Erfahrung des Göttlichen.

Was natürlich seltsam ist. Wir wissen so gut wie gar nichts über diese Bisons. Nach vierzehntausend Jahren sind die Steinzeitmenschen des Magdalénien Schatten im Dunkeln. Über ihr Leben wissen wir nur das, was man sich anhand von Knochen und den verstreuten Ascheresten uralter Feuer zusammenreimen konnte. Über ihre Mythen und Götter und das Erscheinungsbild ihres Kosmos können wir nur sehr vage Vermutungen anstellen. Alle heiligen Gegenstände, schrieb der Soziologe Robert Bellah, müssen »betrachtet werden im Kontext der Gemeinschaft, für die sie heilig sind: Erst in den rituellen Handlungen einer lebendigen Gemeinschaft nehmen die Gegenstände ihren sakralen Charakter an.« Jeder kulturelle Kontext der Bisons – die Rituale, durch die sie für die Steinzeitmenschen Bedeutung erlangten – ist verloren gegangen. Und dennoch fallen Menschen von heute, vierzehn Jahrhunderte später – Menschen, die Auto fahren und Tiefkühlpizza im Supermarkt kaufen –, vor den Statuen auf die Knie. Genau das taten wir alle in diesem Augenblick: Wir knieten mit gesenktem Kopf im Dunkeln, huldigten den Bisons und blickten mit feuchten, strahlenden Augen zu ihnen auf. In dieser Höhle spielt Zeit keine Rolle mehr, und der Abstand zwischen uns und unseren Vorfahren verengt sich auf die Breite eines Haars.

»*The words* SECRET *and* SACRED *are siblings*«, schrieb die Dichterin Mary Ruefle. Das Heilige und das Geheimnisvolle sind Geschwister. Was wir im letzten Raum von Le Tuc d'Audoubert spüren, ist die Macht, die von der Verbindung des Sakralen mit dem Unsichtbaren ausgeht – Geheimhaltung, Unantastbarkeit und die Verborgenheit des Göttlichen finden sich in allen religiösen Praktiken. Diese Vorstellung spielt eine wesentliche Rolle in der Ausübung der hinduistischen Religion, bei der die Gläubigen sich im Tempel allmählich der Statue einer Gottheit in einem engen, dunklen Innenraum nähern. Ebenso bei den Übergangsriten des Urapmin-Stamms in Papua-Neuguinea, die in einem mystischen und normalerweise unzugänglichen Raum stattfinden, in dem immer vollständige Finsternis herrscht. Und sogar im alten Ägypten war der heiligste Bereich eines Tempels seine dunkelste Kammer, ein geheimer, hinter Steinschwellen versteckter Kultraum.

»Da sprach Salomo:«, schreibt König Salomo im Alten Testament, »Die Sonne hat der HERR an den Himmel gestellt. Er hat aber gesagt, er wolle im Dunkel wohnen.« Alle abrahamitischen Religionen fußen auf der Idee des verborgenen Heiligen, zurückgehend auf das Tabernakel, den Ursprung der sakralen Architektur. Das Tabernakel war anfänglich eine tragbare, zeltartige Struktur, die den Israeliten nach dem Auszug aus Ägypten bei der Wanderung durch die Wüste als Gottes Heimstätte auf Erden galt. Das Offenbarungszelt (bei Luther »Stiftshütte«) bestand aus einem offenen Vorhof, in dessen Mitte ein rechteckiges Zelt mit einer Tür stand, die zu einem abgeteilten Raum führte, der nur von den Priestern betreten werden durfte. Hinten in diesem abgeteilten Raum befand sich hinter einem Vorhang eine abgeschlossene Kammer, das Allerheiligste oder *Sanctum Sanctorum*, in dem immer völlige Dunkelheit herrschte. Dort wurden die heiligsten Kultgegenstände aufbewahrt, so auch die Bundeslade, das wichtigste Symbol für den Bund Gottes mit dem Volk Israel. Nur der Hohepriester durfte das Allerheiligste betreten, und das auch nur einmal im Jahr, am Versöhnungstag, wenn er die Bundeslade mit Blut bespritzte, um für die Sünden der Menschheit Buße zu tun.

Als die Israeliten endlich in Israel eintrafen, errichteten sie den ersten Tempel auf dem Tempelberg in Jerusalem, dessen Grundriss streng dem Tabernakel nachempfunden war: Das Allerheiligste befand sich in einer Höhle in den Tiefen des felsigen Bergs. Kein Archäologe hat diesen Höhlenraum je vollständig untersucht – er ist zu heilig, zu politisch aufgeladen –, aber es heißt, wenn man an der richtigen Stelle auf den Boden klopft, könne man von unten den Widerhall eines Echos hören. Wie dem auch sein mag: Es fällt nicht schwer, sich das Tabernakel und das Allerheiligste als architektonisches Nachbild einer Höhle vorzustellen, einen tragbaren, lichtlosen Bereich, der es den durch die Wüste ziehenden Israeliten ermöglichte, Versionen altüberlieferter Zeremonien zu feiern, die tief in der Vergangenheit in unterirdischer Dunkelheit vollzogen wurden.

Wenn sich ein wenig Licht, und sei es auch nur das Leuchten eines Glühwürmchens, in die Frage bringen lässt, was vor so langer Zeit in Le Tuc vor sich gegangen sein mag, dann vielleicht durch die Kammer neben den Bisons, in die Andreas uns jetzt führte. Er kauerte an der Schwelle und beleuchtete eine große Lehmgrube in der Mitte des Raums, aus der damals der Lehm für die Skulpturen geholt worden war. Über den ganzen Höhlenraum verteilt, sagte Andreas und ließ den Schein seiner Stirnlampe über den Boden wandern, hatte man einhundertdreiundachtzig menschliche Fußabdrücke gefunden, die verblüffenderweise praktisch ausschließlich Fersenabdrücke waren. 2013 unternahmen die Bégouëns den Versuch, das Geheimnis der Hackenabdrücke zu lösen, und luden drei Mitglieder des Volks der San aus der Kalahari-Wüste zu einem Besuch der Höhle ein. Die San sind genetisch gesehen die älteste Bevölkerungsgruppe der Welt und eine der letzten noch bestehenden Kulturen, die traditionell als Jäger und Sammler leben. Die San-Männer waren Experten im Spurenlesen; an einem Fußabdruck konnten sie das Geschlecht des Menschen erkennen, ob derjenige verletzt oder krank war, etwas trug, ob er langsam oder schnell ging, sogar ob er entspannt oder furchtsam gegangen war. Die Fährtenleser verbrachten eine Stunde hinten in der Höhle, hockten vor dem Gewirr von Fußabdrücken und unterhielten sich dabei angeregt in der Klicksprache der Ju/'Hoansi-San.

Die San kamen zu dem Ergebnis, dass vor vierzehntausend Jahren zwei Leute in dem Höhlenraum gewesen seien: ein ungefähr vierzehn Jahre alter Junge und ein ungefähr achtunddreißig Jahre alter Mann. Sie waren hin und her gelaufen, hatten große Lehmklumpen aus der Grube ausgehoben und dann in den Höhlenraum mit den Bisons geschleppt. Durch das Gewicht des Lehms waren sie mit den Füßen tiefer in den Schlamm eingesunken. Die Fersenabdrücke jedoch, da waren sich die afrikanischen Fährtenleser ganz sicher, waren nicht dem Gewicht oder der niedrigen Decke geschuldet: Die Steinzeitmenschen waren absichtlich auf den Fersen gegangen. Den San schien es plausibel, dass die Fußabdrücke von einem Ritual zeugten – vielleicht einem Tanz –, auch wenn das nur schwer mit Sicherheit zu sagen war. Jedenfalls war den San die Praxis des Fersengangs nicht unbekannt. In der Kalahari, erklärten sie, wo in einer bestimmten Gruppe jeder die Fährten der anderen kennt, ist seine Fußspuren irgendwo zu hinterlassen so eindeutig, als hätte man mit seinem Namen unterschrieben. (Dadurch ist es zum Beispiel auch unmöglich, innerhalb einer Gruppe eine Affäre zu haben, weil die Fußabdrücke sofort jedes nächtliche Rendezvous auffliegen lassen würden.) Seine Identität konnte man nur vertuschen und sich anonym vorwärtsbewegen, wenn man auf den Hacken ging. Als wir vor den Fersenabdrücken kauerten, stellte ich mir vor, wie die steinzeitlichen Bildhauer im schwachen Fackellicht arbeiteten, eine Zeremonie vorbereiteten, die wir nie vollständig verstehen werden, aber die so sakral aufgeladen war, dass sie ihre Identität verbergen und sich selbst an diesem versteckten Ort noch verstecken mussten.

Auf dem Rückweg zum Höhleneingang, als wir uns zurück durch den Schlauch der *chatière* wanden, die Felswand auf der Leiter herunterstiegen und zurück in *La Salle Nuptiale* kamen, fiel mir eine Geschichte ein, die ich über Pablo Picassos Besuch in der Höhle von Lascaux gelesen hatte. Die Grotte ist nur wenige Autostunden von Le Tuc entfernt, die Höhlenmalereien entstammen wohl ebenfalls dem Magdalénien. Es war im Jahr 1940, wenige Monate nach Entdeckung der Höhlenmalereien, als noch nichts touristentauglich gemacht war und nur ein paar Einheimische die Besucher bei Fackellicht in die Grotte führten. Picasso kletterte hinunter in die feuchte Höhle und beobachtete fasziniert, wie sein Führer die Decke mit seinem schwachen, flackernden Licht beleuchtete und Wisentbullen, Rentiere und über den Fels galoppierende Pferde sichtbar wurden. Picasso war überwältigt vom Zusammenfall der Zeit, in dem eine Welle des Altertums über der Gegenwart zusammenschlug. Er flüsterte: »Wir haben nichts Neues erfunden.«

Am Abend trafen wir uns in der Bibliothek der Bégouëns und versammelten uns um einen schweren Mahagoni-

Schreibtisch, auf dem ein Bronzemodell der Bisonskulpturen und ein Foto von Graf Bégouëns Großvater standen. Es war schon lange dunkel, alle waren müde und verdreckt, aber immer noch erfüllt vom Besuch der Höhle. Wir verewigten uns im Goldenen Buch, Graf Bégouën entkorkte eine Flasche Muscadet, den wir aus Plastikbechern tranken, und wir stießen auf den Nachmittag und auf die Bisons an.

Es sei »ein Wunder«, sagte der Graf, dass die Skulpturen so gut erhalten seien. Wären die Bisons ein paar Zentimeter weiter links oder ein paar Zentimeter weiter rechts aufgestellt worden, sagte er, hätte sie womöglich das von der Decke tropfende Wasser aufgelöst, und sie wären für immer verloren gewesen. Zwar konnte jeder Wissenschaftler der Taphonomie (Verlauf von Verfall und Fossillisation) bestätigen, dass die Bisons unglaublich gut erhalten waren, aber ich fragte mich, ob »Wunder« wirklich das richtige Wort dafür war. Ich hatte den Verdacht, dass die Menschen aus dem Magdalénien womöglich genau wussten, wie Verfall und Erhaltung vor sich gingen. Ein Volk, das der ewigen Vergänglichkeit der Natur schutzlos ausgesetzt war, dessen Alltag völlig vom Wetter, den Begegnungen mit Raubtieren und dem jahreszeitlichen Wachstum der Nahrung abhing, wusste ganz sicher um die einzigartige Kraft eines Ortes, der wahrhaft unveränderlich war. Solchen Menschen war bestimmt klar, dass man in der abgeschlossenen Tiefe des Untergrunds dafür sorgen konnte, dass etwas alle Zeiten überdauerte.

Als ich das Tor von Pujol hinter mir ließ, dachte ich an die in ihrem kleinen, gewölbten Heiligtum versteckten Bisons: Wie groß mochte die Wahrscheinlichkeit sein, dass sie in noch mal vierzehntausend Jahren in demselben unberührten Zustand waren? Die Welt an der Oberfläche mochte sich noch so sehr verändert haben – sie würden bleiben, als seien sie in Bernstein konserviert.

Ungefähr zehn Jahre waren vergangen, seit ich mit meiner Suche nach REVS begonnen hatte, aber als ich zurück in New York war, fand ich ihn. Eines Nachmittags plauderte ich mit meinem Freund Radi in seinem Restaurant. Radi erzählte von seiner Familie, dass sein Vater aus Palästina eingewandert war und als fliegender Händler Modeschmuck auf dem Broadway verkauft habe, bis er genug Geld zusammengespart hatte, um sich einen Imbiss zu kaufen, den er dann zu einem Lebensmittelladen erweiterte. Schließlich konnte er sich ein Haus in Bay Ridge leisten, wo Radi als Kind gewohnt hatte.

Vor vielen Jahren, erzählte ich Radi, hätte ich mich in seinem alten Viertel herumgetrieben, auf der Suche nach dem Graffitikünstler REVS, einem Mann, der unsichtbar wie ein Gespenst war und seine Lebensgeschichte an den verborgensten Stellen New Yorks verewigt hatte.

Radi grinste. »Ich kenne REVS. Wir sind zusammen aufgewachsen.«

Und dann saß ich an einem eiskalten, stürmischen Abend im Februar in einer Pizzeria in Brooklyn REVS gegenüber, eine Szene, die ich mir so oft ausgemalt hatte, dass es mir in dem Augenblick, in dem sie passierte, schon wie etwas aus meinem Gedächtnis vorkam. Um den Tisch hatte sich ein Grüppchen von Malern, Musikern und Filmemachern versammelt. REVS war Anfang fünfzig, mit jungenhaft geröteten Wangen und eisblauen Augen unter einer Wollmütze. Alle anderen scherzten und lachten, aber er lehnte sich still in seinem Stuhl zurück. Er war reserviert und begegnete allen mit einem gewissen Misstrauen, besonders mir, dem Einzigen in der Runde, den er nicht kannte.

Ich wollte REVS so gern erzählen, dass sein Tagebuch einer der Gründe war, warum ich mich in New York verliebt hatte, dass ich fast jede Seite transkribiert hatte, dass ich ihn oft zitierte, wenn ich mit meinen Freunden redete, und dass es wahrscheinlich außer ihm selbst niemanden auf der Welt gab, der den Text so gut kannte wie ich. Zur Vorbereitung auf das Dinner hatte ich ein ganzes Notizbuch mit Fragen zu bestimmten Passagen in seinem Tagebuch vollgeschrieben, hatte mir vorgestellt, dass wir es vielleicht Satz für Satz durchgehen könnten. Aber sobald ich das Tagebuch erwähnte – ich fragte ganz beiläufig, wie er auf die Idee dazu gekommen sei –, wurde umgehend klar, dass er nicht darüber reden wollte. Er verschränkte abwehrend die Arme.

»Das war damals mein Ding«, sagte er. Und damit wandte er sich wieder seiner Pizza zu und erklärte das Gespräch für beendet.

Ich ließ noch nicht locker, aber er wehrte wieder ab. »Das war halt einfach mein Ding damals. Mehr will ich darüber nicht sagen«, antwortete er.

Das Essen ging weiter, Storys aus dem New York von früher wurden aufgetischt, alte Graffitigangs, die sich gegenseitig das Territorium streitig machen wollten. Hin und wieder warf REVS mal etwas ein – wie mir auffiel, benutzte er immer noch den Slang der Graffitiwriter aus den Achtzigern –, aber ansonsten blieb er still.

Als das Gespräch irgendwann verstummte, blickte ich REVS direkt ins Gesicht. Ich fasste Mut und erzählte ihm, wie oft ich in den Tunneln gewesen und auf den Gleisen herumgerannt war, und mit wie viel Begeisterung es mich jedes Mal erfüllte, wenn ich eine seiner Tagebuchseiten im Dunkeln fand.

Er sah mich mit zusammengekniffenen Augen an – immer noch abweisend, aber wenigstens nicht mehr ganz so uninteressiert.

Ich wollte REVS eine Frage stellen zu einer der Seiten, die ich gesehen hatte – Nummer 80 –, eine Beschreibung seiner Anfänge mit Graffiti. »Die Idee traf mich wie ein Blitz«, hatte er geschrieben, »dass man auf etwas sein Zeichen hinterlassen konnte, und wenn ich das auch tat, würde ich ewig weiterbestehen.« Ich fragte mich, ob er sich ein New York der Zukunft vorstellte, in der die Stadt zerstört und zugewuchert ist und eine Gruppe mutiger Explorer in den Untergrund steigt, in vermoderte Tunnel hineinleuchtet und einen seiner immer noch erhaltenen Texte im Dunkeln entdeckt.

»Ging es dir bei dem Tagebuch darum, etwas zu machen, das bleiben würde?«, fragte ich.

Er zuckte nur mit den Achseln, sagte aber nichts.

Einen Augenblick später wandte sich REVS mir dann doch zu und sagte: »Wusstest du übrigens, dass ein paar von den Seiten versiegelt sind?«

Ich blickte auf.

»Früher habe ich oft auf die Rückwand von Notausgängen geschrieben«, sagte er. »Ein paar von den Nischen sind jetzt zugemauert.«

»Und wer hat das gemacht?«, fragte ich. »Die MTA?«

Vor meinem inneren Auge sah ich eine einsame Gestalt spätnachts in den Tunneln, einen mit einem gestohlenen MTA-Helm und Neonweste bekleideten Mann, in der Hand eine Kelle, vor sich einen Eimer Mörtel, der einen Stein auf den anderen setzt und seine eigenen Kunstwerke für immer im Dunkeln verbirgt.

Einen Augenblick lang erwiderte REVS meinen Blick, dann sah er weg.

8. Kapitel

IN DER LICHTLOSIGKEIT

Wer die Dunkelheit kennenlernen will,
muss im Dunkeln gehn. Gehe blind
und erfahre, dass auch die Dunkelheit singt und blüht.
WENDELL BERRY, *»To Know the Dark«*

Am 16. Juli 1962 setzte der dreiundzwanzigjährige französische Geologe Michel Siffre hoch in den Westalpen seinen Helm auf, nickte einem kleinen Kreis von Freunden und Mitarbeitern feierlich zu und stieg eine Strickleiter hinab in den Schlund der Gletscherhöhle von Scarasson. In weit über hundert Metern Tiefe kam er in vollständiger Dunkelheit am Boden an und ließ den Strahl seiner Taschenlampe über das Innere der Höhle wandern, an deren Wänden das blaue Eis schimmerte. In der Mitte des größten Hohlraums wartete ein rotes Nylonzelt auf ihn, ein paar faltbare Möbelstücke, ein großer Vorrat Konserven und Wasser und ein Feldtelefon, mit dem er sich an der Oberfläche melden konnte. Siffre gab dem Team oben mit einem Ruck an der Strickleiter ein Zeichen und sah dann zu, wie die Leiter langsam nach oben verschwand, dann war er allein in Dunkelheit und Schweigen. In diesem unterirdischen Raum wollte Siffre zwei Monate lang in völliger Isolation leben, ohne an die Oberfläche zu kommen.

Es handelte sich um ein Experiment der Chronobiologie: Untersucht werden sollte der dem Menschen angeborene, natürliche Biorhythmus. Man ging von der Idee aus, dass der Körper im Vakuum einer Höhle – in der Siffre in vollständiger Dunkelheit lebte, abgeschnitten von Sonnenaufgang und -untergang, ohne Kalender oder Uhr – zu einem natürlichen Schlaf-wach-Zyklus zurückfinden würde, der angeborenen inneren Uhr. Er würde »den ursprünglichen Rhythmus des Menschen« entdecken, schrieb Siffre später.

In der Gletscherhöhle würde Siffre sich beim Verlauf der Zeit rein auf seine Instinkte verlassen. Seinen Tagesablauf hielt er in einem Logbuch fest: Jedes Mal, wenn er müde wurde und sich schlafen legte, bei jedem Aufwachen und jeder Mahlzeit sollte er aufschreiben, welche Uhrzeit es seinem Gefühl nach war; diesen Tagesablauf gab er telefonisch an seine Mitarbeiter über der Erde durch, die jeweils die echte Zeit notierten. Abgesehen von diesen Ansagen war jede Art von Kommunikation mit den Helfern, unter denen auch mehrere seiner Kommilitonen von der Sorbonne waren, verboten, damit sie ihm nicht versehentlich Hinweise auf die Uhrzeit an der Oberfläche geben konnten. Zum Schluss des Experiments würde Siffre sein subjektives Logbuch aus dem Untergrund, in dem die Zeit durch die Einheit »Aufwachen« strukturiert wurde, mit dem objektiven Zeitdiagramm vergleichen und herausfinden, wie sie voneinander abwichen.

Als die Strickleiter rasselnd aus seinem Blickfeld verschwand, wurde Siffre zum Vollzeitbewohner der lichtlosen Zone. Er hatte ein paar schwache Taschenlampen und eine Karbidlampe dabei, aber um Batterien und Gas zu sparen, blieben diese meistens aus. Siffre verbrachte die »Tage« damit, sich Beethovensonaten auf einem Plattenspieler anzuhören und beim Licht der Taschenlampe zu lesen (Tacitus, Cicero und ein paar Abenteuerbücher; eigentlich hatte er auch Platons *Politeia* mit dem Höhlengleichnis mitbringen wollen, hatte das Buch aber zu Hause vergessen). Er träumte von seiner Freundin in Paris oder machte ein Spiel, bei dem er im Dunkeln versuchte, Zuckerstücke in einen Topf mit kochendem Wasser zu werfen. Irgendwann freundete er sich mit einer Spinne an, die er in eine kleine Schachtel sperrte. (»Sie und ich sind hier ganz allein«, schrieb er in sein Tagebuch.)

Während er seiner Routine folgte – schlafen, wachen, schlafen –, war er den Launen der unterirdischen Natur ausgeliefert, einer Welt der »gnadenlosen Gleichheit«. Die Tage vergingen und er verfiel in eine Art Winterstarre, in der sein Stoffwechsel langsamer wurde, seine Seh- und Hörfähigkeiten abnahmen und sein Gehirn allmählich den Bezug zur Realität verlor. Das »fürchterliche Gefühl von unendlichem Raum« verfolgte ihn, und er grübelte darüber nach, was ihn bloß zu dieser Unternehmung bewogen haben mochte: »Dieses Experiment habe ich garantiert nicht aus meinem eigenen freien Willen angetreten«, schrieb er. »Sicherlich hat mich irgendeine Macht dazu gezwungen!« Er fing an zu halluzinieren und sah leuchtende Punkte vor den Augen. Irgendwann schrie er in die Dunkelheit. »Jetzt verstehe ich«, schrieb er später, »warum die Menschen die Hölle in ihren Mythen immer unter der Erde angesiedelt haben.«

Am 14. September, Siffres dreiundsechzigstem Tag in der Gletscherhöhle, ließ das Team die Strickleiter hinunter in den Schlund und gab damit das Ende des Experiments bekannt. Siffre war verblüfft: Nach seinem Verzeichnis des »Aufwachens« war erst der 20. August. Seine Zeitwahrnehmung hinkte volle fünfundzwanzig Tage hinter der Realität her. Seltsamerweise stellte sich beim Vergleich mit dem Logbuch an der Oberfläche heraus, dass sein Körper das Zeitgefühl nicht verloren hatte: Siffres Schlaf-wach-Zyklus betrug immer um die vierundzwanzig Stunden.

Siffre widmete sein ganzes Leben der Untersuchung des menschlichen Biorhythmus in den Tiefen von Höhlen. Schon wenige Jahre nach seiner Mission in Scarasson zog sich der »Jacques Cousteau des Untergrunds«, wie er mittlerweile genannt wurde, in eine Höhle bei Cannes zurück. Bei einer von der NASA finanzierten Expedition lebte er 1972 ein halbes Jahr lang isoliert in der Midnight Cave in Texas. Im Alter von sechzig verbrachte er zwei Monate allein in der französischen Höhle Clamouse. In fast allen Fällen gab es den Augenblick, an dem sein Gehirn aufbegehrte und er Phänomene erlebte, die nichts mehr mit der Realität zu tun hatten. Ich beschäftigte mich sehr eingehend mit Siffres Arbeit, las die Berichte all seiner Experimente und gewann die Überzeugung, dass es bei diesen Expeditionen noch um etwas anderes ging als um Schlaf-wach-Rhythmen. Mir schien, sein ausgedehntes Abtauchen in die Finsternis hatte mit etwas noch Seltsamerem zu tun – mit einer Art Urgewalt.

In *Expériences hors du temps,* dem Buch, das Siffre über sein Pilotprojekt in Scarasson schrieb, stieß ich auf ein Foto des jungen Wissenschaftlers, als er am Ende an die Oberfläche geholt wurde. Nach den zwei Monaten in »ewiger unterirdischer Nacht« war er zu schwach, um selbst hinaufzuklettern, und wurde deshalb an einem Fallschirmgurt nach oben gezogen. Schlaff wie eine Puppe und fast bewusstlos hing Siffre in den Seilen. Die schwarze Brille, die er aufgesetzt hatte, um seine Augen vor dem Sonnenlicht zu schützen, erinnerte ebenfalls an eine Reise durch den Kosmos. Der junge Mann von zwei Monaten zuvor war nicht wiederzuerkennen: Er hatte hohle Wangen, war bleich und zum Skelett abgemagert, als sei er gestorben und kehre nun zurück in die Welt der Lebenden.

Das Bild, wie Siffre aus der Erde geholt wird, erinnerte mich an eine Geschichte über Pythagoras, den antiken griechischen Philosophen, der ebenfalls dafür bekannt war, dass er sich über lange Zeiten hinweg in eine Höhle zurückzog.

Heutzutage ist Pythagoras als Mathematiker bekannt, aber zu seinen Lebzeiten im sechsten Jahrhundert v. Chr. wurde er als heiliger Mann verehrt, als eine Art Legende, der »die Sphärenmusik hörte«, wie ein Zeitgenosse schrieb. Zwar ist nichts von dem, was Pythagoras geschrieben hat, heute erhalten, aber seine Anhänger berichteten, Pythagoras habe die Kranken mit Gesängen geheilt, Erdbeben vor-

hergesagt, Gewitter verhindert, Zeitreisen in die Vergangenheit unternommen und die Fähigkeit zur »Bilokation« besessen, was bedeutete, dass er an zwei Orten zugleich sein konnte.

Selbst wenn man einen gewissen Grad der Übertreibung in Betracht zieht, wurde nie bezweifelt, dass Pythagoras in der einen oder anderen Form übermenschliche Kräfte besaß. (Sogar der rationale Aristoteles räumte ein: »Unter den vernunftbegabten Wesen gibt es Götter und Menschen und Wesen wie Pythagoras.«) Es herrschte auch allgemeine Einigkeit darin, dass die Weisheit des Pythagoras zum Teil daher rührte, dass er sich über lange Zeiträume hinweg allein in dunkle Höhlen zurückzog. Auf Samos hatte er sogar eine eigene Höhle, die er sein »Haus der Philosophie« nannte; in dieser Höhle saß er allein in der Dunkelheit und dachte über die Komplexität des Kosmos nach. Einmal hüllte Pythagoras sich in ein schwarzes Lammfell und stieg in eine Höhle auf Kreta hinab, aus der er erst siebenundzwanzig Tage später wieder auftauchte. Als der Philosoph schließlich bleich und ausgezehrt aus der Dunkelheit taumelte, verkündete er seinen Anhängern, er sei gestorben, hinabgestiegen in den Hades, zurück ins Leben gekommen und verfüge nun über heiliges Wissen, das das aller Sterblichen übersteige.

Ich dachte über die Parallelen zwischen den beiden Männern und ihre Höhlenklausur nach: Siffre, der in die Dunkelheit gegangen war, um seine biologischen Grenzen zu vermessen, und Pythagoras, weil er mystische Erkenntnisse suchte. Es schien einen Dialog zwischen den beiden zu geben, als besäßen sie trotz des Abstands von zwei Jahrtausenden ein gemeinsames Geheimnis. Dieses Echo machte mich so neugierig, dass ich ein unwissenschaftliches und möglicherweise wahnwitziges Experiment durchführte.

Ich wollte selbst in der Lichtlosigkeit in Klausur gehen. Ich würde am Boden einer Höhle übernachten und vierundzwanzig Stunden allein in ununterbrochener Dunkelheit verbringen.

Bei der logistischen Durchführung meines Selbstversuchs bat ich einen Freund aus New York um Hilfe, Chris Nicola. Chris war einer der erfahrensten Höhlenkletterer der Vereinigten Staaten und hatte schon Höhlen in Dutzenden von Ländern in aller Welt »befahren«, wie die Fachsprache sagt. Außerdem hatte er sich sehr ausgiebig mit ausgedehnten Aufenthalten in der lichtlosen Zone beschäftigt. 1993 hatte Chris eine Gipskarsthöhle in der westlichen Ukraine erforscht, die Ozerna-Grotte. In über zwanzig Metern Tiefe fand er die Überreste einer alten Lagerstätte. Er entdeckte hölzerne Bettgestelle, zerbrochenes Geschirr, Porzellanknöpfe, einen Stein zum Mahlen von Mehl und ein Dutzend Lederschuhe. Jahre verbrachte Chris mit der Lösung des Rätsels um dieses Lager in der Ozerna-Grotte. Schließlich fand er heraus, dass sich achtunddreißig ukrainische Juden, darunter auch ältere Frauen und kleine Kinder, während des Zweiten Weltkriegs anderthalb Jahre vor den Nazis in der Höhle versteckt und dort gelebt hatten. Chris Nicola spürte die Überlebenden auf, sprach mit ihnen über ihre Erfahrungen in der unterirdischen Dunkelheit und erzählte ihre Geschichten in dem Buch *The Secret of Priest's Grotto* und dem Dokumentarfilm *No Place on Earth*.

Als ich Chris von meinem Wunsch berichtete, selbst die Auswirkungen des lichtlosen Bereichs auf den menschlichen Verstand zu erforschen, wusste er genau, was ich damit meinte. Er wusste sogar, wo ich mein Experiment durchführen konnte. Er hatte einen alten Freund, Craig Hall, Höhlenforscher in Pocahontas County in West Virginia. Craig war Besitzer eines großen Stücks Land, das, laut Chris, von Höhlen durchlöchert war.

»Craig kennt sich selbst ziemlich gut aus mit der Höhlendunkelheit«, sagte er. »Fahr zu ihm. Er kann alles für dich organisieren.«

Auf der Fahrt durch West Virginia – kurvenreiche Straßen durch bergige Landschaft, alte, windschiefe Hütten, Lädchen mit Angelködern, Dorfkirchen – hätte ich schwören können, dass ich den frischen Duft kühler Höhlenluft zwischen den Bäumen riechen konnte. West Virginia ist Höhlenland: Praktisch der ganze Bundesstaat ist Karstgebiet, das heißt, es besitzt den Kalksteinuntergrund, der so leicht vom Wasser ausgehöhlt wird. Der *National Speleological Society* zufolge besitzt West Virginia vierhundertsiebzig Höhlen, das sind 5,1 Höhlen pro Quadratmeile, mehr als sonst irgendwo in den USA. Als ich bei einem kleinen Laden in der Nähe von Craigs Haus in Hillsboro anhielt, um mir ein Sandwich zu holen, wurde ich von dem älteren Ehepaar hinter der Theke gefragt, was mich auf den langen Weg in den Süden geführt habe. Ich antwortete, ich wolle einen Mann besuchen, der mehrere Höhlen besitze.

»Wenn man hier ein Stück Land hat«, erwiderte der Mann, »dann besitzt man automatisch auch Höhlen.«

Craig Hall wartete schon vor seinem Haus auf mich, das am Berghang hinter einer Wand aus Bäumen versteckt lag. Er war ein großer, schlanker Mann Mitte sechzig, mit langen, sehnigen Gliedmaßen, die ihm in vierzig Jahren Höhlenkletterei sicherlich gute Dienste geleistet hatten. Er trug die Haare zurückgekämmt in einem unordentlichen grauen Pferdeschwanz und wirkte dadurch ein wenig wie ein Siedler im Wilden Westen aus einem alten Gemälde. Er und seine Frau Tiki – eine kleine, scharfsinnige, ebenfalls höhlenbegeisterte Frau – lebten auf achtzig Hektar Land mit wildem, naturbelassenem Wald in einem zweistöckigen Haus, das unter den uralten Eichen winzig aussah. Craig und Tiki hatten sich Anfang der Siebzigerjahre auf einer Hippiefarm in North Carolina kennengelernt, waren in ihren VW-Bus gestiegen und nach West Virginia gefahren; sie fanden es schön und blieben. Seit ihrer Ankunft waren vierzig Jahre vergangen: lange genug, um sich hier zu Hause zu fühlen, aber nicht so lang, dass sie nicht mehr empfänglich für den leicht gruseligen Charme der Appalachen wären. In den Bergen gebe es alteingesessene Familien, erzählte Craig, die hier schon so lange völlig isoliert lebten, dass sie immer noch den irischen Akzent ihrer Vorfahren sprachen. Im Nachbarcounty gebe es angeblich eine Familie von Mördern, die alle zwei Zahnreihen im Mund hatten. Bekannte von ihm hatten Gespenster in den Bergen gesehen, junge Soldaten in Südstaatenuniformen, die mit Musketen in der Hand durch den Wald marschierten.

»In letzter Zeit hat's viel geregnet, deswegen stehen die meisten Höhlen unter Wasser«, sagte Craig. »Aber ich habe eine, die geht bestimmt.«

Wir wanderten hinauf zum dunklen Eingang der Martens Cave, aus der uns ein Seufzer kalter Luft entgegen-

wehte. Die Höhle, erklärte Craig, reiche ungefähr vierhundert Meter tief in den Berg hinein, und durch die Mitte fließe ein Bach. Es war eine Höhle, in die man problemlos hinein- und herauslaufen konnte, und sie war insofern leicht zugänglich für mich – allerdings auch für Tiere. Als wir am Höhleneingang standen, ging Craig die Liste der Viecher durch, die mir dort drin begegnen könnten. Waschbären (»von denen gibt es immer welche«), Bären (»zu dieser Jahreszeit nicht so viele, aber möglich«), Buschratten (»wenn du irgendwo kleine Blätterhäufchen siehst, stammen die von ihnen«), Rotluchs (»wahrscheinlich«), Panther (»*yup*«). Er machte eine Pause, vielleicht weil er sah, dass ich ziemlich blass geworden war. Aber im Großen und Ganzen, sagte er, brauche ich mir keine Sorgen zu machen. »Denk einfach dran, Menschen schmecken schlecht. Wenn du die Viecher in Ruhe lässt, lassen sie auch dich in Ruhe.«

Es war kurz nach sechs Uhr abends. Wenn ich morgen Abend um diese Uhrzeit nicht bei Craig zu Hause auftauchte, würde er nach mir suchen kommen. Und damit ging Craig zurück zu seinem Truck, und ich machte mich auf den Weg ins Dunkel.

Verglichen mit Siffres Camp in Scarasson hatte ich es in Martens Cave luxuriös. Ich schlug mein Lager sechzig, siebzig Meter vom Eingang entfernt auf weicher, trockener Erde auf; die Höhlendecke war so hoch, dass ich stehen konnte. Die Temperatur betrug dreizehn Grad Celsius, und der Bach, der in ungefähr sieben Meter Entfernung vorbeifloss, gab ein leises Gluckern von sich. Ich legte meinen Schlafsack direkt an die Höhlenwand, damit sich kein Panther von hinten an mich heranschleichen konnte. Als ich nach oben leuchtete, sah ich das himmlische Schimmern von Kondensationströpfchen an der Felsdecke.

Ich verspeiste ein Sandwich, gefolgt von einem Schluck selbst gebranntem Schnaps, den mir ein Caver-Freund aus West Virginia als Glücksbringer mitgegeben hatte. Dann pinkelte ich in den Bach, setzte mich auf meinen Schlafsack und sah auf die Uhr – 18.46 Uhr. Ich atmete tief durch, bereitete mich innerlich vor, fasste nach meiner Stirnlampe und knipste sie aus.

Zuerst war die Dunkelheit gar kein so großer Schock. Nicht so anders, dachte ich, als mitten in der Nacht in einem unvertrauten Zimmer aufzuwachen, wenn man warten muss, bis die Augen sich an die Dunkelheit gewöhnt haben. Ich lehnte mich an einen kleinen Felsen und zog mir den Schlafsack über den Schoß. Ich stieß einen kleinen Schnapsrülpser aus. Ich fühlte mich ruhig und klar wie Glas.

Ich setzte mich aufrecht in den Schneidersitz und starrte ins Dunkel; in den ersten Sekunden konzentrierte ich mich aufs Atmen, merkte, wie es still wurde in meinem Kopf, und hatte das Gefühl, ich könnte tagelang so sitzen. Dann änderte sich alles – weil ich blinzelte. Ich blinzelte und sah, dass es keinerlei Hinweis darauf gab, dass ich tatsächlich geblinzelt hatte. Ich spürte zwar den *Vorgang* des Blinzelns – die Muskeln zucken, die Augenlider gleiten nach unten, die Wimpern berühren sich, die Augenlider gleiten nach oben –, aber ich konnte keinen Unterschied feststellen. Es war ein Gefühl, als hätte die Kommunikation zwischen Gehirn und Körper aufgehört, als sei eine Elektroleitung bei einem Sturm gerissen.

Unser Grauen vor der Dunkelheit hat mit unseren Augen zu tun. Wir sind tagaktive Wesen, das heißt, dass unsere Vorfahren bis hinein in die feinsten Details der Physiognomie dafür gemacht waren, Nahrung aufzuspüren, sich zurechtzufinden und Unterschlupf zu suchen, während die Sonne am Himmel stand. Und tatsächlich können wir bei Tageslicht fantastisch sehen. Wir besitzen in der Netzhautmitte eine Vielzahl der »Zapfen« genannten Fotorezeptorzellen, mit deren Hilfe wir Details äußerst scharf erkennen können: Unsere Vorfahren konnten Beutetiere am Horizont oder eine Frucht am Baum erkennen und aus dem präzisen Grad der Färbung ableiten, ob sie reif war oder nicht. Aber ohne Sonnenlicht sind unsere Augen praktisch nutzlos: Die Zapfen sprechen nicht an, und die andere Art der Fotorezeptoren, die »Stäbchen«, ermöglichen nur das Schwarz-Weiß-Sehen. Jeden Abend, wenn die Sonne unterging, wurden unsere Vorfahren angreifbar und verwandelten sich von Jägern in Gejagte; nach Sonnenuntergang herrschten die nachtaktiven Raubtiere mit ihrer gut ausgeprägten Nachtsicht: Löwen, Hyänen, Säbelzahntiger und Giftschlangen. Für die damaligen Menschen muss es der größte Horror gewesen sein, im Dunkeln durch die Savanne zu laufen und das Trommeln der Pfoten einer Großkatze auf dem Boden zu hören.

In der modernen westlichen Welt fürchten wir nicht mehr, dass uns nachts der Säbelzahntiger überfällt, und trotzdem ist uns im Dunkeln unwohl zumute. »Wir sind auch nach Jahrtausenden«, schrieb Annie Dillard, »noch nicht an die Dunkelheit gewöhnt, sondern furchtsame Fremde, die in einem feindlichen Lager die Arme vor der Brust verschränken.« Mir hat die Dunkelheit schon oft Angst gemacht. Wenn ich mich als Kind beim Spielen ganz hinten im Kleiderschrank meines Vaters versteckte, schlug mir das Herz bis zum Hals. Im australischen Busch war ich einmal ohne Taschenlampe draußen beim Pinkeln, fand das Zelt nicht mehr, verirrte mich im Dunkeln und fürchtete mich vor wilden Dingomeuten. Nach Hurrikan Sandy in New York lief ich während des Stromausfalls durch Lower Manhattan, ein Block nach dem anderen pechschwarz, und im Nacken standen mir die Haare zu Berge. Aber das waren nur partielle Finsternisse gewesen; immer gab es noch einen Lichtpunkt irgendwo oder Sterne am Himmel. In solchen Fällen kann sich das Auge allmählich anpassen, die Iris öffnet sich und sammelt die wenigen vorhandenen Photonen. Im Untergrund ist das anders. In die Höhlenfinsternis dringt nicht ein einziges Photon ein. Hier herrscht eine schwere, uralte Finsternis, die Finsternis vor Anbeginn der Welt.

Meine Gedanken krochen in mein Körperinneres und stellten meine innere Architektur auf den Kopf. Es war ein Gefühl, als würde ich gepellt und aufgebrochen und mein Innerstes nach außen gekehrt. Ich spürte, wie sich mein Herz rhythmisch zusammenzog, wie die Lunge von innen gegen die Rippen drückte, wie sich mein Kehldeckel öffnete und schloss. In Abwesenheit des Sehsinns blühten meine anderen Sinne auf. Das Plätschern des Bachs, das ich zu Beginn kaum wahrgenommen hatte, füllte nun den ganzen Höhlenraum. Gerüche – Schlamm, feuchter Kalkstein – wurden so stark, dass sie praktisch greifbar wirkten. Ich konnte die Höhle schmecken. Als ein Wassertropfen von der Decke fiel und auf meiner Stirn platzte, wäre ich vor Schreck fast aus dem Schlafsack gesprungen.

Die ersten Untersuchungen zum Entzug von Sinnesreizen entwickelten sich aus geheimen, militärischen Menschenversuchen zur Gehirnwäsche während des Kalten Kriegs. In den frühen Fünfzigerjahren gab es Aufnahmen von amerikanischen Kriegsgefangenen in Korea, die sich gegen den Kapitalismus aussprachen und die Vorteile des Kommunismus lobten. Die CIA war davon überzeugt, dass die Soldaten einer Gehirnwäsche unterzogen worden waren, und startete umgehend ein Forschungsprojekt – *Project Bluebird* – über Techniken zur Gedankenkontrolle. Teil des Forscherteams war der Psychologe Donald Hebb, der anbot, Experimente zur »sensorischen Deprivation« durchzuführen.

Hebb war nicht so sehr an der Gehirnwäsche an sich interessiert, sondern beschäftigte sich schon länger mit der Reaktion des Gehirns auf das Fehlen von sensorischen Reizen. Er verfolgte zum Beispiel Berichte von Piloten der Royal Air Force, die viele Stunden lang allein flogen, in den unveränderlichen Himmel starrten und plötzlich, scheinbar grundlos, die Kontrolle über das Flugzeug verloren und abstürzten. Oder von Seeleuten, die Trugbilder sahen, wenn sie zu lange auf den gleichbleibenden Horizont gestarrt hatten. Und von Inuit, die davor warnten, allein zum Angeln zu gehen, weil man ohne Kontakt zu anderen Menschen und ohne visuelle Anhaltspunkte im Whiteout der arktischen Landschaft leicht die Orientierung verlor, hinaus aufs Meer paddelte und nie wieder gesehen wurde. Hebb fragte sich, ob er nicht in der neurologischen Reaktion auf Reizentzug Antworten über die Struktur des Gehirns finden würde.

Für Project X-38 ließ Hebb eine Reihe von Zellen bauen, je 1,30 x 2 x 2,40 m groß, klimatisiert und schallgeschützt, dann suchte er Freiwillige, denen er zwanzig Dollar am Tag dafür zahlte, dass sie in den Zellen lagen, wo sie der Reizdeprivation ausgesetzt wurden. Auf den Augen trugen die Teilnehmer eine lichtdurchlässige Plastikbrille, mit der man nur noch verschwommen sah. Um die taktilen Reize einzuschränken, trugen die Freiwilligen Baumwollhandschuhe und Pappröhren, die vom Ellbogen bis zu den Fingerspitzen gingen. Über den Ohren hatten sie ein u-förmiges Schaumstoffkissen. In den Zellen gab es Fenster, durch die sie beobachtet wurden, und eine Gegensprechanlage, damit die Forschenden mit den Teilnehmern kommunizieren konnten. Die Freiwilligen sollten in den Zellen bleiben, so lange sie konnten.

Anfangs nahm Hebb Project X-38 noch selbst nicht recht ernst und machte Witze, das Schlimmste an der Isolation werde sein, dass die Teilnehmer die von seinen Postdocs zubereiteten Mahlzeiten würden essen müssen. Doch als dann die Ergebnisse kamen, war er sprachlos: Die Desorientierung der Freiwilligen war viel extremer, als er je für möglich gehalten hätte. Ein Teilnehmer ging nach Beendigung der Studie nach draußen auf den Parkplatz, fuhr los und baute einen Autounfall. Mehrmals gingen Teilnehmer auf die Toilette, verliefen sich dort und mussten einen Assistenten zu Hilfe rufen, um den Ausgang zu finden.

Am auffälligsten waren die Halluzinationen. Schon nach wenigen Stunden der Isolation sahen und fühlten praktisch alle Versuchsteilnehmer Dinge, die nicht real existierten. Anfangs sahen sie pulsierende Lichtpunkte und einfache geometrische Muster; diese entwickelten sich zu isolierten Bildern, die durch den Raum schwebten und später zu komplexen, in sich geschlossenen Szenen wurden, die sich vor den Augen der Teilnehmer abspielten – »träumen, obwohl man wach ist«, wie es ein Teilnehmer beschrieb. Einer berichtete von einer Parade von Eichhörnchen, die »zielstrebig« mit Schneeschuhen und Rucksäcken bekleidet über ein verschneites Feld marschierten, ein anderer sah eine Badewanne, die von einem alten Mann mit Metallhelm gelenkt wurde. In einem besonders extremen Fall traf ein Teilnehmer in dem Raum eine zweite Version seines Ichs: Er und sein Doppelgänger begannen sich zu vermischen, bis er nicht mehr unterscheiden konnte, wer wer war. »Zu hören, dass die Chinesen auf der anderen Seite der Welt Gehirnwäsche bei ihren Gefangenen durchführen, ist das eine; in seinem eigenen Labor herauszufinden, dass man einem gesunden Universitätsstudenten nur ein paar Tage lang die gewohnten visuellen Eindrücke, Geräusche und Körperkontakte entziehen muss, um ihn bis ins tiefste Innere zu erschüttern, ist eine ganz andere Sache; es kann sogar zu Störungen des Persönlichkeitsbewusstseins kommen.«

Heutzutage versteht man die neurologischen Mechanismen hinter diesen Reaktionen recht gut. Unser Gehirn erhält in jedem Augenblick eine Flut von Informationen – visuelle, auditorische, taktile Reize und so weiter. An diesen gewaltigen Strom von Input sind wir gewöhnt – reißt er ab, produziert unser Gehirn einfach seine eigenen Reize. Es identifiziert Muster, kombiniert jedes noch so spärliche Aufflackern im visuellen Kortex mit Bildern aus dem Gedächtnis und produziert daraus ungemein lebendige Szenen, auch wenn sie nichts mit der aktuellen Realität zu tun haben. 2007 arbeitete das Max-Planck-Institut für Hirnforschung in Frankfurt mit der deutschen Künstlerin Marietta Schwarz zusammen, die im Rahmen eines Kunstprojekts zweiundzwanzig Tage lang mit verbundenen Augen lebte. *Blindversuch* nannte sie das Projekt, Teil des größeren Kunstprojekts *Knowledge of Space*, zu dem auch Interviews mit Blinden über Wahrnehmung, Bilder, Raum und Kunst gehörten. Schwarz saß mit Augenbinde im Labor und sprach in Echtzeit ein detailliertes Tagebuch von allem, was in ihrem Gehirn vor sich ging, in ein Aufnahmegerät. Sie berichtete von verschiedenartigsten Halluzinationen, darunter kleinteiligen, abstrakten Mustern wie leuchtenden Amöben, gelben Wolken und Tierfährten.

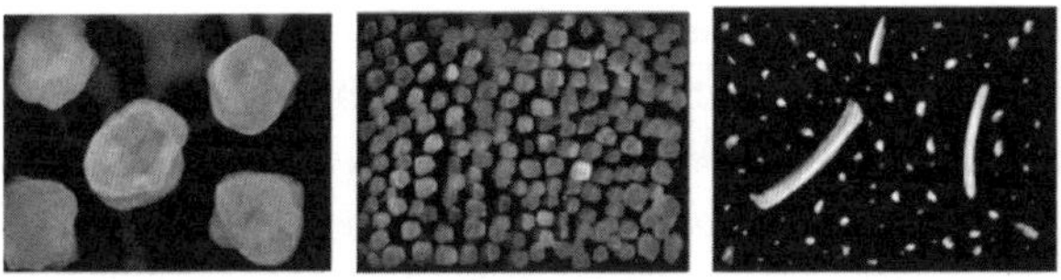

Die Forscher führten funktionelle Magnetresonanztomografien bei ihr durch, mit denen die Veränderungen des Blutzuflusses in bestimmten Hirnarealen gemessen werden, um nachvollziehen zu können, was bei den Halluzinationen neurologisch vor sich ging. Trotz des vollständigen Fehlens von visuellem Input leuchtete Schwarz' visueller Kortex auf wie eine Laterne, genau so, als trüge sie keine Augenbinde. Das heißt, für ihr Gehirn waren die Halluzinationen so wahr wie alles, was sie berühren, schmecken oder riechen konnte.

Ich saß seit ungefähr zwei Stunden im Dunkeln, als sie erschienen. Direkt vor meinem Kopf tauchten kleine, leuchtende Lichtkugeln mit einem schwachen Heiligenschein auf, die friedlich pulsierend durch die Luft tanzten. Sie zeigten sich nach und nach, so allmählich, als würde jemand in der Ferne leise anfangen zu singen. Ich lag im Dunkeln, versuchte mich nicht zu bewegen, am besten noch nicht mal zu atmen, als seien sie wilde Tiere und jede plötzliche Bewegung könne sie verschrecken. Mit den Lichterscheinungen schraubten sich meine Gedanken immer tiefer zurück in der Erinnerung, kamen wieder hoch und versanken erneut. Ich bin ein Junge auf einem Dach in Providence kurz vor dem Morgengrauen und betrachte das anmutige Flackern eines Meteoritenschauers am Himmel. Ich bin achtzehn und sehe auf einem Boot in einer Lagune in Costa Rica leuchtendes Plankton im Meer treiben. Ich stehe allein auf einer weiten Ebene mitten in Indien und blicke einer Wolke von Glühwürmchen hinterher. In den rationalen Ecken meines Gehirns wusste ich, dass diese Kugeln Phantome waren, Produkte einer Fehlschaltung in meinem Nervensystem, aber andererseits waren sie auch unglaublich echt: wurden kleiner und größer, rotteten sich zusammen und verteilten sich wieder. Je heller die Lichterscheinungen wurden, desto schwereloser fühlte ich mich, als würde ich ganz allmählich durchs Weltall trudeln. Die Kugeln wurden noch heller, und ich merkte auf einmal, dass mein ganzer Körper sich versteift hatte und ich den Rücken durchdrückte, als würde ich zu den Lichtern gezogen.

Eine lange, geschwungene Linie verbindet meine Erfahrung im lichtlosen Bereich der Martens Cave mit einem Ritual, das von den !Kung San, einem Volk der Jäger und Sammler im südlichen Afrika, durchgeführt wird. Die San sind, wie wir uns erinnern, genetisch die älteste noch lebende Bevölkerungsgruppe der Welt, dazu eine der isoliertesten: Ihre Rituale werden oft von Anthropologen untersucht, um Aufschluss über den längst verlorenen Glauben alter Jäger-und-Sammler-Kulturen zu gewinnen. Ein solches Ritual ist der »Trancetanz«. Er beginnt nachts am Feuer, um das sich der Stamm versammelt und die komplizierten Rhythmen heiliger Lieder klatscht. Ein Schamane des Stamms fängt an, im Takt zu stampfen, anfangs ganz entspannt, die Kinder tanzen noch mit, aber im Lauf der Stunden wird der Tanz des Schamanen immer energischer. Das Morgengrauen nähert sich, der Tänzer schwitzt, hyperventiliert und fängt an zu fiebern: Schließlich taumelt er, bricht zusammen, zittert und zuckt im halb bewusstlosen Zustand am Boden, die Augen im Kopf verdreht, dass nur noch das Weiße zu sehen ist.

In diesem Zustand, sagen die San, erlebt der Schamane einen vorübergehenden Tod. Sein Geist trennt sich von seinem Körper und reist in eine spirituelle Anderwelt. Diese Geistreise beginnt immer mit dem Abstieg in eine unterirdische Sphäre. Ein San-Schamane mit dem Namen Diä!kwain beschrieb es mit den Worten, sein Geist sei »weit durch die Erde hindurchgereist und an einem anderen Ort wieder herausgekommen«. In der Anderwelt erfüllt der

Geist des Schamanen Aufgaben. Vielleicht begleitet er die Geister der Verstorbenen ins Jenseits, oder er ruft die Ahnen herbei, damit sie für Regen sorgen, oder er kontrolliert die Bewegung von Beutetieren. Wenn der Schamane aus der Trance erwacht, berichtet er dem Stamm, was er in der Anderwelt erfahren hat.

Von Religionswissenschaftlern wird diese Sinnestrübung »ekstatischer Zustand« genannt, vom griechischen *ekstasis*, was »aus sich selbst heraustreten« bedeutet; in der Psychologie bezeichnet man so etwas als »veränderten Bewusstseinszustand«. In der Wissenschaft ist seit Langem bekannt, dass Bewusstsein ein vielschichtiges Spektrum einnimmt. 1902 schrieb William James, »dass unser normales waches, das rationale Bewusstsein, wie wir es nennen, nur ein besonderer Typ von Bewusstsein ist, während überall jenseits seiner, von ihm durch den dünnsten Schirm getrennt, ganz andere mögliche Bewusstseinsformen liegen«.

In der Forschung wird dieses Spektrum in eine Abfolge von Zuständen zwischen alltäglichem Wachbewusstsein und unbewusstem Träumen unterteilt. Wenn wir von einem Zustand in einen anderen hinübergleiten, wie jeden Abend beim Einschlafen, lösen wir uns immer stärker von externen Reizen – den Anblicken, Klängen und Gerüchen unserer unmittelbaren Umgebung – und wenden unsere Aufmerksamkeit nach innen, hin zum Unbewussten. Unsere Gedanken werden loser, lassen sich treiben, weg von der linearen Logik des wachen Bewusstseins, bis wir in der Flüssigkeit der Träume schweben.

Aber dieser natürliche Vorgang lässt sich auch manipulieren. Wird die Elektrochemie unseres Gehirns auf eine bestimmte Art und Weise verändert, lässt sich der nach innen gewandte Zustand des Gehirns auch künstlich herbeiführen, und wir können im Wachen in ein Traumstadium eintreten, so wie der tanzende San-Schamane. Im Dämmerzustand erleben wir Visionen und hören Stimmen, die unglaublich real sind. Der Anthropologin Lynne Hume von der University of Melbourne zufolge, die veränderte Bewusstseinszustände bei traditionellen Kulturen untersucht hat, blocken wir die »logischen, rationalen Denkprozesse ab und öffnen uns für nicht-alltägliche Erfahrungen«. In diesem Zustand haben wir Zugang zu »Wissen, das anders ist als das durch Intellekt und rationales Denken erlangte«.

Wir in der modernen westlichen Welt denken bei veränderten Bewusstseinszuständen zuerst an Drogentrips oder Geisteskrankheiten, die mit Medikamenten oder Psychotherapie behandelt werden müssen. In der vormodernen Welt hingegen waren veränderte Bewusstseinszustände zentraler Bestandteil der religiösen Erfahrung, wenn nicht sogar das Kernstück der Religion schlechthin. Praktisch jeder, der heute auf der Erde lebt, stammt von Menschen ab, die glaubten, dass man im Trancezustand göttliche Kräfte anzapfen und die Welt der Geister betreten konnte. 1966 untersuchte die Anthropologin Erika Bourguignon vierhundertachtundachtzig traditionelle Kulturen in aller Welt; vierhundertsiebenunddreißig – neunzig Prozent – praktizierten die eine oder andere Form eines

Trancerituals. (Heutzutage wird diese Zahl näher an den hundert Prozent angesiedelt, da Bourguignon viele Kulturen aus dem südlichen Afrika nicht miteinrechnete, die aber sehr wohl rituell veränderte Bewusstseinszustände kannten, wie mittlerweile gezeigt wurde.) Veränderte Bewusstseinszustände werden auch heute noch in einer Vielzahl von Religionen herbeigeführt: Voodoopriester auf Haiti sprechen in Zungen, Sufi-Mystiker tanzen sich in Trance, die Mitglieder von Pfingstgemeinden zucken und schütteln sich wie bei einem epileptischen Anfall.

Die Details der Rituale sind in jeder Kultur unterschiedlich, aber die Glaubenssätze folgen im Grunde demselben Schema: Wenn die Schamanen oder die Priester in Trance fallen, verlässt der Geist den Körper und reist in die Anderwelt, wo er Zugang zu mystischen Kräften und übermenschlicher Weisheit erlangt, bevor er auf die Erde zurückkehrt und wieder in seinen Körper schlüpft. Die verschiedenen Methoden, um die Trance herbeizuführen – die »Ekstasetechniken«, wie Mircea Eliade sie genannt hat –, bilden die neurologischen Erfahrungen zu Beginn des Traumzustands nach; der Fluss von Sinnesreizen wird abgeblockt oder isoliert, so wird eine »mental herbeigeführte Anästhesie der Sinnesorgane« ausgelöst. Das erreichten die Trancerituale durch psychotropische Substanzen und Drogen, Fastenzeiten, ekstatisches Tanzen, Singen bis zur Erschöpfung oder hypnotische Trommelmusik.

Oder durch Besuche im Untergrund. Der lichtlose Bereich von Höhlen gilt seit Langem als ideale Szenerie zum Erreichen veränderter Bewusstseinszustände. Keltische Seher zogen sich in Höhlen zurück, bevor sie Prophezeiungen machten. Tibetische Mönche und Lamas meditieren in Berggrotten. Die Schamanen der Shoshone und der Lakota sondern sich genau wie in vielen anderen amerikanischen Ureinwohnerkulturen ab und begeben sich in unterirdischen Kavernen auf »Visionssuche«. Ebenso die Mystiker der Wolof-Kultur im Senegal und die Murut-Schamanen in Malaysia. Im antiken Griechenland und im Römischen Reich kamen Prophezeiungen generell aus dem Untergrund: Die berühmte Sibylle von Cumae, die Aeneas in den Hades führte, wohnte tief in einer Höhle, in der sie in Trance verfiel und heilige Rätselfragen stellte. Auch die Rituale des mächtigen Orakels von Delphi vollzogen sich rund um eine Höhle. (Angeblich kommt sogar das Wort *Delphi* vom altgriechischen Wort *delphos*, was »Höhlung« oder »Gebärmutter« bedeutet.) Wenn Pythagoras sich in Höhlen zurückzog, wollte er in einen veränderten Bewusstseinszustand eintreten und sich so von der irdischen Welt lösen.

Wie tief und weit diese Traditionen verbreitet sind und waren, lässt sich kaum überbewerten. Mohammed erhält die ersten Weisungen von Allah in der Höhle Hira in Saudi-Arabien. Der weise Rabbi Schimon ben Jochai verbringt zwölf Jahre in einer Höhle mit dem Studium der Thora; als er endlich wieder herauskommt, verbrennt er die Menschen mit seinem glühenden Blick. Elia hört Gottes Stimme zum ersten Mal in einer Höhle, genau wie der Apostel Johannes, der die Visionen, die er dann im Buch der Offenbarung aufschreibt, in der Dunkelheit einer Höhle auf Patmos hat. Als Moses bittet, das Angesicht Gottes schauen zu dürfen, erwidert Gott: »Ich will dich in die Felskluft stellen.« Wenn man sich heutzutage einer Reisegruppe ins Heilige Land anschließt, wird einem beim Besuch des Bergs Sinai die Höhle gezeigt, in der Moses angeblich die Zehn Gebote empfing.

In seinem »Höhlengleichnis« spricht Platon davon, dass der Weg zur Weisheit nach oben führt, dass Vernunft und Logik über der Erde, im lichtdurchfluteten Himmel, zu suchen sind. Erst wenn der Gefangene aus Dunkelheit und Düsternis der Höhle flieht und ans Licht tritt, versteht er, wie die Realität wirklich aussieht. Was Platon nicht sagt: Es gibt noch eine andere Art des Wissens in der Welt, eine ältere, erdigere Weisheit, die tiefer geht als Logik und Vernunft. Um Zugang zu dieser dunkleren Weisheit zu bekommen, muss man nach unten gehen, immer tiefer hinein in die Höhle. Wir gehen in die Lichtlosigkeit, um das Göttliche, das Mystische, das Obskure zu erfahren.

Man kann praktisch jede Höhle auf der Welt betreten, und wenn man das Zwielicht am Eingang hinter sich gelassen hat, wird man im lichtlosen Bereich Überbleibsel uralter religiöser Rituale finden: mit Grabbeigaben überhäufte Begräbnisstätten, in die Wände geritzte sakrale Darstellungen, Steinaltäre mit Spuren früherer Feuer, Knochenflöten, auf denen zeremonielle Lieder gespielt wurden, die wilden Fußabdrücke ritueller Tänze und die Skelette von Tier- und Menschenopfern.

Nach einer gewissen Zeit fingen die Lichtkugeln in der Luft an zu flackern und lösten sich allmählich auf. Meine Muskeln entspannten sich, die Verkrampfung wich aus meinem Nacken, und ich legte mich wieder flach auf den Höhlenboden. Ich blinzelte und blinzelte noch mal. Die Dunkelheit um mich herum versank wieder in Reglosigkeit. Eine ganze Weile starrte ich geradeaus ins Nichts und dachte über das nach, was ich gerade erlebt hatte. Es erschien mir außerordentlich, dass meine Reaktionen auf die Dunkelheit unwillkürlich waren, ein Reflex, wie ein Knie, das hochzuckt, wenn man mit dem Gummihammer draufklopft. Die pulsierenden Lichter waren von meiner biologischen Architektur hervorgerufen worden, entstammten meinem Gehirn und Nervensystem; im Gehirn jedes *Homo sapiens*, der jemals auf unserem Planeten gelebt hat, sind diese Strukturen fest verdrahtet. Was heißen soll: Die Eindrücke, die sich mir in der Lichtlosigkeit der Martens Cave boten, erleben Menschen in aller Welt seit Hunderttausenden von Jahren.

Diese kleinen Halluzinationen werden als »Phosphene« bezeichnet (von griechisch *phos*, »Licht«, und *phainein*, »erscheinen«) und sind Lichtwahrnehmungen, die durch den Sehnerv oder den visuellen Cortex im Gehirn erzeugt werden. Die Lichtkugeln, die ich in Martens Cave sah, markieren – zusammen mit anderen einfachen geometrischen Mustern wie Linien, Rastern, Gittern und Zickzack – die erste Stufe beim Abtauchen in einen veränderten Bewusstseinszustand. Es gibt sie überall: Die San-Schamanen, die Tucano-Schamanen im Amazonas-

Regenwald und die heiligen Männer im sibirischen Altai berichten alle davon, dass sie Phosphene in den Anfangsphasen eines Trancezustands erleben; kein bisschen anders wurden sie von Testpersonen bei westlichen neurowissenschaftlichen Experimenten wie zum Beispiel Donald Hebbs Project X-38 beschrieben.

Bei veränderten Bewusstseinszuständen tritt außerdem ein zweites – ebenfalls universelles – Muster auf, das uns zum Kern unseres Verhältnisses zur unterirdischen Landschaft führt. Der südafrikanische Anthropologe David Lewis-Williams entdeckte es Anfang der 1980er, als er ethnografische Beschreibungen von Schamanen beim Übergang in den Trancezustand auswertete. Überall auf der Welt beschreiben Schamanen dasselbe, wenn sie in die tiefste Phase eines veränderten Bewusstseinszustands eintreten, bei dem sie rituell sterben und sich auf eine Reise in die Welt der Geister machen: Sie haben das Gefühl, durch ein dunkles Loch, einen Strudel oder einen anderen Zugang zum Untergrund ins Erdinnere hinabzusteigen. So wie sich der San-Schamane Diä!kwain erinnerte, sein Geist sei »weit durch die Erde hindurchgereist«, so beschreibt auch ein Inuit-Schamane die Passage in die Geisterwelt als »Fahrt auf einer Straße mitten durch die Erde«, auf der er »fast rutscht, als würde er durch eine Röhre fallen, die seinen Körper umschließt«. Heilige Männer vom Stamm der Conibo in Peru erzählen, dass sie den Wurzeln eines Baums bis hinab in die Erde folgen. Beim Volk der Algonkin in Kanada beschreibt ein Schamane »den Pfad der Geister« als »ein in die Eingeweide der Erde führendes Loch«.

Interessanterweise erscheint haargenau dieselbe Bildlichkeit auch in der zeitgenössischen Psychologie: Wenn Testpersonen die tiefste Phase eines veränderten Bewusstseinszustands erleben, haben sie das Gefühl, durch eine dunkle Passage nach unten in die Erde zu steigen. In einer Studie stellte der Neurowissenschaftler Ronald Siegel (University of California Los Angeles) fest, dass in achtundfünfzig Berichten von acht verschiedenen Arten halluzinogener Bildlichkeiten die häufigste das Gefühl war, sich durch einen dunklen Tunnel zu bewegen. Besonders trifft dies auf Beschreibungen von sogenannten Nahtoderfahrungen zu, wenn jemand zum Beispiel einen Herzinfarkt erleidet, im Notarztwagen für tot erklärt, dann aber wiederbelebt wird. Beim Erwachen berichten die Patienten häufig von Erlebnissen, die fast identisch mit denen sind, die Schamanen in der Trance erleben, wenn sie rituell »sterben«. In einer Studie, die in den 1970er-Jahren kurze Zeit ein Bestseller war, interviewte der Psychiater Raymond Moody einhundertfünfzig Menschen über ihre Nahtoderfahrungen. Am häufigsten war von dem Gefühl zu lesen, »sehr schnell durch eine Art von dunklem Raum gezogen zu werden«. Er listete auf, womit die Personen diesen dunklen Raum verglichen: »eine Höhle, ein Brunnen, eine Mulde, ein umschlossener Raum, ein Tunnel, ein Trichter, ein Vakuum, eine Leere, die Kanalisation«. Eine Überlebende beschrieb, sie sei durch eine Öffnung gerutscht, »in die ihr Körper gerade hereinpasste«. Sie sagte: »Meine Arme und Hände schienen am Körper anzuliegen. Ich rutschte mit dem Kopf nach unten, und es war dunkel da drin, stockdunkel. Ich bewegte mich nach unten.«

Unglaublicherweise hatte mir Craig Hall, mein Höhlengastgeber dort in West Virginia, eine sehr ähnliche Geschichte erzählt, direkt bevor ich mich auf den Weg in die Martens Cave machte. Ich saß auf der Stoßstange meines Autos, schnürte meine Wanderstiefel und fragte ihn: »Hast du das eigentlich auch schon mal gemacht, dich allein in eine Höhle gesetzt?«

»Nein, eigentlich nicht«, sagte er. »Aber manchmal lasse ich die anderen *Caver* weitergehen in den nächsten Teil der Höhle, und dann mache ich das Licht aus und sitze allein in einer Kammer.«

»Und hast du schon mal was Ungewöhnliches erlebt?«, fragte ich.

»Du meinst, ob ich schon mal Visionen hatte?«, sagte er. »Nein, nichts in der Art.«

Ich nickte und beschäftigte mich wieder mit meinen Schnürsenkeln.

»Aber es fühlte sich an wie«, sagte er, »als ich gestorben bin.«

Er zögerte.

»Als ich Mitte zwanzig war, hatte ich Mononukleose und musste wochenlang das Bett hüten. Und in einer Nacht – ich weiß wirklich keinen anderen Ausdruck dafür – bin ich gestorben. Ich konnte mich selbst von außen sehen. Ich konnte meine Familie sehen. Ich traf eine Art spirituelles Wesen, aber es hat mich abgewiesen. Weil es noch nicht Zeit für mich war. Wie lange ich weg war, weiß ich nicht.

Wenn ich in der Höhle im Dunkeln sitze, dann fühle ich mich wieder so wie in jener Nacht.« Er legte eine Pause ein. »Als wäre ich außerhalb meines Körpers, und ich bewege mich in der Erde und kann alles gleichzeitig sehen.«

»Wir haben alle eine Höhle im Kopf.« Ich sagte die Worte laut und lauschte ihnen nach, wie sie sich im Dunkel anhörten. Damit wollte ich sagen, dass unser Gehirn so beschaffen ist, dass das Gefühl, sich jenseits des normalen Bewusstseins zu bewegen, dem Gefühl ähnelt, eine Höhle zu betreten.

»Höhlen sind das topografische Äquivalent des geistigen Strudels und des Eintritts in die Unterwelt«, schrieb David Lewis-Williams 2002 in seinem Buch *The Mind in the Cave*. Dieses Echo hallt schon seit ewigen Zeiten durch die menschliche Kultur. Weit in der Vergangenheit erzählten sich unsere Vorfahren Geschichten von Öffnungen, in die sie durch ihren Geist gelangten, wo sie durch dunkle Tunnel reisten, den Tod erlebten und in eine Bewusstseinsebene jenseits der Alltagsrealität eintraten. Sie erzählten Geschichten von Öffnungen in der Erde, durch die sie hinabstiegen in Felsenhöhlen, den Weg von Harzfackeln beleuchtet, und in Räume kamen, die keinerlei Ähnlichkeit mehr mit überirdischen Landschaften besaßen. Im Lauf der Zeit vermischten sich diese Geschichten von inneren und äußeren Landschaften und waren nicht mehr zu unterscheiden, weil die Zugänge im Kopf und in der Erde miteinander verschmolzen.

Unsere Vorfahren breiteten sich auf der ganzen Erde aus, und jede Kultur der Welt erzählte Geschichten von solchen Öffnungen zur Unterwelt, durch die Helden unter die Erde gelangten, dunkle Passagen durchmaßen und die Welt der Geister betraten, und dann mit neuem, heiligem Wissen an die Oberfläche zurückkehrten. So wie Pythagoras durch die Höhle auf Samos in den Hades eintrat, so taten es Heldenfiguren in aller Welt, von den Maya und den Kelten bis zu den Wikingern und den Navajo. Sogar Jesus Christus betrat die Unterwelt durch eine unterirdische lichtlose Zone. Im Nikodemusevangelium, einem der apokryphen Evangelien, die nicht in den biblischen Kanon aufgenommen wurden, liegt der tote Jesus im Felsengrab – das, wie wir uns erinnern, eine Höhle mit einem vor den Eingang gerollten Stein ist. Der »Abstieg Christi in die Unterwelt« beschreibt, wie Jesus seinen irdischen Körper in der Dunkelheit der Höhle verlässt und hinabsteigt in die Hölle, an den »tiefsten Ort«, wo er den Toten predigt und die Seelen der Gerechten befreit. Aus dieser Unterwelt heraus geschieht die Auferstehung von den Toten und die Himmelfahrt.

Eine der ältesten schriftlich festgehaltenen Geschichten der Menschheit ist das *Gilgameschepos*, das vor viertausend Jahren von den Babyloniern auf Tontafeln aufgeschrieben wurde – ebenfalls eine Geschichte des Abstiegs in die Lichtlosigkeit. Gilgamesch begibt sich auf die Reise in die Anderwelt, um das Geheimnis des ewigen Lebens zu finden. Um ins Jenseits zu gelangen, muss Gilgamesch, dessen Name mit »Derjenige, der die Tiefe sah« übersetzt werden kann, durch einen langen, dunklen Tunnel reisen.

Des Berges Inneres hat niemand durchschritten …
Dicht ist die Finsternis, kein Licht ist da,
Nicht ist ihm vergönnt zu sehen, was hinten liegt.

Es ist eine zwiespältige Finsternis ohne konkrete Details, sodass unklar bleibt, ob wir uns durch eine dunkle Passage in der Erde oder im Kopf bewegen.

Jedes Mal, wenn wir hinabblicken in eine Höhle, einen Tunnel oder jede andere Art von Loch im Boden, flackert etwas wie Wiedererkennen in uns auf: Wir haben diesen Ort in unseren Träumen gesehen, am Rand des Bewusstseins. Wenn wir durch dieses Tor treten, wissen wir, dass wir die Klarheit der Oberflächenwelt hinter uns lassen, dass wir Abstand nehmen von der Logik und Linearität des Alltagsbewusstseins und in die Fluidität des Unbewussten eintauchen. Wir sind Michel Siffre, der seinen Biorhythmus in der Lichtlosigkeit verändern will, oder wir

sind Pythagoras, der sich in die Gemeinschaft der Ahnen begibt: In allen Fällen verlassen wir den Trubel des normalen Lebens und bewegen uns ein bisschen näher auf das zu, was jenseits der Ränder der Welt liegt.

In meinen letzten Stunden in der Martens Cave lag ich im Dunkeln, summte vor mich hin und spürte, wie sich die unsichtbaren Konturen der Höhle im Echo meiner Stimme manifestierten. Als ich rastlos wurde, zog ich die Stiefel aus, stand auf und machte, blind wie ich war, kleine Schrittchen rund um mein Lager. Zuerst hob ich die Füße nicht hoch, tastete mit den Zehen in den Socken vorsichtig über den Höhlenboden und fühlte nach großen Steinen, damit ich nicht stolperte. Ich drehte eine schlurfende Runde um mein Lager, und noch eine Runde, dann waren meine Schritte schon nicht mehr ganz so ängstlich, und ich hob die Füße ein wenig vom Boden ab. Dann noch eine Runde und noch eine, bis ich voll ausschritt und rasche Kreise durchs Dunkel beschrieb.

Als die vierundzwanzig Stunden um waren, kurz vor sieben Uhr abends, verließ ich die Höhle. Ich stand am Rand der Schlucht und blinzelte ins Licht. Meine Pupillen zogen sich wieder zu Punkten zusammen, und ich sah, mit den Worten des Dichters Mark Strand, »wie sich die Welt neu zusammenfügt«. Ein Höhlenforscher sagte einmal zu mir, in einer Höhle ist es, als sei man tot, aber zugleich auch ungeboren, und jetzt fühlte ich beides: als würde ich aus dem Jenseits zurückkehren und die Welt zum ersten Mal betreten. Schließlich schulterte ich meinen Rucksack und wanderte los in den Wald, wo ich für die selbstverständlichsten Dinge neue Dankbarkeit verspürte – Licht, Luft, Wärme, Klarheit. Ich hörte Strands letzte, ekstatische Strophe in der Stille meiner Gedanken:

Danke, ihr treuen Dinge!
Danke dir, Welt!
Zu wissen, dass die Stadt immer noch da ist,
dass der Wald immer noch da ist,
und die Häuser, und das Summen des Verkehrs
und die träge kauenden Kühe auf der Wiese;
dass die Welt sich immer noch dreht
und die Zeit nicht stehen geblieben ist,
dass wir heil zurückkommen
und am süßen Mark des Tages saugen.

9. Kapitel

DER KULT

Isaura, die Stadt der tausend Brunnen, erhebt sich, so nimmt man an, über einem tiefen unterirdischen See. (...) Infolgedessen gibt es zwei Arten von Religion in Isaura. Nach der einen wohnen die Stadtgötter in der Tiefe, in dem schwarzen See, der die unterirdischen Adern nährt.
ITALO CALVINO, *Die unsichtbaren Städte*

Unser Planet ist möglicherweise nirgendwo so durchlöchert wie auf der mexikanischen Halbinsel Yucatán. Es ist ein Land wie ein Schweizer Käse: auf Schritt und Tritt Höhlen und Spalten, Senken und Trichter; wenn man nicht ständig nach unten schaut, läuft man Gefahr, in einem Loch zu verschwinden. So, wie die Menschen der Arktis nachts von Gletschern träumen und die Beduinen vom Sand der Wüste, so denken die Bewohner Yucatáns in ihren stillen Stunden an Höhlen.

Am Nachmittag des 15. September 1959 war ein junger Mann, José Humberto Gómez, auf dem Weg in eines dieser Karstlöcher – eine kleine Urwaldhöhle, die als Balankanché bekannt war. Die Höhle lag versteckt im Dschungel, nur wenige Kilometer von Chichén Itzá entfernt, der

Ruinenstadt der Maya mit den hohen Pyramiden und den würdevollen Säulenhallen aus Stein. Balankanché wurde Anfang des zwanzigsten Jahrhunderts erstmals von Archäologen verzeichnet, war aber nie eine berühmte oder auch nur erwähnenswerte Höhle. In ihren wenigen, schlecht riechenden Hallen gab es ein paar Maya-Tonscherben, eine Menge Fledermausguano und sonst eigentlich nichts.

Humberto – ein junger Mann Anfang zwanzig mit wachem Blick und drahtigem Körperbau – verdiente sein Geld als Fremdenführer in der Ruinenstadt. Seit seiner frühesten Kindheit war er im Dschungel unterwegs, wenn er seine Großmutter besuchte, die im von Wald umgebenen Mayaland Hotel arbeitete. Als Junge machte Humberto jeden Morgen einen Ausritt durch den Dschungel, auf den Pfaden, die die Dörfer miteinander verbanden. Die Dorfbewohner waren Maya, Nachfahren des Volks, das die Städte aus Steinblöcken errichtet hatte. Ganze Tage lang kletterte Humberto auf urwaldüberwucherten Ruinen herum, die wenigsten davon schon von Archäologen kartografisch erfasst, dann kehrte er heim zur Großmutter im Mayaland Hotel und erzählte ihr von seinen Entdeckungen. Als Humberto dreizehn wurde, verriet ihm der Obergärtner des Hotels, ein älterer Maya namens Bel Tun, der jedes Eckchen des Urwalds wie seine Westentasche kannte, dass es eine vergessene Höhle gab. Seit vielen Jahren gehe niemand mehr in die Höhle, sagte Bel Tun, aber vielleicht könne Humberto ja dort etwas Interessantes finden.

Als Humberto Balankanché zum ersten Mal besuchte,

hatte er nur Kerzen dabei, die er bei Weihnachts-Posadas im Hotel gesammelt hatte. Er zündete eine Kerze an, steckte sie in die feuchte Erde, entzündete die nächste und die nächste und folgte ihrem flackernden Schein in die Lichtlosigkeit. Von jenem Tag an fühlte sich Humberto magisch von Balankanché angezogen, auf eine Art, die er nicht wirklich verstand. Obwohl es nichts Außergewöhnliches in der Höhle zu sehen gab, kehrte er immer wieder zurück. Auf der Suche nach Hinterlassenschaften früherer Besucher grub er in der Erde, oder er saß einfach nur da und spürte, wie die Dunkelheit auf seine Haut drückte. Manchmal brachte er auch Freunde mit, aber für sie war die Höhle nichts Besonderes, und Humberto fragte sich, was mit ihnen los war. Er besuchte die Universität und studierte Anthropologie, brach das Studium aber ab, weil ihm das Leben außerhalb des Hörsaals fehlte – er sehnte sich danach, frei durch den Dschungel zu streifen, in Ruinen herumzuklettern und seine Höhle zu besuchen, die er mittlerweile so gut kannte wie seine eigene Wohnung.

An jenem Nachmittag im Jahr 1959 kauerte Humberto am hinteren Ende eines Gangs, in dem er schon Hunderte Male gewesen war, und bemerkte etwas, das ihm nie zuvor aufgefallen war: einen seltsam verfärbten, halb von Lehm verdeckten Fleck im Gestein. Als er den Lehm wegkratzte, sah er zu seiner Verblüffung eine Wand, Mauerwerk, in genau der gleichen Art gemauert wie die oberirdischen Ruinenstädte. Er kratzte mit dem Messer den Mörtel um die Mauersteine weg, bis er eine Öffnung geschaffen hatte, hinter der ein Gang zum Vorschein kam, der in die Finsternis führte. Mit klopfendem Herzen kroch er hinein. Am Ende des Gangs gelangte er in eine große Halle voller Echos, wo er erstarrte.

Die Mitte der Halle wurde von einer Tropfsteinsäule eingenommen, die sich an Boden und Decke verzweigte wie Wurzelwerk und Geäst eines Baums. Auf dem glitschigen Höhlenboden am Fuß der Säule fiel der Strahl von Humbertos Taschenlampe auf ein Tongefäß. Daneben ein weiteres Tongefäß. Und daneben standen Dutzende andere: Töpfe, Räuchergefäße, Urnen, alle bunt bemalt und mit Göttergesichtern verziert. Wasser tropfte von den oberen Verzweigungen der Säule in und rund um die Gefäße. Humberto stand wie angewurzelt da und lauschte dem Trommeln der Tropfen im Dunkeln. Er war der erste Mensch, der diesen Höhlenraum seit zwölfhundert Jahren betrat.

Die Neuigkeiten von der Entdeckung machten schnell die Runde im Wald. Wenige Tage später war eine Gruppe amerikanischer Archäologen auf dem Weg in die Höhle, da erschien ein Mann namens Romualdo Ho'il am Eingang. Ho'il war der Schamane des Dorfs Xcalacoop und betrachtete die Archäologen mit finsterem Blick. Die Tongefäße, erklärte er ihnen, seien Opfergaben seiner Vorfahren für die Herrscher über Xibalbá, die Unterwelt der Maya. Durch das Betreten der versiegelten Kammer seien Kräfte auf den Plan gerufen worden, die sie nicht verstehen könnten – er müsse den Ort reinigen.

Ho'il kehrte mit einer Abordnung aus dem Dorf zurück; die Männer betraten einer nach dem anderen die Höhle und versammelten sich um die Säule. Humberto und die Archäologen, die ebenfalls der Reinigung bedurften, mussten solange dableiben. Die Zeremonie dauerte neunundzwanzig Stunden: Ho'il opferte den Göttern dreizehn Hühner und einen Truthahn, verbrannte Copal-Räucherharz und schwarze Kerzen aus dem Wachs wilder Bienen; er trank große Mengen Balché – ein heiliger Wein aus fermentierter Baumrinde und Honig. Die Stunden vergingen, der Sauerstoff in der Kammer wurde immer weniger, die Dunkelheit füllte sich mit schwerem Rauch, das Atmen war kaum noch möglich. Der Schamane stieß gutturale Laute aus und ahmte das Fauchen eines Jaguars nach, während andere Männer quakten wie die Frösche. Sie tanzten und beteten und sangen, und ihre Stimmen vereinigten sich zu einem wilden Chor. Als die Zeremonie beendet war, bewegten sich die Männer zurück zur Erdoberfläche, wo sie von einem Gewitter begrüßt wurden, Regen peitschte aus dem schwarzen Himmel.

Als ich zum ersten Mal diese Geschichte von der Entdeckung Balankanchés las, sah ich in Humbertos Höhlenforschungen ein Spiegelbild meiner Kindheitsausflüge in den Tunnel unter Providence. Die Landschaften unterschieden sich – dort der mexikanische Regenwald, hier die schattigen Straßen Neuenglands –, aber wir hatten beide als Jungen eine enge Beziehung zu einem im Grunde wenig aufregenden Ort unter der Erde entwickelt. Und sogar Humbertos historische Tontöpfe, in die Wasser von der Decke tropfte, erinnerten mich an die von mir im Tunnel entdeckten Eimer, auf die das von oben trommelnde Wasser durchs Dunkel hallte. Ich beschäftigte mich nun seit vielen, vielen Jahren mit meiner Beziehung zum Untergrund; vielleicht konnte ich ja mit Humberto darüber reden, wie er Balankanché entdeckt und wie das sein Leben verändert hatte.

Aber Humberto war bald wieder vergessen, als ich herausfand, dass seine Entdeckung nur einen Bruchteil der riesigen Tradition religiöser Höhlenrituale in der Mayakultur darstellte. Das Land der Maya – von Yucatán im Norden bis hinunter nach Belize, Guatemala, Honduras und El Salvador – war durchzogen von einer ganzen Höhlengalaxie, von großen Tropfsteinhöhlen bis hin zu wassergefüllten Karstdolinen, die Cenoten *(cenotes)* genannt werden. Jede dieser Höhlen wurde als Zugang zur spirituellen Unterwelt Xibalbá angesehen. In den Jahren seit Humbertos Fund hat jeder Archäologe, der auf Yucatán in einen lichtlosen Höhlenraum hinabgestiegen ist, historische Opfergaben entdeckt. Manchmal waren es nur ein paar Tontöpfe, Jadestücke oder spitze Stachelrochenknorpel, aber manchmal auch geopferte Rehe, Jaguare, Krokodile und menschliche Skelette. In einigen Höhlen wurden gepflasterte Straßen und im Dunkeln errichtete Ziegel-und-Mörtel-Tempel gefunden. Die Maya begaben sich oft in Lebensgefahr, um diese Gaben darzubringen, durchschwammen unterirdische Flüsse, kletterten steile Felswände hinunter und ließen sich in alarmierend schmale Schächte hinab.

Im Laufe meiner Gespräche mit Archäologinnen und Archäologen, die im mittelamerikanischen Regenwald arbeiten, lernte ich ein ganzes Volk von Untergrundfanatikern kennen, deren Leben sich um Höhlen drehte. Die alten Maya hatten ihre Urwaldstädte in der Nähe von Höhlen errichtet, Abbildungen von Höhlen in die Tempelwände gemeißelt und Bilder von Höhlen auf Keramiken gemalt. Es gab Tänze und Gesänge über Höhlen. In der hoch entwickelten Hieroglyphenschrift der Maya war eines der häufigsten Schriftzeichen das Zeichen für »Höhle« – *ch'en*. Im *Popol Vuh*, dem Schöpfungsmythos der Maya, wird die Geschichte von Zwillingen erzählt, den Heldenbrüdern, die in die Unterwelt Xibalbá hinabstiegen. In der Mayakultur betete man tagsüber vor Höhlen, erzählte sich abends Geschichten von Höhlen, nachts träumte man von Höhlen.

»Es ist das Mekka der Unterwelt«, sagte mir eine Archäologin am Telefon. Holley Moyes arbeitete für die University of California in Merced und erforschte seit zwanzig Jahren die Höhlenverehrung der Maya, kroch mitten im Dschungel im Fledermauskot herum und stieß sich den Helm an Kavernendecken. Unter ihren Kolleginnen und Kollegen war sie als die Königin der lichtlosen Zone berühmt.

Ihre Forschungen waren nicht nur auf die Maya begrenzt, wie ich herausfand. Jahrelang, erzählte mir Holley, hatte sie sich mit ethnografischen und archäologischen Studien über die Rolle von Höhlen in traditionellen Kulturen in aller Welt beschäftigt. 2012 veröffentlichte sie ein Buch, *Sacred Darkness: A Global Perspective on the Ritual Use of Caves*, ein Überblick der archäologischen und anthropologischen Forschungen über die Rolle von Höhlen in mehr als fünfzig Kulturen auf sechs Kontinenten, von der Gegenwart bis zurück in die Steinzeit vor circa hunderttausend Jahren. Holleys Ergebnis: Quasi auf der ganzen Welt, in jeder Ecke des Planeten zu jedem Zeitpunkt, gab es die Tradition unterirdischer religiöser Praktiken.

Für mich war es ein Gefühl wie ein Déjà-vu: Man geht auf der Straße an einem Fremden vorbei, der einem unerklärlicherweise bekannt vorkommt, wie ein alter Freund. Ich erklärte ihr, dass ich Jahre damit verbracht hatte, in der Welt herumzureisen und das menschliche Verhältnis zum Untergrund zu dokumentieren: warum wir uns vom Dunkel abgestoßen fühlen und doch zugleich immer wieder dem rätselhaften Drang folgen, in die Erde hinabzusteigen. Holley wurde ganz still am Telefon, dann brach sie in lautes Lachen aus.

»Na, dann kommst du am besten mit mir in den Wald«, sagte sie. »Wir haben viel zu besprechen.«

An einem grauen, bedeckten Augustnachmittag, ein tropischer Sturm braute sich über dem Golf von Mexiko zusammen, holte Holley mich in Belize City am Flughafen ab. Sie war Mitte fünfzig, mit schulterlangen, kastanienbraunen Haaren und funkelnden Augen.

»Ich hoffe, ein bisschen Dreck macht dir nichts aus«, sagte sie mit einer Kopfbewegung hin zu ihrem Jeep, der aussah, als wäre er an der Stoßstange hochgehoben und in einen Riesenbottich mit Schlamm getaucht worden.

Wir fuhren von der Küste nach San Ignacio, einem kleinen Ort im Regenwald, wo Holley ihre Forschungsstation hatte. Es war Regenzeit, und wir überquerten an jeder Biegung der Straße lehmig braun schäumende Flüsse. Nach zwanzig Jahren Feldforschungen in Belize kannte Holley die Gegend zwar so gut wie eine Einheimische, war aber gegenüber der Wildheit der Natur immer noch nicht abgestumpft. Holley erzählte mir wüste Storys, wie sie ihre Ausgrabungsstätte gegen schwer bewaffnete Grabräuber verteidigen musste, im Urwald Jaguar-Urin zu erschnüffeln versuchte, Verhandlungen mit den örtlichen Schamanen über den Zugang zu heiligen Orten führen, auf schlammigen Waldwegen feststeckende Laster freischaufeln und sich vor Schlangen schützen musste, blutsaugenden Fledermäusen und Raubwanzen, die die tödliche Chagas-Krankheit übertrugen.

Je tiefer wir auf der Serpentinenstraße durch die smaragdgrünen Berge in das Meer aus Wald fuhren, desto frischer und kühler wurde die Luft. Ich sah aus dem Fenster und wusste, dass überall zwischen den Bäumen Maya-Ruinen versteckt lagen. Auf dem Höhepunkt der Maya-Hochkultur – zwischen circa 250 und 950 n. Chr. – lebten hier Hunderttausende von Menschen in Städten, die damals zu den größten der Welt zählten. Metropolen wie Tikal, Copán und Palenque florierten, weil sie von der Landwirtschaft gut versorgt wurden; während der Regenzeit wuchs auf den in die Berghänge gehauenen Terrassen alles üppig, und für die Trockenzeit wurde das Wasser in einem Netzwerk von Zisternen gespeichert. Jahrhundertelang lebten die Maya im Überfluss. Sie besaßen eine hoch entwickelte Mathematik und fertigten fantastische Kunstwerke. Sie errichteten mächtige Pyramiden, die den Waldhorizont überragten, bauten wunderbar verzierte Steintempel und kolossale Stelae, Steinsäulen, auf denen ihre Gottkönige verewigt wurden. Doch genau wie alle anderen Hochkulturen ging auch die der Maya zu Ende. Um das Jahr 900 n. Chr. herrschte in Mittelamerika eine schreckliche Dürre. Die Regenfälle blieben aus, die zum Anbau der Nahrungsmittel nötig waren, und die Städte waren nicht mehr in der Lage, ihre Bevölkerung zu ernähren: Millionen verhungerten.

»Die Lage wurde immer verzweifelter«, erzählte Holley mir auf der Fahrt, »und die Maya wandten sich wie Besessene den Höhlen zu. In die Lichtlosigkeit hinabzusteigen wurde für sie zum Allheilmittel.« Für den folgenden Morgen planten wir den Besuch von Actun Tunichil Muknal – »die Höhle des Kristallgrabs«. Diese Höhle war Holleys erster Forschungsgegenstand in Belize gewesen, und in dieser Höhle hatte sie auch zum ersten Mal Beweise für den Kult der lichtlosen Zone im neunten Jahrhundert gefunden.

Unter einem tief hängenden, bleigrauen Himmel wanderten Holley und ich durch das hundert Kilometer von Belize City entfernte Tapir Mountain Nature Reserve. Wir stapften durch dichten, unberührten Urwald, die Luft war suppig schwer, alles roch nach Moos. Wir stiegen über riesige Brettwurzeln hinweg und durchwateten Flüsse, die uns bis zur Taille gingen. Iguanas schlängelten sich durchs Unterholz, in den Baumwipfeln riefen Tangare und Tukane. In der Ferne war das trommelnde Geheul der Brüllaffen zu hören. Schließlich durchbrachen wir die letzte grüne Wand, und ich starrte direkt in den offenen Eingang einer Höhle vor mir: ein sanduhrförmiges Portal mit glatten Seiten, über das Schlingpflanzen baumelten. Aus der Öffnung kam ein Fluss und floss friedlich zwischen moosbedeckten Felsen hindurch.

»In der Maya-Kunst wurden Höhlen als Mäuler von Ungeheuern dargestellt«, sagte Holley und zeigte auf die Stalaktiten, die an der Oberlippe des Eingangs herunterhingen. »Die hier hat sogar Zähne.«

Einen Takt später fügte sie hinzu: »Sieht auch einer Vagina verdammt ähnlich.«

Ein fast pointillistischer Schwarm Bitterfischchen stob unter uns auseinander, als wir von einem großen Felsen in das durchsichtig grüne, warme Wasser sprangen. Brustschwimmend kamen wir in die Höhle, aus Tageslicht wurde Zwielicht, dann wurde alles stockdunkel. Wir schwammen gegen die Strömung an, krabbelten über schleimige Felsen, ließen uns in Strudel rutschen, fädelten uns durch Schlüssellochspalten, während das Flusswasser rund um uns spuckte und spritzte. Holley – die die Höhle als eine der Ersten archäologisch erforschte, nachdem sie 1986 von britischen Hobby-Höhlenkletterern entdeckt worden war – manövrierte sich allein ihrem Körpergedächtnis folgend durch den rauschenden Schlund, als seien es vor langer Zeit erlernte Tanzschritte.

Um uns herum herrschte Totenstille: ein kolossaler, stockdunkler Stollen, in dem der Strahl unserer Stirnlampen von den Wänden zurückgeworfen wurde und hin und her wanderte wie Suchscheinwerfer in der Stadt. Ich schaute nach oben, ob dort Fledermäuse am Fels hingen oder herumflatterten, aber die Decke war zu hoch, und es war nichts zu sehen. Wir schwammen weiter, überall um uns her tropfte es in den Fluss.

Als wir sicher siebenhundert Meter tief in der Höhle waren, ließen wir uns ans Flussufer treiben und stemmten uns hoch auf den Felsen. Holley wies mich an, die Stiefel auszuziehen, und wir schlichen auf Strümpfen in die größte Halle: Wir waren auf allen Seiten umgeben von glitzernden Stalaktiten und Stalagmiten und massiven, vom Boden bis zur Decke reichenden, baumdicken Sintersäulen.

Als ich den Strahl meiner Stirnlampe durch den Raum wandern ließ, stockte mir der Atem. Auf dem Boden verteilt standen Hunderte von Keramikgefäßen, die schwarz und leuchtend rot bemalt waren. Manche waren so groß wie Wasserbälle, festzementiert von den Sinterablagerungen der letzten Jahrhunderte. Dazwischen verstreut lagen Steinwerkzeuge, Jade- und Obsidiansplitter und kleine Tierstatuen, auch eine Steinpfeife in Form eines Hundes.

»Sämtliche Artefakte stammen aus dem neunten Jahrhundert«, sagte Holley. »Aus der Dürrezeit.«

Holley kletterte voran, eine an der Höhlenwand installierte Eisenleiter hoch und in eine enge Nische oberhalb der Kammer. »Da ist sie«, sagte sie andächtig und ging am Rand in die Hocke. Vor uns lag ein menschliches Skelett – die sterblichen Überreste einer zwanzigjährigen jungen Frau.

»Wir nennen sie die kristallene Jungfrau«, sagte Holley. Ich schluckte. Sie lag auf dem Rücken, die Beine gespreizt, die Arme angewinkelt, die Rippen kalküberkrustet, was den Knochen ein geheimnisvolles Kristallglitzern verlieh. Jedes Knochengelenk war perfekt erhalten, mit Ausnahme des Unterkiefers, der in einem ewigen Grinsen heruntergeklappt war.

»Wie du siehst, gibt es hier keine Grabbeigaben«, sagte Holley ausdruckslos. »Das war keine Begräbnisstätte.«

Die kristallene Jungfrau war nicht allein. Auf dem Bo-

den der großen Halle lagen überall Skelette – vierzehn insgesamt. Am Fuß eines mächtigen Stalagmiten lagen die Überreste von zwei jungen Männern, die beide geköpft worden waren, ihre kalkummantelten Skelette halb verstreut. In der Nähe gab es das Skelett eines über vierzigjährigen Mannes mit eingeschlagener Schläfe. Wir gingen vor den geopferten Menschen in die Hocke und machten einem nach dem anderen unsere Aufwartung, auch den Überresten eines Babys: ein Stapel winziger Knochen, versteckt in einer dunklen Spalte.

Alle diese Menschen wurden Xibalbá geopfert.

»Xibalbá«, sagte Holley, während wir dort im Dunkeln kauerten, »war anders als die Hölle, wie wir sie uns vorstellen.«

Für die Maya war der »Ort der Angst«, wie Xibalbá übersetzt heißt, nicht abstrakt: Es war ein greifbarer, geografischer Ort, den man auf einer Landkarte finden konnte. Bei einer Wanderung durch den Urwald konnte man Xibalbá riechen, konnte seine Echos, sein Rumoren hören, konnte den kalten Luftzug spüren, der aus seiner Tiefe hochwehte. Und wenn man in die Öffnung eines Cenote hinabstieg oder eine Höhle betrat und die Schwelle zum lichtlosen Bereich übertrat, dann *war* man in Xibalbá. Man ließ die irdische Welt hinter sich und betrat eine völlig andere Sphäre, in der man Geistern, Göttern und launenhaften Wesen begegnen würde.

Die Maya hatten ein starkes und besonders zwiespältiges Verhältnis zu Xibalbá. Als die Heldenbrüder – die göttlichen Zwillinge Hunahpú und Ixbalanqué – im *Popol Vuh* nach Xibalbá hinabsteigen, müssen sie eine Irrfahrt durch ein Haus des Grauens nach dem anderen bestehen: In dem einen lodert Feuer, im nächsten rasseln Klingen, in einem anderen lauern Jaguare. Auf Schritt und Tritt müssen die Heldenbrüder gegen die Herren von Xibalbá kämpfen, eine Truppe widerlicher Dämonen mit Namen wie »Sieben-Tod«, »Hervorbringer des Eiters«, »Hervorbringer der Gelbsucht«, »Blut ist seine Klaue« und »Knochenstab«, die nichts weiter tun, als Krankheit und Verwüstung an der Erdoberfläche zu verbreiten. Doch so schrecklich diese Unterwelt auch sein mochte – die Maya waren von Xibalbá abhängig. Sie konnten ohne ihn nicht leben, denn neben den Dämonen wohnte dort auch der Regengott Chaac.

Er war ein Gott mit ungestümem Wesen und wildem Blick, der Blitze schleuderte und Donnerschlag über dem Wald krachen ließ – aber er spendete Regen, ohne den die Maya nicht überleben konnten.

Damit Chaac weiterhin für Niederschläge sorgte, legten die Maya Geschenke für ihn an die Höhleneingänge. Sie krochen auch unter die Erde, blieben aber immer im Zwielicht, wo sie Gaben wie Keramikgefäße und Schneckenhäuser der heiligen *Jute*-Süßwasserschnecke hinterließen, und hielten respektvollen Abstand vom lichtlosen Bereich. Jahrhundertelang war Chaac mit den Geschenken zufrieden. Jedes Jahr schickte der Gott am Ende der Trockenzeit, also zu Beginn der Vegetationsperiode, ausreichend Niederschläge, die Pflanzen wuchsen, und den Maya ging es gut.

Doch mit einem Mal wurden sie von Chaac verlassen. Aus Gründen, die sich die Maya nicht erklären konnten, zog sich der Regengott im achten und neunten Jahrhundert n. Chr. in die Tiefen der Unterwelt zurück und zeigte sich nicht mehr. Die Regenfälle blieben aus, die Feldfrüchte auf den Terrassen verkümmerten. Eine Weile machten die Maya noch mit denselben Zeremonien weiter, die ihren Vorfahren so reiche Ernten beschert hatten, und brachten Keramikgefäße und *Jute*-Schneckenhäuser an die Höhleneingänge – aber Chaac rührte sich nicht. Sie versuchten es mit umfangreicheren Geschenken und deponierten größere Mengen Gefäße und Schneckenhäuser an den Höhlenportalen, mitunter sogar ein frisch geschlachtetes Tier – keine Reaktion von Chaac. Bald waren sie verzweifelt: In den Städten hungerten die Kinder, die Leute redeten davon, ihre Heimat zu verlassen und in den Norden auszuwandern. Eine letzte Hoffnung gab es, Chaac zu befriedigen und seine Gunst zurückzugewinnen: einen Vorstoß nach Xibalbá, in die Dunkelheit, um den Gott in seinem eigenen Reich aufzusuchen.

Zwölfhundert Jahre vor Holley und mir durchwatete eine kleine Maya-Prozession das Portal von Actun Tunichil Muknal. Die Priester mit ihrem gefiederten Kopfschmuck gingen bis zum äußersten Rand des diffusen Lichts, dann drangen sie nach einem Moment des Zögerns in die Dunkelheit vor, als würden sie von einer Klippe springen. Sie waren mager und ausgezehrt, ihre Gesichter verhärmt.

Auf den Schultern trugen sie große Gefäße voller Mais, Mörser und Mahlsteine und Copal als Räuchergaben. Einer hatte ein Obsidianmesser am Gürtel. In der Mitte der Gruppe ging schweigend eine junge Frau, das Wasser reichte der Zwanzigjährigen bis zum Hals.

Langsam wateten sie im Gänsemarsch voran und suchten den Weg stromaufwärts. Ihre flackernden Harzfackeln verbreiteten einen schwachen, rauchigen Schein im Dunkeln. Niemand sprach, und sie bewegten sich äußerst vorsichtig weiter, jeder Schritt voller Angst. Wie alle anderen Waldbewohner hatten sie seit ihrer Kindheit Geschichten von Xibalbá gehört und erzählt, aber das hier war etwas anderes. Sie durchschritten beklemmende Dunkelheit, berührten die schwitzenden Felswände mit den Fingerspitzen, sahen die Schatten von Felsnadeln im Licht der Fackeln tanzen. Sie sahen Albinofische an sich vorbeihuschen und hörten den Flügelschlag der Fledermäuse über ihren Köpfen. Alle erstarrten, als vor ihnen ein Stein ins Wasser fiel und das Echo durch die Finsternis hallte. Doch sie drängten weiter voran: Wenn irgendetwas den Regengott aus seinem Versteck locken konnte, dann diese Reise ins Reich des Dunkels.

Als sie an die siebenhundert Meter tief in der Höhle waren, verließ die Prozession das Wasser und bewegte sich in die zentrale Halle; herabhängende Stalaktiten und von unten wachsende Stalagmiten glänzten im Licht der Fackeln. Sie brachten Chaac ihre Gaben dar, nahmen die schweren Gefäße von den Schultern und verteilten Mais auf dem Felsboden. Zur Vorbereitung ihres Rituals entzündeten sie den heiligen Copal. Als der duftende Rauch den Höhlenraum erfüllte, riefen sie den Gott mit ihrem Gesang an, reckten die Arme in die Höhe und umrundeten die junge Frau. Der Priester zog das Obsidianmesser aus der Scheide und holte aus. Der Gesang schwoll immer lauter an und hallte von den Tropfsteinwänden, als der Priester schnell zustach.

Holley und ich zogen die Stiefel wieder an, kletterten vorsichtig das Felsufer hinunter und ließen uns zurück in den Fluss gleiten. Wir schwammen langsam flussabwärts, überall um uns her tropfte es. Die Rituale, die in der lichtlosen Zone von Actun Tunichil Muknal vollzogen wurden, waren gar nicht selten, sagte sie. Im Laufe des vergangenen Jahrzehnts hatten Archäologen das Alter der im gesamten Mayagebiet gefundenen Opfergaben untersucht. Praktisch jedes Artefakt aus der lichtlosen Tiefe – jeder Keramiktopf, jedes Steinwerkzeug, jedes Menschenopfer – stammte aus der Dürrezeit. In der Höhle Chechem Ha, nur einen Tagesmarsch von Actun Tunichil Muknal entfernt, hatte Holley eine in der Dunkelzone aufgestellte Steinstele entdeckt, umgeben von Keramiktöpfen und Feuerspuren, allesamt aus dem neunten Jahrhundert. In jüngster Zeit hatte sie eine weitere Grotte in der Nähe erforscht, Las Cuevas genannt, in der sie aufwendig angelegte Zeremonialpodeste und Treppen gefunden hatte, die von den Maya während der Dürrekatastrophe gebaut worden waren. »Und das ist nicht nur in dieser Gegend so – die sind *überall*«, sagte sie.

Auch die von Humberto in der zugemauerten Kammer entdeckten Opfergaben stammten aus dem neunten Jahrhundert. Alle Tongefäße waren mit dem verzerrten Gesicht des Regengotts verziert. »Wir haben es hier mit einem riesigen, kollektiven Ritual zu tun«, sagte sie, »das überall im Wald vollzogen wurde.«

Schweigend ließen wir uns den Fluss hinuntertreiben; während das Wasser um meine Schultern schwappte, dachte ich über das nach, was Holley gesagt hatte. Eine Szene nahm langsam Gestalt vor meinem inneren Auge an, erst schwarz-weiß wie ein Scherenschnitt, dann konnte ich sie immer genauer erkennen, ein unglaublicher, gespenstischer Anblick. Ich sah Tausende von Pilgern vor mir, Massen verzweifelter Menschen, überall im ganzen Mayaland verteilt, alle in Bewegung, als seien sie Teil eines einzigen, großen Körpers. Ich sah, wie sie schattengleich unter den Bäumen durch den Urwald zogen, bis sie vor den Portalen von tausend Höhlen standen. Einen Augenblick zögerten sie, bevor sie das letzte Dämmerlicht hinter sich ließen, dann wagten sie sich mit einem gemeinsamen tiefen Atemzug in die Finsternis. Tief unter der Erde tanzten und beteten und sangen die Pilger, und Tausende Stimmen vereinigten sich in der Finsternis zu einer einzigen. Sie brachten Chaac ihre Geschenke dar, breiteten Jade und Obsidian auf dem Boden aus und übergaben ihre Opfer; sie schlitzten Tieren den Bauch auf und vergossen das Blut von Männern, Frauen und Kindern auf dem glitschigen Gestein. Jenseits der barbarischen Grausamkeit der Szene, der apokalyptischen Vision, war es ein beeindruckender

Beweis für einen starken, kollektiven Glauben, für enorme religiöse Hingabe. Vor mir sah ich eine ganze Kultur, die im Augenblick der größten Verzweiflung, in dem ihr der kollektive Tod vor Augen stand, die Macht der unterirdischen Welt anrief. Ein Volk, das felsenfest davon überzeugt war, dass die unsichtbaren Hohlräume unter der Erde mit ihrer ewigen Dunkelheit und ihrem grollenden Echo magisch waren und die Macht besaßen, die Realität umzugestalten.

Ich ließ mich den Fluss hinabtreiben und stellte mir die vielen Prozessionen der fernen Vergangenheit vor, die vor uns durch dieses Gewässer gewatet waren, die dieselbe Dunkelheit ängstlich zögernd betreten hatten, die denselben Widerhall von den Wänden gehört hatten. Ich ließ meine Gedanken ganz durchlässig werden und etwas Seltsames geschah: die Temperaturen von Wasser, Luft und Haut glichen sich an, bis sie nicht mehr voneinander zu unterscheiden waren. Ich merkte, wie ich mich in diesem schwerelosen Zustand ganz der Strömung überließ, meine Muskeln entspannten sich und die Grenzen meines Körpers verwischten, bis ich nicht mehr sagen konnte, wo meine Haut endete und wo die Höhle begann.

An diesem Abend saßen Holley und ich an einem Picknicktisch auf der Terrasse ihrer Forschungsstation. Die Nachtluft war schwül, und eine flackernde Citronella-Kerze warf gelbes Licht auf unsere Gesichter. Wir unterhielten uns über unsere Exkursion, was es für uns bedeutete, den

Maya hinein in die Höhle von Actun Tunichil Muknal zu folgen, warum die Dunkelheit sie magisch angezogen hatte und warum sie auch uns einfach nicht loslässt.

»Wir haben ein Bedürfnis nach dem Sakralen«, sagte Holley und trank einen großen Schluck Wasser. »Wir haben alle das Bedürfnis, Gott zu suchen, oder die Götter, das Magische oder das Spirituelle – man kann es nennen, wie man will. Es ist den Menschen angeboren.«

Wir waren von Anfang an eine spirituelle Spezies. »Der Mensch ist seiner Beschaffenheit nach ein religiöses Tier«, schrieb Edmund Burke im achtzehnten Jahrhundert. Seit damals ist weder Anthropologen noch Historikern eine menschliche Kultur ohne irgendeine Form von Religion bekannt. Heute bezweifeln die Evolutionsbiologie, die Theologie oder die Kognitionswissenschaft kaum, dass der spirituelle Impuls im menschlichen Gehirn fest verdrahtet und in der menschlichen Natur verankert ist. Seit dem ersten Auftreten des *Homo sapiens* vor rund dreihunderttausend Jahren besitzen wir ein Gehirn mit einem machtvoll summenden Neocortex, dank dessen wir Gedanken bilden können, zu denen andere Mitglieder des Tierreichs nicht in der Lage sind. Wir grübeln über unsere eigene Existenz nach, formulieren Ideen, die weit über unser Vorstellungsvermögen hinausgehen, und haben Beziehungen zu Dimensionen, die wir nicht sehen oder berühren können. Auf unserem Vormarsch über den Planeten haben wir unglaublich viel Energie und Ressourcen in die Religion gesteckt: Wir haben zu Ehren von Gottheiten und Geistern Lobpreisungen komponiert und zeremonielle Tänze choreografiert, wir haben Grabstätten für unsere Vorfahren gebaut, Kirchen mit bis in den Himmel reichenden Türmen errichtet und unterirdische Krypten ausgehoben. Das Bedürfnis, eine Verbindung zu etwas Größerem als uns selbst herzustellen, ist möglicherweise »das die Menschheit charakterisierende Merkmal«, schrieb die britische Religionswissenschaftlerin Karen Armstrong.

Dieser Impuls war es, der unsere Vorfahren unter die Erde gelockt hat. In der düstersten Urgeschichte stiegen sie hinab in die Höhlen, um in Kontakt mit der Geisterwelt zu treten. In der Kosmologie alter Kulturen *war* die unterirdische Umwelt die spirituelle Dimension der Realität. Unter die Erde zu gehen hieß, sich mit seinem Körper in die Anderwelt zu begeben – »die Welt hinter der, die wir mit den Augen sehen«, wie die San es nannten. Ähnlich wie die Maya in Actun Tunichil Muknal führten unsere Vorfahren allerorten im Dunkeln heilige Riten durch, um übersinnliche Kräfte auf den Plan zu rufen.

»Es ist verblüffend, wie weit diese Tradition zurückreicht«, sagte Holley. Sie erzählte mir von einer Höhle in den Atapuerca-Bergen in Nordspanien, wo ein Forscherteam am tiefsten Punkt des lichtlosen Bereichs am Fuß eines fünfzehn Meter tiefen, senkrechten Schachts einen Wirrwarr menschlicher Knochen fand. In der Sima de los Huesos oder »Knochenschlucht«, wie die Stelle genannt wird, fanden sich die Überreste von achtundzwanzig Urmenschen, die zwischen 430.000 und 60.000 Jahre alt sind, lange bevor es den modernen *Homo sapiens* überhaupt gab. Zwischen den Knochen wurde eine Handaxt aus rot glitzerndem Quarzit gefunden – ein seltener, von weit her importierter und insofern wertvoller Stein, den die Archäologen »Excalibur« tauften. Viele Forscherinnen und Forscher halten diesen Fund für den ersten Beweis religiösen Verhaltens: ein archaisches Ritual in der Lichtlosigkeit als Tribut an die Reise ins Jenseits.

Wir in der modernen westlichen Welt fühlen uns der Welt nicht mehr auf diese Weise verbunden. Wir sind eine aufgeklärte Industriegesellschaft – ein Volk der Wissenschaft und Technik, dessen Wahrnehmung der Realität sich zum größten Teil auf Vernunft und Rationalität stützt. Im Lauf der letzten paar Hundert Jahre, seit den ersten Schriften von Descartes und Spinoza und anderen Denkern der Aufklärung, ist die westliche Kultur beständig säkularer geworden. Die gesamte Existenz des vormodernen Menschen war vom Glauben bestimmt; heute nimmt Religion nur noch eine klar abgegrenzte Sphäre außerhalb der herrschenden Doktrin ein. »Der moderne Mensch«, schrieb Eliade, »hat die Religion vergessen.«

Wenn wir uns in eine Höhle hinablassen, glauben wir mit keinem rationalen Teil unseres Verstandes, dass wir die Erde verlassen und die Geistersphäre betreten. Doch wir folgen den Schritten derer, die das geglaubt haben. Wir treten in die Fußstapfen unserer Vorfahren, mit dem Körper rutschen, robben und kriechen wir auf dieselbe Art, hören den Widerhall unserer Stimmen an den Felswänden auf dieselbe Art. Bei unserem Weg ins Dunkle vollführen wir, ohne dass wir es wissen, eine schattengleiche Nachempfindung der archaischen Rituale – manchmal tanzen wir bis hin zur letzten Geste nach der uralten Choreografie. Wir haben denselben Körper und Geist wie unsere Vorfahren, wir machen dieselben Sinneserfahrungen, die für uns heute genauso verstörend und aufregend sind wie für die Damaligen. Verstandesgemäß – im Einklang mit den über die Jahrhunderte von der westlichen Wissenschaft fein geschliffenen Gesetzen der Physik – führen wir diese Empfindungen auf Veränderungen in unserem biologischen Rhythmus zurück, auf die Aktivierung oder Unterdrückung bestimmter Bereiche in unserem Nervensystem. Und doch fühlen wir in den tiefen Schichten unseres Bewusstseins etwas – ein Zittern, das aller Rationalität trotzt. »Wenn wir uns im Höhlendunkel aufhalten, geht eine Veränderung in uns vor sich«, sagte Holley, »das steht völlig außer Zweifel. Wir werden mit uns selbst konfrontiert und treten auf eine Art in Bezug zur Welt, wie wir es sonst nie tun würden.«

In der Evolution der Religion, schrieb Robert Bellah, »geht nichts jemals verloren«. Im Lauf der Geschichte kommen zwar neue Philosophien und Überzeugungen dazu, der Glaube unserer Vorfahren ist in seinen Grundstrukturen jedoch nie ganz verschwunden und tief in unserem Inneren vielleicht verschüttet, aber nicht verloren gegangen. Unsere Beziehung zu Höhlen ist möglicherweise unsere universellste, am tiefsten eingeschriebene, vielleicht sogar unsere erste, ursprünglichste religiöse Tradition – was heißen soll: eine Tradition, die lange Schatten wirft. Wir mögen uns für noch so modern, fortschrittlich oder aufgeklärt halten – sobald wir in eine Höhle hinabsteigen, spüren wir, wie sich Urgefühle in uns regen. Eine Art ererbtes Muskelgedächtnis übernimmt die Führung, und wir verfallen in einen intuitiveren, animalischen Modus: ein paar wenige Jahrhunderte Rationalität, Wissenschaft und Empirismus werden von Hunderttausenden von Jahren Instinkt und evolutionärer Konditionierung mit Leichtigkeit unter den Teppich gekehrt. In der Höhlenfinsternis, schrieb Seneca, kann man nicht anders: »Die Seele wird ergriffen von religiösem Empfinden.« Da mag jemand ein noch so rational und materialistisch eingestellter atheistischer Hardliner sein, aber sobald er in die unterirdische Lichtlosigkeit eintaucht, wird er die Stimme zu einem Flüstern senken – irgendwo im Unterbewussten verspürt man Ehrfurcht und Grenzenlosigkeit, man erkennt das Geheimnisvolle des heiligen Orts. Heutzutage führen wir vielleicht keine Ritualhandlungen mehr im Höhlendunkel durch, wir kennen die Gebete und Gesänge nicht mehr, die dort erklangen, aber ihr Echo tragen wir immer noch tief in uns – die alte Kosmologie ist immer noch fest in uns verankert. »Manchmal gibt es eine Grundform, die unsere ersten Träume lenkt und umfängt«, schrieb Bachelard.

»So etwas verschwindet nicht einfach über Nacht«, sagte Holley, und im Kerzenschein huschte ein Lächeln über ihr Gesicht. Wir sprechen nicht mehr vom Himmelszelt oder den himmlischen Sphären wie die Menschen im Altertum, aber, wie der Philosoph Henri Lefebvre schreibt, wir haben den Glauben an die Macht des Untergrunds noch nicht verloren: an einen Ort, »der mit magischen-religiösen Wesen gefüllt ist, mit Dämonen oder Göttern, wohl- oder übelmeinend, männlich oder weiblich, verbunden mit der Erde oder dem Unterirdischen (den Toten); alle sind den Formalismen von Ritus und Ritual unterworfen«. Jedes Jahr unternehmen sechs Millionen Christen eine Pilgerreise nach Lourdes in Südwestfrankreich, wo sie an einer Prozession in den Schatten einer Grotte teilnehmen, in der einem Mädchen die Jungfrau Maria erschienen ist. Tausende von Pilgern besuchen jedes Jahr Station Island in Lough Derg in Irland und gehen zu der Stelle, an der Gott dem heiligen Patrick eine Höhle zeigte. In praktisch jeder Kirche Europas liegt direkt unter dem Kirchenschiff, in dem die Gläubigen bei der Messe knien, ein verborgener Raum – unsichtbar, aber intakt –, wo in vorchristlichen Zeiten die Mysterien der Erde gefeiert wurden.

Im Lauf der Jahrtausende ist unsere lebendige, vielgestaltige Verbindung zum Untergrund nicht geringer geworden – und sie wird auch nie verschwinden. Wir werden immer den stillen Glanz spüren, der von den unterirdischen Orten der Welt ausgeht: Er mag uns beunruhigen oder verzaubern, aber wir werden nicht wegschauen. George Steiner schrieb von einer »verborgenen transzendenten Präsenz im Stoff der Welt«: Die unterirdische Welt *ist* diese Präsenz. Genau wie unsere Ahnen vor uns wird uns immer ein stilles Begehren unter die Erde locken, das Streben nach etwas jenseits der alltäglichen, geordneten Welt, wir wollen etwas berühren, das größer ist als wir selbst. Die Jäger und Sammler der Steinzeit, die im Fackelschein in eine Höhle kriechen, die Urban Explorer, die in Paris durch die Katakomben streifen, die Fußgänger in New

York, die auf der Straße neugierig in einen offenen Gullydeckel schauen: Im Grunde werden alle von derselben Sehnsucht angetrieben.

Nachdem ich mich von Holley verabschiedet hatte und in der Forschungsstation in mein Stockbett geklettert war, lag ich noch eine ganze Weile wach. Ich lauschte dem Seufzen der leisen Brise, die zum Fenster hereinkam, und sah vor meinem inneren Auge die vielen Anhänger und Anhängerinnen des Unterirdischen, mit denen ich im Lauf der Jahre Erkundungstouren unternommen hatte oder die ich aus dem Abstand der Geschichte bewunderte: Auf die eine oder andere Art waren sie alle auf der Suche nach Transzendenz. Michel Siffre, der sich in der Lichtlosigkeit von seinem Biorhythmus befreien wollte, REVS, der in den tiefsten Eingeweiden der Stadt Kunst erschuf, William Lyttle, der unter seinem Haus buddelte, als suche er den Zugang zu einer anderen Dimension, John Cleves Symmes, der innerirdischen Wesen hinterherjagte, Nadar, der die unsichtbaren Ebenen der Stadt Paris fotografierte, Steve Duncan, der uralten Flussläufen in die dunkle Stille unter der Stadt folgte. Alle stiegen auf der Suche nach dem Geheimen unter die Erde und suchten den Kontakt zu etwas, das jenseits des Horizonts der unmittelbaren Realität lag. In dieser Nacht schlief ich mit dem Gedanken an Hermes ein, den Schutzpatron dieser Suchenden, der frei zwischen dieser und der Anderwelt hin- und herwechselte, der das Ungesehene zu sehen vermochte.

Ich verließ Belize auf einer langen, tief ausgefahrenen Piste Richtung Norden, erst mit dem Nachtbus, dann mit einem schwankenden Transporter, dann einem Kombi, der von einem alten Mann namens Jorge gefahren wurde – über die mexikanische Grenze hinweg, bis ich auf der durchlöcherten Halbinsel Yucatán angekommen war, wo mir dann eines Nachmittags unter der flirrenden Sonne am Eingang der Höhle Balankanché Humberto gegenübersaß. Er war mittlerweile über siebzig, sah aber im Grunde noch wie auf dem Foto aus, das ich von ihm als jungem Mann gefunden hatte: durch die Höhle kriechend, mit schmalen Schultern und akribischem Vorgehen, die Haare zu einer makellosen Schmalztolle frisiert.

»Als Junge habe ich viele Stunden an genau dieser Stelle verbracht«, sagte er mit einem warmen Leuchten in den Augen. Hinter ihm lag der Höhleneingang: heute nicht mehr hinter Farnkraut verborgen, sondern für Besucher befestigt, mit gemauerten Stufen, die zu einer Eisentür führten.

Ich erzählte Humberto, warum ich ihn kennenlernen wollte, von meiner überraschenden Affinität für einen Tunnel, den ich als Junge unter meinem Stadtviertel erforscht und in dem ich einen im Dunkeln aufgebauten Altar aus Eimern entdeckt hatte, auf die das Wasser aus der Decke trommelte. Der Tunnel, sagte ich ihm, hatte einen starken Eindruck bei mir hinterlassen, den ich viele Jahre lang zu verstehen versucht hatte.

»Das kann ich mir vorstellen«, sagte Humberto mit einem leisen Lachen.

»Ich kannte diese Höhle so gut wie mein Zuhause«, sagte er. »Als ich damals die Wand durchbrach, war es, als hätte ich einen verborgenen Raum in meiner eigenen Wohnung entdeckt. Das hat viel für mich verändert.«

Im ganzen Wald wurde in den Maya-Dörfern über ihn geflüstert, erzählte mir Humberto. Ein junger Mann habe die Unterwelt bereist, hieß es, habe eine verborgene Kammer geöffnet und Kontakt zu den mächtigen Geistern der Vorfahren hergestellt, und trotzdem sei er unversehrt an die Erdoberfläche zurückgekehrt. Von den Göttern auserwählt sei er, hieß es, und mit der Macht ausgestattet, das zu sehen, was für andere unsichtbar blieb. Die Dorfbewohner riefen Humberto herbei, er solle kommen und sich Höhlen im Urwald ansehen, in die sich sonst niemand traute. *Du bist der Auserwählte, der hineingehen soll*, sagten sie. Er wurde eine Art Höhlenflüsterer, der im Dschungel von Höhle zu Höhle zog, allein mit seiner Taschenlampe hinabstieg, das Dunkel erforschte und den Dorfbewohnern nach seiner Rückkehr berichtete, was er gefunden hatte.

»Für mich persönlich war es nicht so, als würde ich in die Unterwelt hinabsteigen«, sagte Humberto. »Ich hatte nicht das Gefühl, dass eine spirituelle Verwandlung mit mir vor sich ging. Das waren nicht meine Überzeugungen. Aber in gewisser Weise …«

Er zögerte. »Als ich die Höhle entdeckte, war ich ein junger Mann. Ich hatte keine Frau, keine Freundin. Ich war immer zwischen denselben paar Orten unterwegs. Meine Welt war sehr klein«, sagte er und ballte die Hand zur Faust.

»Als ich die Mauer durchbrach, hat sich vieles für mich geöffnet.« Er spreizte die Finger. »Wenn es diese eine verborgene Kammer gab, dann gab es auch noch andere Orte zu entdecken – auf einmal taten sich ganz neue Möglichkeiten für mich auf.«

Nach seiner Entdeckung arbeitete Humberto wieder als Fremdenführer und machte im Grunde weiter wie zuvor, aber trotzdem hatte sich etwas verändert. Er führte Besucher nach wie vor durch die Ruinenstädte im Dschungel, die steilen Pyramidenstufen hinauf und in die stillen Höfe aus Stein, aber jetzt forderte er sie auf, langsam zu gehen, sich Zeit zu nehmen und alles in Ruhe auf sich wirken zu lassen. Die Orte hatten eine verborgene Dimension, die nicht umgehend ersichtlich war, einen ganzen Kosmos aus Geschichten, Mythen und Sinneseindrücken. »Ich wollte, dass die Besucher weiter blickten als nur zu dem, was sich unmittelbar vor ihren Augen befand«, sagte Humberto.

Wir saßen beide schweigend im Schatten und lauschten dem rund um uns sirrenden Chor der Insekten. Dann erhob sich Humberto und öffnete den Zugang zu Balankanché. Ein dunkler Gang nach unten wurde sichtbar, er forderte mich auf, einzutreten.

»Ich betrete die Höhle nicht mehr«, sagte er. Die Luft darin sei zu schwül, erklärte er; jetzt im Alter falle ihm das Atmen unter der Erde schwer.

Ich wollte protestieren, aber er winkte ab. »Gehen Sie nur«, sagte er.

Ich trat über die Schwelle und bewegte mich vorsichtig über den glitschigen Steinboden ins Dunkle. Ich kam an der Stelle vorbei, an der Humberto vor einem halben Jahrhundert die gemauerte Wand durchbrochen hatte. Ich ging tiefer und tiefer, die Luftfeuchtigkeit stieg an, die Luft um mich herum wurde immer dicker, schließlich waberten Nebelbänke um meine Füße. Als sich das Höhleninnere vor mir öffnete, blieb ich am Fuß der riesigen Säule stehen, die sich wie ein uralter Baum mit knorrigen Ästen über mir erhob. Am Fuß der Sintersäule standen die Keramikgefäße noch genauso da, wie Humberto sie vor langer Zeit entdeckt hatte. Von der Höhlendecke tropfte Wasser, und ich lauschte im Dunkeln dem leisen Tropfen rund um die Gefäße und hatte das Gefühl, wieder vor dem Altar aus Eimern im Tunnel unterhalb von Providence zu stehen. Ich dachte an den Blitzschlag, der mich damals getroffen hatte, genau wie bei Humberto als jungem Mann. Ich dachte an die zahllosen Menschen auf der ganzen Welt, die seit der Steinzeit in Höhlen, Katakomben, Gräber und Tunnel gestiegen sind, und spürte auch jetzt wieder den Blitzschlag im Dunkeln. »Ich war mein Leben lang eine Glocke gewesen«, schrieb Annie Dillard einmal, »und hatte es bis zu dem Moment nicht gewusst, in dem ich erhoben und angeschlagen wurde.«

Etwas in uns ist verkümmert. Wir im Westen sind der Welt gegenüber verhärtet, sind taub geworden für die Andeutungen der Natur, bekommen nichts mehr mit von den »Gesängen, Rufen und Gesten der Erde«, wie David Abram schrieb. Im Lauf der letzten Jahre, in denen ich den ältesten Traditionen unserer Ahnen gefolgt bin, von den Traumpfaden der Aborigines über die unbekannten Rituale aus der Magdalénien-Zeit bis zu den Ursprungsmythen der Lakota, wurde mir klar, wie weit wir uns von dem entfernt haben, was uns als Menschen ursprünglich geprägt hat, wie entfremdet wir unseren tiefsten Instinkten und Impulsen sind. Aber die früheren Lebensweisen haben in unserer Beziehung zum unterirdischen Dunkel überlebt. Im Untergrund erwachen unsere verschütteten Erinnerungen rumorend wieder zum Leben. Wir werden verletzlich, durchlässig, empfindsam für die leisen Reize der Welt, hellhörig für die stillen Teile unseres Gehirns. Wir gewinnen die Fähigkeit zurück, uns von der Welt verblüffen, verwirren und zum Staunen bringen zu lassen. »Die Einlassventile zur Seele stehen offen«, schrieb Anne Carson. Der Untergrund bewahrt die Form der frühesten Träume unserer Vorfahren, öffnet uns für eine Welt, die Wissen und Erinnerung vorausgeht – er versetzt uns zurück zum Ursprung: »Hier ist die Wurzel der Wurzel und die Knospe der Knospe«, um mit E. E. Cummings zu sprechen.

Der Untergrund lehrt uns Respekt vor dem Geheimnisvollen. Wir leben in einer Welt, die von Helligkeit besessen ist, in der wir jedes Geheimnis mit Flutlicht anstrahlen, wo wir danach trachten, jede Bodenfurche auszuleuchten, jede letzte Spur von Dunkelheit auszurotten, als wäre sie Ungeziefer. In unserer Verbundenheit mit dem unterirdischen Raum klingt unser Misstrauen gegenüber Unbekanntem ab und wir akzeptieren, dass nicht immer alles ans Licht gezerrt werden muss. Der Untergrund lehrt uns, dass es immer Lücken und blinde Flecken geben wird. Er erinnert uns daran, dass wir chaotische, irrationale Wesen mit einer Tendenz zu magischem Denken und Träumereien sind, dass wir uns immer wieder verirren und verlaufen, und dass dies unsere größten Gaben sind. Der Untergrund ruft uns ins Gedächtnis, was unsere Vorfahren immer schon gewusst haben: dass im Unausgesprochenen und Unsichtbaren eine Menge Kraft und Schönheit liegen.

Ich bin nicht als Pilger unter die Erde gegangen. Ich war nicht auf der Suche nach mystischen Erfahrungen oder nach heiligem Wissen. Doch während ich im Dunkeln herumkroch, spürte ich, wie die Welt um mich herum ihre Gestalt veränderte, sich bog und öffnete und entfaltete wie eine riesige Origamiskulptur. Die Realität besteht mehr aus Leere als aus fester Materie, erkannte ich. Die soliden Oberflächen, die wir im Alltag sehen und berühren, sind nur eine von vielen Schichten, alle anderen sind verborgen. Ich erlebte die ganze Welt so, wie Steve Duncan mir einmal New York beschrieb: ein zitternder, sich bewegender, riesiger Organismus, von dem wir nur ein hauchdünnes Scheibchen zu sehen bekommen. Jede Landschaft schien mir auf einmal vor Leben und Kraft jenseits unserer Wahrnehmung zu wimmeln. Der Untergrund half mir, die Grenzen des Unbeschreiblichen in der Welt anzuerkennen, lehrte mich, friedlich mit dem Schatten dazusitzen, eine Denkweise zuzulassen, die zwischen dem Empirischen und dem Visionären liegt. Er lehrte mich, nicht vor dem Heiligen zurückzuschrecken, sondern ihm direkt ins Gesicht zu blicken. Ich begegnete Gott nicht als einer aus den Wolken donnernden Stimme, sondern in der Umarmung des Verborgenen, einer Anerkennung dunkler Löcher, deren Macht uns immer begleitet, auch wenn wir sie nie zu Gesicht bekommen.

Wenn ich mich heute durch die Welt bewege, spüre ich die Anwesenheit der Hohlräume unter mir und werde daran erinnert, wie viel von unserer Existenz ein Rätsel bleibt, wie viel unserer Realität sich uns weiterhin entzieht, wie viel tiefer unsere Welt jenseits von dem reicht, was wir wissen. Und jeden Tag erfüllt mich nichts so sehr mit Lebensfreude und Hoffnung und dem Gefühl der Dankbarkeit. Der Priester und Ökologe Thomas Berry schrieb einmal, dass wir auf unserem Lebensweg, bei der Suche nach Wahrheit und Sinn in der Welt, »wie ein Musiker sind, der eine Melodie tief im Kopf hört, aber sie nicht nachspielen kann, weil sie zu leise ist«. Im unterirdischen Dunkel lernte ich, auf diese leise Melodie zu lauschen – und ich lernte die unendlich vielen, wunderbaren Arten, in denen sie nicht nachgespielt werden kann.

Bildnachweis

Seite 10 Mercurius, 1954, Giovanni da Bologna. © akg-images
Seite 15 © Steve Duncan
Seite 21 © Will Hunt
Seite 27 Tunnel unter der Atlantic Avenue. © Bob Diamond
Seite 28 © Steve Duncan
Seite 32 Gustave Doré
Seite 39 Eisenbahntunnel in Providence. © Ryan Ademan
Seite 42 Selbstporträts von Félix Nadar. Mit freundlicher Genehmigung der Bibliothèque nationale de France
Seite 43 *Paris et ses environs,* 1878. Mit freundlicher Genehmigung der Library of Congress
Seite 48 © Steve Duncan
Seite 50 © Steve Duncan
Seite 56 *Amoncellement de cranes,* von Félix Nadar. Mit freundlicher Genehmigung des J. Paul Getty Museum
Seite 59 Die Katakomben von Paris, 1861, von Félix Nadar. Mit freundlicher Genehmigung der Bibliothèque nationale de France
Seite 71 Die Kanalisation von Paris, 1870 / Fotolibra
Seite 72 Die Kanalisation von Paris, circa 1861, von Félix Nadar. Mit freundlicher Genehmigung der Bibliothèque nationale de France
Seite 75 © Steve Duncan
Seite 81 Desulforudis audaxviator. Mit freundlicher Genehmigung von Greg Wanger und Gordon Southam
Seite 83 Piega-Lager, circa 1900, von Edward S. Curtis. Mit freundlicher Genehmigung der Library of Congress

Seite 93 Olm (*Proteus anguinus*). © Wild Wonders of Europe / Hodalic / Nature Picture Library / Alamy
Seite 100 © Will Hunt
Seite 105 Abbildung aus der Bilderhandschrift Historia Tolteca-Chichimeca. Mit freundlicher Genehmigung der Bibliothèque nationale de France
Seite 109 Häuptling No Flesh von den Siouxs. Mit freundlicher Genehmigung der Denver Public Library, Western History Collection
Seite 116 Bergarbeiter mit Gaben für den Minengott El Tío. Cerro Rico Potosí, Bolivien. © Bert de Ruiter / Alamy
Seite 117 Aborigines vor der Ockermine Wilgie Mia, circa 1910, von W. H. Kretchmar. Mit freundlicher Genehmigung des Western Australian Museum (DA-3948)
Seite 121 Colin Hamlett bei Wilgie Mia / Weld Range. © Vanessa Hunter / Newspix
Seite 128 © Will Hunt
Seite 133 © Will Hunt
Seite 134 © Will Hunt
Seite 140 © Will Hunt
Seite 149 Der »Maulwurfmann von Hackney«. © Sarah Lee / Eyevine / Redux
Seite 152 © Will Hunt
Seite 154 Derinkuyu. Mit freundlicher Genehmigung von Yasir999
Seite 156 © Will Hunt
Seite 157 © Will Hunt
Seite 159 © James G. Gehling
Seite 161 *Atta cephalotes* (Blattschneiderameise), unterirdisches Netzwerk von Pilzkulturen. © Rune Midtgaard 2009
Seite 163 Luftschutzbunker im Garten. Mit freundlicher Genehmigung der Library of Congress
Seite 165 © Will Hunt

Seite 166 © Will Hunt
Seite 167 © Will Hunt
Seite 167 © Brandi Goodlett
Seite 171 Abguss eines Ameisennests. Mit freundlicher Genehmigung von Walter R. Tschinkel. Foto von Charles F. Badland, E28
Seite 173 © Will Hunt
Seite 175 *Stenamma alas.* Mit freundlicher Genehmigung von John T. Longino
Seite 179 © Steve Duncan
Seite 181 © Will Hunt
Seite 190 Baumannshöhle. Mit freundlicher Genehmigung des Landesarchivs Sachsen-Anhalt, H 66, Nr. 952
Seite 192 Joseph Nagel, wie er Kerzen an den Füßen von Gänsen anbringt. Cod. 7854 fol. 83r, 2. Bild, tabula 21. Mit freundlicher Genehmigung der Österreichischen Nationalbibliothek, Wien
Seite 198 © Will Hunt
Seite 205 Traditioneller Korb mit Mann im Labyrinth. © Sigpoggy / Shutterstock
Seite 210 © Matthew Litwack
Seite 213 © Becki Fuller
Seite 216 © Becki Fuller
Seite 224 Le Tuc D'Audoubert. Mit freundlicher Genehmigung von Robert Bégouën
Seite 227 Bisonfigur aus Elfenbein. Mit freundlicher Genehmigung des Musée national de préhistoire in Les Eyzies
Seite 231 Bisonfiguren aus Le Tuc D'Audoubert. Mit freundlicher Genehmigung von Robert Bégouën
Seite 249 © Michel Siffre
Seite 251 *Pythagoras entsteigt der Unterwelt,* von Salvator Rosa. © Kimball Art Museum
Seite 254 © Will Hunt

Seite 263 Blindversuch, Innere Bilder: Space_2 Wolken_SW, Lichtpunkte. © Marietta Schwarz

Seite 265 Die Kalahari-San bei einem Trancetanz. © B. und R. Clauss für den Kalahari Peoples Fund

Seite 277 © Will Hunt

Seite 282 Höhle von Balankanché. © Brendan Bombaci

Seite 285 Höhle von Balankanché, aus *Throne of the Tiger Priest*. Mit freundlicher Genehmigung des Middle American Research Institute, Tulane University

Seite 291 Eingang zu Actun Tunichil Muknal. © Jad Davenport / National Geographic Creative / Alamy Stock Photo

Seite 294 Die kristallene Jungfrau in Actun Tunichil Muknal. © Jad Davenport / National Geographic Creative / Alamy Stock Photo

Seite 295 © Holley Moyes

Seite 309 Mit freundlicher Genehmigung von José Humberto Gómez Rodrígue. Aus: »The Treasure of the Toltecs«, *Argosy* Magazin, April 1961, S. 28–33